命運之人

うんめいのひと

山崎豐子

YAMASAKI TOYOKO

上

王蘊潔——譯

【導讀】

記者的宿命

【資深新聞評論員】范立達

記者跟消息來源間的關係，一直是新聞學中恆久的討論話題。普遍形成的共識認為，記者為消息來源保密，是無可推卸的責任與義務，甚至，為了履踐這項義務，記者寧可拚著自己去吃牢飯、蹲苦窯，也不能出賣消息來源。

最具代表性的案例，就是美國《紐約時報》記者茱蒂斯·米勒（Judith Miller）事件。她在二〇〇四年被美國華府特區聯邦地方法院傳喚出庭，並被要求供出秘密消息來源。米勒拒絕，結果被法院以藐視法庭罪關進牢裡。法官判決，米勒必須一直被關到直到她願意合作，或大陪審團解散為止。結果，被關了八十五天之後，消息來源自願同意曝光，米勒才交出採訪筆記，因此獲釋。

米勒被關之際，她的律師向法院主張，記者應該有拒絕證言的特權，因為，記者與消息來源之間的關係，就好比律師與當事人、醫師與病人間的關係一樣。如果沒有百分之百的信任關係存在，消息來源怎麼可能毫無顧忌地將重大且秘密的訊息交付給記者？如果記者答應為消息來源保密，事後卻因為某些威迫利誘而出賣消息來源，爾後，還有誰會再信賴記者？

不過，美國聯邦最高法院向來的見解都認為，記者在訴訟程序中擔任證人時，並沒有高人一等的特權，所以不能拒絕證言。也就是說，記者如果不願作證，就得吃牢飯。至於記者要為堅持理念，拒不透露消息來源而歡喜入獄，或是因為貪生怕死，而自毀承諾出賣消息來源，那就是記者自己的選擇了。

只不過，有時，記者縱然心想堅持理念，但在國家機器強大的威力之下，常常事與願違。因為，記者就算閉口不招，但國家仍可採用搜索、監聽等等蒐證方式去挖出記者的消息來源。而這些消息來源的身分一旦曝光，其下場可想而知。

這類的案例，在國內也所在多有。例如，民國八十九年五月十九日，《勁報》記者洪哲政在頭版頭條位置獨家報導中國三艘軍艦出現在蘇澳外海的消息，由時當時正值總統就職前夕，時機敏感，為了避免民眾驚恐，國防部於是立刻澄清，表示這是一篇不實報導。同年七月二十九日，他又報導「漢光十六號軍事演習課目計畫表」等獨家新聞內容，再次引發國防部的嚴重關切。兩個月後，一名現役軍官劉持中被逮捕入獄，十月間，洪哲政被依妨害軍機治罪條例罪嫌移送台灣高檢署。全案經過軍法、司法機關分頭審理，洪哲政雖然始終不願承認劉持中就是他的消息來源，但因為司法機關透過監聽手段，把他們之間的互動查得一清二楚，最後兩人都被定罪，其中，劉持中被判刑一年兩個月，洪哲政被判刑一年，緩刑三年。

其實，國家利用偵查手段，去挖掘記者的消息來源，或藉此威迫、恫嚇媒體不得報導對政府不利的新聞，這種手法是非常可議的。因為，正因政府施政不透明，才會有秘密存在。而這些秘密，有些根本只是為了遮掩政府的違法、無能或醜態，如果不透過媒體公諸於世，誰會知道政府曾經膽大妄為若此？舉例而言，民國九十一年三月，《壹周刊》與《中國時報》同步報導「國安密帳」醜聞，結果，國安局馬上控告這兩家媒體涉及洩密，同時由司法單位發動大軍搜索，一舉從印刷廠中查扣十六萬本即將出刊的雜誌。但醜聞既已曝光，政府無從遮掩，最後只能坦承確有其事。而國安局控告媒體洩密的這件官司，一查八年，直至九十九年間才以「罪嫌不足」為由結案。檢察官在不起訴書還點出，被媒體披露的這批專案文件，是否真是機密？或僅是為掩護少數人不法的障眼手法？狠狠地修理了國安局一頓。

本書的情節其實跟上述案例極為接近。故事的梗概，是以日本新聞史上非常有名的「西山事件」為藍本發展而成。

一九七一年六月，日本與美國簽署返還沖繩協定時，日本「每日新聞社」政治組記者西山太吉透過與他有婚外情的外務省（相當於我國外交部）女事務官協助，取得極機密資料，間接證實日本和美國訂有密約。資料顯示，為了順利收回沖繩，日本竟然同意將本來應該由美國付出的四百萬美元土地復原費，改由日本負擔。由於資料過於敏感，西山不敢在報章上公布詳情，只能隱晦地在報導中點到為止。但在幾次提筆為文後，都沒有達到他預期可能發生的究責政潮。最後，西山選擇把資料交給在野黨議員爆料。沒想到，不守信用的政客竟然在國會殿堂中公開這些敏感的文件，而引起軒然大波。不旋踵，檢警單位馬上展開大動作偵辦行動，並且迅速查明資料外洩流程，而且把西山和外務省女事務官都以違反「國家公務員法」罪嫌逮捕收押。

最後，女事務官在一審判決有罪並宣告緩刑後，放棄上訴。而西山一審獲判無罪後，檢方上訴二審時，案情出現逆轉而改判有罪。全案上訴到最高法院後，法官提出了「採訪國家機密並不等於違法，但如果採訪手段和方法觸犯法令，或雖未觸犯法令但卻嚴重蹂躪受訪者的人格尊嚴，有普世價值無法認同的行為時，即脫離了正當採訪活動的範疇，具違法性。」的檢驗標準，因此認定西山利用與女事務官之間的私情獲取國家機密，屬於違法行為，而以有罪但宣告緩刑的判決定讞全案。

本書作者山崎豐子會選擇「西山事件」作為故事素材，其實並不令人意外。因為，山崎年輕時也曾當過記者，有關記者與消息來源之間的互動關係，相信一定也是她常常思索的問題。而且，她當年服務的媒體，正巧就是這家「每日新聞社」。在菜鳥記者時代，山崎曾親眼目睹西山事件的主角如何在國家機器的追殺下掙扎求生，以及他最後如何不敵壓力，而被迫離開新聞界的無奈結局。若說十年前，高齡七十五歲的山崎，打算以這本探討媒體第四權的角色的小說，作為她筆耕一輩子的封筆之作，倒也是非常完美的結局。

山崎豐子是我非常喜歡的作家之一。一如她之前的寫作方式，總是先找到一個扣人心弦的真實素材，再透過大量的資料閱讀與親身訪問，並運用想像力加添情節後，把一段段的故事串在一起，而成為令人動容的精采好書。所以，她的作品有很濃的報導文學的味道，但又有小說的趣味性，不致流於資料的堆砌，可讀性非常高。

在本書中，山崎提出許多尖銳的爭議點，例如：人民「知的權利」是不是高於一切？記者為了滿足民眾知的權利，能不能不擇手段地挖掘新聞？記者與消息來源之間的私情，是不是必然成為影響或脅迫對方洩密的原因？而在司法審理過程中，控辯雙方的主張，如：「髒手握著髒筆，有資格主張知的權利嗎？」或：「如果在稱讚報導自由的同時，對於採訪中所存在的不擇手段皺眉頭，就等於只欣賞玫瑰的美，卻不願面對玫瑰根很髒的事這個事實。」都很值得讀者深思。

附帶一提，「西山事件」發生的當年，日本政府外務省對外一致否認日本與美國間訂有密約。誰知道，事隔三十年後，日本學者從美國解密的檔案文件中證實，日、美當年簽訂的沖繩協定，的確有密約存在。而西山也為此在二〇〇五年向法院起訴，要求國家賠償他的名譽損失。到二〇一〇年四月，東京地方法院終於判決，日本政府必須公開美國歸還沖繩時兩國訂立的秘密協議文件，同時應賠償包括西山在內的二十五名原告每人十萬圓日幣（相當新台幣三萬五千元左右）。但此時的他已垂垂老矣。七十九歲的西山雖然在人生晚年獲得平反，但區區的十萬日幣，又怎能彌補他當年在國家機器的壓迫下，黯然離開報社時身心所受到的重創呢？

但我絕對相信，為了挖掘真相，西山縱然以一生的青春作為代價，也無怨無悔。因為，這就是記者的宿命啊！

在風暴中飄搖擺盪的命運之舟

※情義之舟

弓成亮太

日本「三大報」之一《每朝新聞》政治部外務省線的王牌組長，也是日本政黨中樞「霞之關記者聯誼會」的明星記者。身材高大魁梧、濃眉大眼，個性桀驁不馴、充滿自信的他，對上司目中無人，但是對於記者工作具有強烈的使命感。多年來，他與政界保持著密切而良好的交情，以獲取第一手報導資料，然而，在外務省洩密事件爆發後，他卻徹底感受到政治人物翻臉像翻書的無情……

弓成由里子

與弓成亮太結褵多年的妻子，育有二子。她是大戶人家的千金，與出身自九州蔬果公司的弓成之間，原本門不當戶不對，但她受到弓成身為記者的偉大抱負所感動，毅然決定下嫁。只不過，如此堅定的心意，終將面臨嚴苛的考驗……

司脩一

《每朝新聞》政治部部長，是弓成的直屬上司。他行事中規中矩，沉著冷靜，凡事都要求循正常管道進行，不按牌理出牌的弓成與他正好相反，因此，身為部屬的弓成經常不顧身分，直接衝撞他。

首席主編檜垣

《每朝新聞》編輯局的首席主編，在四位主編中，是唯一讓弓成發自內心敬愛的前輩。他很器重弓成，無論於公於私，都給弓成很大的支持，也常給予良心的忠告。

山部一雄

《讀日新聞》的組長，擔任霞之關記者聯誼會的幹事。他頂著報社記者的頭銜，成為在政界呼風喚雨的大牌政治人物心腹，暗中在政界發揮影響力。雖然與弓成對於身為記者的理念不大相同，但兩人交情很好，即使在弓成最失意的時候，他也依然很挺弓成。

三木昭子

外務省安西審議官的女事務官，容貌秀麗、身材姣好。她的職務相當於秘書，主要負責接電話、打字和整理資料。由於安西審議官在外務省的職位僅次於次長，因此三木平日有機會接觸到許多機密資料，與經常出入審議官室的弓成之間也因而有了交集。

※政權之舟

佐橋首相

他在任內被輿論抨擊無能，因此將沖繩從美國手中回歸日本一事，視為卸任前最重要的政績。沒想到被在野黨議員掀出有「日美密約」一事，因而對提供資料的記者弓成恨之入骨。

田淵角造

在佐橋內閣時代，是執政黨內最具實力的人物，掌握了黨內最大派系「佐橋派」中三分之二的議員，實質上已和佐橋成為「共同經營者」，對於繼佐橋之後，角逐首相大位極有野心。

小平正良

個性沉默寡言，記者們幫他取了一個「啊嗯長官」的綽號，曾經讓菜鳥記者時代的弓成感到苦不堪言，但是經過不斷努力之後，終於獲得了小平的青睞，弓成親暱地稱他「老爹」。在首相卡位戰中，擔任執政黨內「弘池會」會長的小平呼聲也極高。

安西傑

外務省的審議官之一。外務省內有兩位審議官，一位負責政策，安西則是負責經濟領域，很受重用。由於他的個性豪爽，加上也是九州人，因此在所有報社記者中，與弓成的交情最好，對彼此毫無隱瞞——直到弓成開始追問關於日美《沖繩回歸協議》的事……

※法律之舟

「剃刀」十時

警察廳長，「剃刀十時」是他的綽號，因他的眼神銳利、行事強硬，令人聞風喪膽，但是，他在私底下其實很有人情味。

弓成亮太辯護律師團成員

團長由在法界地位舉足輕重的伊能律師擔任，其他四位為：由著名檢察官轉任律師的高槻律師，曾參與保障人權、憲法相關大案子的大野木律師，以及年輕的山谷律師、西江律師。

本作品為根據事實進行創作的虛構小說。

目錄

第一章

外交官車牌

當綻滿茂密枝頭的山櫻花落盡，變成葉櫻時，整條街道展現出另一派風情。

霞之關外務省前方枝葉茂盛的櫻花樹盛開時，淡紅色的雅淡櫻花吸引了前來造訪的外國政要的目光，變成葉櫻後，嫩綠色的色調彷彿融入了白色和淡藍色的瓷磚牆般，美不勝收。

外務省東側入口總是有一般職員和來訪者忙碌地進進出出，正門卻人影稀疏，不時有高級車進出，偶爾還有掛著藍底「外」字的外交官車牌的車子出入。外—８２０２是美國駐日大使館公使的車子，四位數字的前兩位代表國家，後兩位是駐日外交人員個人識別號。

㊉—３９０１　印度駐日大使

外—２７１４　法國駐日大使館一等書記官

㊉代表大使館內官階最高者的專用車。雖然有時候會看到車子的左前側掛著國旗，但通常都不會掛。車牌號碼是外務省之前根據各國國名的英文字母排列順序編的號碼，但被視為一種國家機密嚴格管制，不對外公開，只有資深警衛熟知一連串的車牌，出來恭迎的課員也瞪大了眼睛確認，以防百密一疏。

昭和四十六年（一九七一年）五月上旬的這陣子，駐日美國公使的來訪目的，是為了與外務省的美國局長、條約局長討論目前成為焦點的「沖繩回歸談判」這個高難度案子，印度大使此行的目的是與經濟協助局長洽談請求日方提供經濟援助，法國一等書記官則是與情報文化局長討論日法文化交流問題。這種不起眼的日常外交工作的點滴累積，牽動了一國外交的重大政策。

不一會兒，外務省高級官員的公務車緩緩繞過圓環，來到正門玄關。車上坐的是駐美大使大場，美國局的參事一行人神色緊張地上前迎接。

駐美大使是曾經擔任次長的官員在外務省內晉升的最高職位，尤其大場在歷任事務次長中，以超群的談判能力和豪邁的人品著稱。他從一年前就任駐美大使後，也深獲美國方面的高度肯定。

大場大使在一群事務官簇擁下，經過懸掛著六個日式水晶吊燈的大廳，走向電梯的方向。沿途的職員馬上立正站好，向他行注目禮。這時，響起一個親切的聲音。

「大使，您回來啦！」

向大場大使打招呼的是《每朝新聞》政治部外務省線的組長弓成亮太，他不同於那些穿著深色西裝，畢恭畢敬的事務官，一身細條紋西裝的瀟灑打扮。

「喔……原來是弓成先生。」

大場大使戴著眼鏡的雙眼露出笑意。

「上次在華盛頓多虧了您幫忙。」

「別這麼說，大家互相嘛！你也幫了我不少忙——你的署名報導我都有看。」

大場大使圓滑周到地說完，伸手和弓成握了手後，走進事務官為他打開門的電梯。

弓成看到電梯停在外務大臣室、次長室、審議官室❶所在的四樓後，快步前往三樓的霞之關

❶在日本中央政府各機關中，審議官負責該部門的統籌事務工作。

記者聯誼會。

位於三樓角落，面向櫻田大道的聯誼會內，東京的十二家報社用資料架隔出各自的空間，後方的公用空間內雜亂地放著長椅、沙發，以及國內、外的報紙和電視。正在等時間的記者們心不在焉地看著整天開著的電視，或是翻閱雜誌，也有人在角落的桌旁打麻將、下將棋。

弓成抬頭看著設置在電視斜上方代表大臣以下局長級官員在座情況的燈。次長、美國局長和條約局長都不在座位上，他立刻察覺他們一定在大臣室與美國公使、大場大使進行會談，但他面不改色地和兩、三家報社的記者聊了幾句後，走進了《每朝新聞》的辦公區。三位同報社的同事中，其中一個正在用電話報稿，另一人正在剪報。

「清原呢？」

「他去亞洲局瞭解越南的相關情況。聽說臨時回國的大場大使今天會來外務省。」

「我剛才在大廳剛好遇見他。」

「組長，你的動作真俐落，大使和誰約了見面嗎？」

「你自己去確認一下燈啊！你們要勤快一點，在外務省內四處走動走動，報導是用雙腳寫出來的。」

他教訓了這兩個總是根據官方發佈的消息寫報導的年輕人，他們隨即倉皇離開了。

弓成把高大魁梧的身軀擠進狹小的鐵管椅坐了下來，點了一支菸。黝黑臉上的濃眉大眼散發出自信。

弓成吐了一口煙，俯視著窗外櫻田大道上的櫻花樹，彷彿看到了一個月前，受國務院邀請訪美之際看到的華盛頓波多馬克河畔的一整排櫻花樹，也同時回想起受邀與大場大使共進午餐的情景。

大使與報社記者單獨用餐的情況難得一見，似乎是因為弓成和池內內閣時代的幹事長田淵角造，以及曾經擔任官房長官❷、外務大臣的小平正良關係良好，同時，這幾位政治人物在進入佐橋內閣後，繼續累積各自的政治實力，對政局具有相當的影響力，大場大使才會邀他共進午餐。大場大使在閒聊之際，巧妙地打聽了自由黨內有意角逐佐橋首相接班人的動向。

駐在國外的大使最關心的就是國內的政治動向，比起目前赴任國家的政局，他們對國內的政治局勢更加敏感。因為一旦政黨輪替，外務官員的人事很容易發生變動。弓成對此了然於心，於是，與大場大使聊到了自己對於自由黨內在後佐橋時代最新動態的觀察。

當法式大餐的甜點送上來時，弓成談到了目前成為聯合國緩議案的中國代表權問題。中華人民共和國在建國二十年後逐漸強大，積極爭取加入聯合國，美國表面上採取支持台灣的政策，因此將在近日提出維持台灣的聯合國代表權的決議。

「恕我直截了當地請教，大使，你認為日本將繼續和美國同步調嗎？」

大場大使立刻抿起雙唇，但他深諳資訊需要相互交流的道理，所以猶豫片刻後，暗示親台灣

❷官房長官是日本政府的數位國務大臣之一，負責輔佐首相（內閣總理大臣），正式名稱為「內閣官房長官」。

派的佐橋內閣可能不得不與美國共同提案。

飯後，大使親自送他到大使官邸門口，特地對他說：

「請代我向小平會長和田淵先生問好。」

大場大使顯然已經顧慮到佐橋的接班人問題。

弓成客氣地道謝後，一離開大使官邸，立刻取消了下午的視察，驅車直奔華盛頓分社，寫下了剛才從大使口中聽到的消息。

政府將決定成為美國的共同提案國，表明支持台灣的立場

【特派員弓成／八日／華盛頓報導】

這篇報導成為翌日晚報的頭條新聞。

各家報社的辦公區突然熱鬧起來，次長的定期記者懇談會即將開始。

走進斜對面的記者室，四十張椅子上，坐了霞之關記者聯誼會所屬的三十幾家報社、電台的記者，次長在正面的桌後坐了下來。繫著領結的服務生從八樓的幹部餐廳下樓，為大家送上蘇格蘭威士忌的兌水酒。懇談會不同於正式的記者會，次長與各大媒體記者是一邊喝酒，一邊談論目前的外交問題。

林次長面帶溫和的笑容，環視在場的記者後開了口。

「今天沒什麼要特別討論的事。」

林次長在戰前的求學期間，就已經通過了高等文官考試的行政科和司法科考試。他曾在駐加拿大大使館、外務省北美局、條約局和駐美大使館工作，在擔任外務審議官後，晉升為次長，在外務省中屬於親美派。

「次長，偶爾也給我們一點甜頭嘛！關於沖繩回歸日本的美軍基地的整理和縮小問題，應該已經有藍圖了。」

像往常一樣，坐在記者席最前排中央的弓成最先發言。

「目前正展開積極交涉，希望可以達成對我方最有利的條件。」

「美國公使和目前正在國內的大場大使今天下午同時來到外務省，是否已經有了相當的進展？」

弓成緊咬不放，林次長絲毫不改溫和的表情。

「這我就不太清楚了。在基地這個問題上，美國的國務院、國防部和國會都各持己見，我方和公使之間商定的內容也經常出現反覆。」

他始終不改不願意正面回應問題的官方態度。

「那霸機場的徹底歸還應該不會改變吧？」

坐在後排的共同通訊社的年輕記者向次長確認。

「這一點當然沒問題，那霸機場是沖繩回歸時整理縮小的重點……」

弓成對這種實問虛答感到心浮氣躁。外務省唯一確定的就是那霸機場的問題，除此之外，對於其他問題都顧左右而言他，沒有明確的答案。這是否代表幾乎沒有基地會實質「縮小」，即使在沖繩回歸後，美軍基地也不會像日本本土一樣大幅減少？

「次長，可不可以請你明確回答一下，現階段預計基地會縮小到什麼程度？」

弓成進一步追問。

「這也要聽取防衛廳和大藏省的意見，我無法在現階段隨隨便便談論這個問題。」

林次長巧妙地避開了他的提問。

「次長，你就好好回答一下嘛！」

擔任霞之關記者聯誼會幹事的《讀日新聞》山部組長遲到了，他手拿酒杯在次長的正前方坐下來後，盛氣凌人地說道。一同出席懇談會的公關課長慌忙出來緩頰，被他狠狠瞪了一眼，板著臉說：

「林次長，除了沖繩當地居民以外，全國的民眾也都很想知道基地的問題。」

山部除了和歷任有實力的政治人物交情匪淺，還和以「國士」自居的右翼分子走得很近，是官員眼中最難纏的對象。

「真讓我無力招架啊！等日美雙方達成共識後，一定和大家分享。」

林次長見招拆招地迴避了問題。

「聽說基地以外的設施中，VOA（Voice of America＝美國對海外的短波電台『美國之音』）保留的可能信相當大。沖繩回歸日本後，有必要保留美軍戰略電台的VOA嗎？」

《旭日新聞》的記者提出了疑問，他是霞之關記者聯誼會內公認最認真勤奮的記者。

「認定VOA是戰略電台似乎有點不太恰當，對軍人和他們的家屬來說，那也是他們為數不多的娛樂，很難立刻廢止。」

「但是，外國人經營的電台如果未經核准，不是違反廣電法嗎？」

那名記者繼續追問。

「對了，遠東電台也還沒有撤離，據說和尼克森總統的家族有密切的關係，說穿了，就是總統利益的延續。」

山部在一旁插嘴。

「這就未免太穿鑿附會了。」

林次長終於明確地加以否認。

「這是本報華盛頓分社經過查證的消息，怎麼會是穿鑿附會？請你解釋一下。」

「今天的目的是和大家懇談，就先不談這些了。」

公關課長看到氣氛越來越劍拔弩張，忍不住提心吊膽，努力擠出笑容解圍。

「正因為是懇談，所以更要坦率地暢所欲言啊！」

「次長還有下一個行程，今天的懇談會就到此結束──」

公關課長為了避免次長被捲入越來越激烈的懇談會，匆匆帶著他離開了。

「弓成兄，星期六見囉！」

《讀日新聞》的山部向弓成打了聲招呼後，喝斥著手下的記者，帶著他們離開了。弓成和山部每週六都會在有樂町的啤酒屋喝酒聊天，相互交流資訊。山部自己從來不寫報導，都交給手下的記者處理，憑著與各政黨之間的良好關係和精明能幹，人稱「政界黑手」。雖然弓成和山部的行事作風不同，但同樣身為政治記者，兩人很談得來。

弓成在長長的走廊上轉了一圈，在樓梯前停下了腳步。站在那個位置，可以看到綠草如茵的中庭後方的國會議事堂。

報社的職責就是將每天的國政傳達給民眾，因此，報社記者必須積極上進，成為能夠和政治人物、官員平起平坐的優秀人材。這是弓成一貫的信條。

沿著樓梯往上走了一個樓層，那裡的走廊上鋪著地毯，大臣、次長和審議官辦公室都在兩側。雖然這個樓層有警衛駐守，但弓成不必接受檢查就走了過去，然後在走廊上轉了一個彎。走廊兩側分別是負責政策和經濟的兩位審議官辦公室，弓成走進了負責經濟的安西傑審議官的辦公室。

一男一女兩名事務官的辦公桌在入口附近面對面。

「他在嗎？」

弓成用目光指了指裡面的審議官室，問女事務官。女事務官微微點頭，男事務官也很親切地向他點頭打了招呼。在可以出入職位僅次於次長的安西審議官辦公室的報社記者中，審議官和弓成的交情最好，事務官也對他刮目相看。

弓成輕輕敲了敲裡面那間辦公室的門後走了進去，很有古代武士風貌的安西把皮質椅子放倒後，將正在看的資料倒扣在桌上。

「今天的次長懇談會也沒問出什麼名堂。」

弓成坐在安西辦公桌前的椅子上，蹺起了二郎腿。

「官員的評價基準向來都是少說少錯，怎麼可能說出明確的答覆？」

安西拿下眼鏡笑了起來。安西和大部分特考外交官一樣，都有良好的家世，而且是舊財團的公子哥兒，但在他身上完全感受不到令人不敢恭維的高傲。他性格豪爽，再加上同是九州人的親近感，因此，從安西擔任外務大臣的官房❸總務參事時代開始，七年來，他們始終維持著直來直往的關係。

「審議官，雖然在野黨滿嘴漂亮話，但只要越戰不結束，美軍不可能輕易答應縮小基地。」

「而且，目前還有從沖繩起飛的轟炸機。」

「這麼說，目前的談判正在往排除整理縮小的方向進行嗎？請你實話實說吧！」

「次長應該已經回答了這個問題，連次長都不瞭解的事，我怎麼可能知道？」

❸「官房」相當於政府各單位的秘書處，其首長稱為「官房長」。

「情況應該相反，美國局得出的結論會先呈到你這裡——你就給我一些線索吧！」

弓成用一貫的強勢作風追問。

「我兒子也想當記者，每次看到你這樣，我都下定決心，一定要阻止他。」

「別這麼說嘛！請他來《每朝》，我會好好照顧他的。」

「我才不上你的當，你每次都來要求一些別人根本沒有的東西，還真是不屈不撓啊！」

安西一臉無奈地苦笑著。這時，電話響了，安西再度戴上眼鏡，接起了電話。

「好，我馬上就去。」

他用恭敬的口吻說完，掛上了電話，俐落地整理了桌上的資料，塞進了抽屜裡。

「我可以在這裡等你回來嗎？」

「大場大使找我去，可能會聊很久。」

安西說完，走出了辦公室。

女事務官送茶進來。辦公室只剩下弓成一人，他慢慢喝著茶，抱起了雙臂。在第二次世界大戰中，沖繩是唯一發生地面戰的地區，總共犧牲了二十多萬軍民的生命，但日本本土的人卻很少知道這個可以稱為大屠殺的悲慘事實。《舊金山和平條約》簽定後，沖繩落入了美軍手中，在相當於日本領土面積百分之零點六的面積內，有百分之五十是美軍基地。

回想起來，沖繩曾經兩度被日本政府拋棄，目前正在進行回歸談判的內容並不符合沖繩居民的民意，而是順應美軍和美國政府的要求，沖繩很可能面臨被第三度拋棄的命運。

「沖繩不回歸，日本的戰後就不會結束。」曾經在就職演說中說出這句經典名言感動全國民眾的佐橋首相，當選至今已經六年，談判之路卻困難重重，沖繩回歸問題已經成為被抨擊為無能的佐橋首相的延命政策，也有人說是他準備作為在任期結束退休時的最後政績。

弓成喝完冷掉的茶，正準備站起來時，發現抽屜裡的資料露出了一個角。剛才安西審議官匆忙放進抽屜的資料中，有一頁垂了下來，弓成眼尖地看到上面寫著「LIST C」、「NAHA AIRPORT」這幾個字。他遲疑片刻，立刻抽出那份英文資料，發現的確是沖繩美軍基地回歸預定表。也許安西並不是在匆忙中忘了收好，而是故意露出一角讓自己看到——在多年的交往中，安西曾經多次用這種方式向他提供消息。這並不光是因為安西基於對弓成有好感，背後更隱藏了外務省的某種盤算。

弓成抽出那份英文資料，塞進了上衣口袋。

「我去其他官員的辦公室轉一下，等一下再來。」

他向還留在辦公室的男事務官打了一聲招呼後，前往三樓的情報文化局。入口旁有一台影印機，一位面熟的資深事務官剛好影印完。

「借我用一下。」

「請用，請用。」

那位事務官說話的語氣充滿對霞之關記者聯誼會明星記者的好感。

弓成用很不熟練的動作影印完後，又若無其事地回到審議官室，把資料放回剛才的抽屜裡。

「我看審議官暫時回不來了，我明天再來找他。」

他對正在收拾東西準備回家的事務官說完，從容不迫地來到走廊轉角處，立刻大步衝下樓梯，走進記者聯誼會的辦公區，向政治部主編報告後，搭計程車前往報社。

位於大手町的「每朝新聞社」是被稱為「三大報」的全國性報紙之一，五年前搬來的這棟十五層樓的建築物外觀有很多玻璃，設計很新潮。

編輯局在四樓佔據了很大空間，人數眾多的社會部位於中心，周圍是政治部、經濟部、外電部、藝文部、體育部、地方部和廣電部等各部的辦公區，後方是整理總部的大桌子。

晚上七點後，為了趕在翌日早報的截稿時間之前完稿，編輯局內充滿緊張的氣氛。

總共有一百二十名記者的社會部有一半以上的座位都空著，時間越來越晚，記者們紛紛從警視廳、警察廳、檢察廳和法院等地的記者聯誼會，以及事故現場回到報社，有人核對著剛才在外面用電話報稿的內容，有人開始埋頭重新寫稿。

兩位值夜班的主編不停地看著記者送來的稿子，時而大幅刪減，時而大幅調整前後內容，並不時把不予錄用的稿子丟進垃圾桶。記者交出的稿子中，只有三分之一能夠刊登在有限的版面上。

被稱為「小鬼」的事務輔助員工讀生穿梭在各部門的辦公桌之間，抱著記者要求他們找的肖像照、履歷卡和剪報跑來跑去。

「這種失焦的照片怎麼能用！你去照片室重找！」

記者的咆哮聲四起，那些「小鬼」跑著離開了。

統籌整個編輯局事務的是俗稱「派出所」的副總編，他的辦公桌旁邊是總編的座位。一旦發生重大新聞，該部門的部長、主編就會聚集在「派出所」，重新設計版面。

政治部的主編借調了外電部的三名年輕記者，正在辦公室等弓成。

接到弓成從霞之關記者聯誼會打來電話說有獨家大新聞，卻不知道新聞內容的記者，感覺自尊心很受傷害。

「他這個人我行我素，搞不好跑去哪裡吃飯了。」

其中一名曾經申請到傅爾布萊特獎學金赴美留學的記者說。

「外電部的報導都是直接翻譯外電，改成日文而已，實在不想幫那種平時口出狂言的記者做事。」

曾經是倫敦特派員的記者也皺著眉頭嘀咕時，弓成亮太雙手插在長褲口袋裡，心高氣傲地昂首闊步走了進來。

正在「派出所」不時看著手錶，等得不耐煩的總編、副總編和政治部長異口同聲地問：

「美軍基地怎麼了？」

大家紛紛向他打聽獨家報導的內容。

「這件事包在我身上。」

弓成拍了拍上衣口袋，趾高氣揚地走向政治部。他這種根本不把上司當成上司、目中無人的態度，總編和副總編只能聳聳肩，他的直屬上司——政治部長司脩一只能拚命克制著內心的不悅，跟在弓成的身後。

政治部的四十位記者中，負責跑首相官邸、執政黨自由黨與各在野黨的十幾名記者坐在桌前，看到英姿颯爽的弓成，有人立刻丟下了手上的鉛筆。從弓成意氣風發的樣子，不難猜到他拿到了獨家消息，其他記者寫的稿不是遭到大幅刪除，就是順延到第二天，甚至很可能被丟進垃圾桶。

弓成絲毫不在意其他人的這種擔憂，一屁股坐在剛才在記者聯誼會打電話聯絡過的首席主編旁，拿出了美軍基地的清單。

「幹得好！應該是本報的大獨家吧？」

因為是影印的資料，所以主編向他確認。

「開什麼玩笑！那還用說嗎？這份資料要多久才能翻譯出來？」

他們找來外電部的那幾名記者，出示了這份英文資料。

「內容很專業，即使分工合作，也要一個小時。」

「那現在馬上動手，因為事關重大，不允許有任何誤譯。沖繩獨特的地名可以參考這份資料。」

弓成從資料夾中拿出他自己製作的基地圖。

「給我看一下。」

司部長拿起資料看了起來。他曾經擔任過華盛頓分社的分社長，英文能力超強。當他看完資料後，抬頭對主編說：

「其他版要配合刊登解說報導，馬上開會討論一下版面的分配。」

於是，他邀集了整理總部的硬性新聞部門（包括政治、經濟、外電）主編開始討論。弓成則心無旁騖地開始思考報導內容和大綱。

不一會兒，當資料翻譯完成後，弓成把雜亂地堆在桌上的資料推向兩旁，拿起鉛筆，在草稿紙上振筆疾書，但在落筆時十分小心，避免他人察覺消息來自外務省。

> 防衛廳的內部人士透露，政府日前正式向美方提交了將在簽定《沖繩回歸協議》的同時公佈的沖繩美軍基地清單，已經進入最後的交涉。我方根據至今為止的談判，將所有美軍基地分類為A、B、C三大類。
>
> 「A清單」是沖繩回歸後，仍然允許美軍長期使用的八十五個基地，「B清單」指在回歸後數年內要求歸還我方的十八個基地，「C清單」則是必須在回歸同時還給我方的三十一個基地，從這三份清單中不難發現，我方政府將認可美軍繼續長期使用大部分基地。

從這個角度切入主題後，他在報導中強調了這份清單和沖繩居民要求在回歸後轉移、刪減基地的要求相去甚遠的實情。

首席主編檜垣看完弓成寫的報導，滿意地說：

「很好，這篇報導刊在頭版頭條，清單的詳細內容刊登在第二版。」

然後又叮嚀他：

「部長稱讚說，這個獨家很有價值，你去向他打聲招呼。」

弓成向來對凡事都要求循正常管道進行的司部長很不以為然，但報社內只有像是老大哥的首席主編不時提醒他不該把這種態度表現出來。弓成瞥了一眼部長的座位，在電話響個不停，連通道上也散著寫壞稿子的編輯局內，即使到了晚上，司仍然衣著整齊地端坐在辦公桌後。

「記者只要寫出令人刮目相看的報導就夠了——」

弓成吼了一聲，看了一眼手錶。校樣會在深夜十一點出爐，遇到重要的稿子，即使校樣再晚出來，弓成都一定會親自過目，一字一句仔細校對。

校樣出來之前，弓成和幾個同事一起去附近大樓地下室的小酒館「鶴八」喝酒。寫完頭版頭條獨家新聞的興奮，讓弓成的腳步變得輕快起來。

掀起暖簾走進小酒館，發現桌旁已經坐了客人，但吧檯座位還空著。

「老闆娘，我要平時的那種燒酒，給他們兩個日本酒。」

弓成和北九州的父親一樣喜歡喝燒酒甚於日本酒。

「咦？怎麼沒看到老闆？」

他原本打算和喜歡賽馬的老闆聊一下對賽馬的預測，好好放鬆一下。

「真不巧，今天晚上他有應酬，所以由我來下廚。」

絲毫不輸給男人的老闆娘說。

「那就來點好吃的，我也要順便填一下肚子。」

弓成吩咐後，老闆娘就著手張羅起來。

當裝在杯子裡的燒酒送上來時，弓成仰頭一飲而盡。滲入五臟六腑的好酒，醞釀出掌握獨家報導時特有的風味。

「喂，你們多喝點，不要客氣，今天給你們添麻煩了。」

剛才是由志木和清原對照之前的採訪檔案，核對了外電部翻譯的資料。

「沒想到上個月飛去沖繩採訪能夠派上用場，這一次，我們報社又可以把其他家報社遠遠甩在後面了。」

清原雖然年輕，但很有機動力，也很會寫新聞。他配著鹽漬鮮花枝，乾盡了杯中的酒。志木年齡稍長，因為空腹喝酒的關係，臉頰已經紅了。

「明天記者聯誼會一定很熱鬧，大家絕對會追問這條新聞是從哪裡傳出來的。組長，你這麼神勇，我們壓力好大。」

他說話很坦誠。

「不，我反而受到很大的激勵。其他報社的組長都會命令手下去採訪，自己只負責最後的整理，但弓成哥都親自採訪、親自寫稿。我很希望向弓成哥學習，只可惜採訪的人脈實在差太多了。」

清原雖然採訪很勤快，但他也知道自己的能力和弓成有天壤之別。

「對啊！組長和外務省的高官都很熟，真羨慕啊！」

志木也點點頭。

「你們別把事情說得這麼簡單，我不知花了多少工夫才建立了今天的人脈。」

「跑外務省真是苦差事，外務省官員在讀書的時候就考取了外交官考試，又有良好的家世，所以菁英意識濃厚，認為自己是國家外交的專家，外人根本不可能瞭解。而且，那種秘密主義實在太異常了，簡直把報社記者當成了蒼蠅，只要我們一經過他們的辦公桌，就故意把資料翻過去，看了就火大。」

志木忍不住吐露平日的鬱悶。

「要思考怎樣才能讓他們踐不起來的方法。外務省的官員最怕政治人物，所以，不妨鎖定有力的政治人物，從他身上建立人脈關係。如果只是根據共同記者會或是官員放出來的消息寫報導，就會淪為被動接受資訊的機器。記者必須成為不斷發揮靈敏的嗅覺，主動捕捉獵物的獵人。」

燒酒帶來的微醺讓弓成充滿野性的雙眼炯炯有神。

「獵犬嗅到獵物後，逮住獵物的秘訣是什麼？」

「沒什麼秘訣，重點在於不斷地抱持疑問，打開自己的天線，讓努力、集中力和鑽研力成為三位一體，發揮相輔相成的效果，找到自己想要的新聞，才是真正的記者。如果只是把聽到的消息寫下來，就注定只能當普通的記者，必須成為一個『問題人物』，也就是自己先具有疑問和問題的主題與目標後，再去找答案。」

「『問題人物』，這個比喻太有趣了。」

志木和清原探出身體。

「是啊！記者會不會發問，關係到寫出來的報導有沒有生命。平凡的問題只能得到平凡的回答，如果是非凡的問題，至少可以得到不平凡的回答。」

弓成趁著酒興，說出了一貫的觀點。

「採訪工作並沒有說的這麼簡單，也不是聽聽就能瞭解的，根據我的經驗，菜鳥只有從沒日沒夜跑新聞的辛酸中體會。我當記者的第一年，也是首相官邸的那群習慣成群行動的『青鱂魚』之一。池內內閣時的官房長官就是那個只會啊、嗯的小平，無論問什麼都得不到任何回答，也沒有任何動靜，簡直是難纏中的特等難纏。剛開始的時候，根本沒人理我，徹底遭到藐視。」

菜鳥時代的辛酸浮現在他的腦海中。

弓成分別在社會部和經濟部工作了一年多後，被派到政治部。二十六歲的他被派去跑官邸線，即使從早到晚一整天跟著首相跑行程，也不可能有機會單獨和首相談話，只能在成為首相分身的官房長官身上使力。小平沉默寡言，其他記者幫他取了「啊嗯長官」的綽號，讓弓成苦不堪言，如果不是問很深入的問題，小平官房長官總是冷淡地應對。對方是整天談論天下事的五十多歲官員，自己卻是剛起步的小毛頭記者，所以弓成承受了很大的心理壓力。為了得到對方的認同，他三百六十五天早出晚歸，飽嘗了各種辛酸。他接受了小平特有的禪問答式訓練，一步一步地克服難關，才逐漸走到今天。

當初他在被認為重要性與首相層級相同的最高法院院長人事問題上，得到了小平官房長官的認同。之前就眾說紛紜，有人認為會從法官中遴選，或由前檢察總長接任，也有人認為將拔擢民間學者，但始終都沒有定論。弓成在慣例的清晨拜訪中，用帶有禪意的方式發問：「關鍵在內部還是外部？」在此之前始終像土地公石像般文風不動的小平眨了眨小眼睛，幽幽地嘀咕說：「應該不會局限在內部——」弓成聽到這句話，立刻心領神會。他一回到報社，立刻寫下「最高法院院長將由首位民間人士橫田喜三郎接任」的標題，在翌日早報的頭版刊登了已內定東大名譽教授，也是國際法權威的橫田先生接任的獨家報導。其他報紙直到第二天才跟著做了「橫田可望成為下任法務大臣」的新聞。

從那次之後，小平開始特別關愛弓成。當他卸下官房長官一職，擔任外務大臣時，弓成開始叫他「老爹」。如今回想起來，在小平擔任官房長官時代圍在他身邊的各報記者中，只留下兩位王牌記者，其他人都戰死沙場。

弓成喝完杯中的酒，放在吧檯上。終於熬到今天的成就了——弓成雖然在別人面前總是不可一世的態度，但他隨時要求自己貫徹努力、集中、鑽研的真摯態度。

「組長，時間差不多了。」

聽到清原的提醒，弓成看了一眼手錶。晚上十點半，校樣應該差不多出來了。

「老闆娘，不好意思，這麼晚還來打擾，紅燒魚頭太讚了。」

然後，他和兩個年輕同事一起回到了報社。主編檜垣對他說：

「校樣剛好送來。」

剛印好的頭版校樣上出現碩大的文字。

三十一個基地即時歸還

不久的將來將歸還十八個，大部分將長期使用

弓成在校稿時，很期待這篇報導可以促使輿論要求歸還更多基地，為正進入緊要關頭的日美談判帶來良性結果。

※

凌晨兩點，弓成才搭計程車回到沒有星光的世田谷區祖師谷的家中。他按了門鈴，妻子由里子立刻出來迎接。無論再晚，她都會等丈夫回家。

「今天這麼晚，累了吧？是不是有什麼好消息？」

她不愧是記者的妻子，雖然已經筋疲力盡，但一眼就察覺丈夫心情很好，趕緊站在背後為他脫下了上衣。

「我打了漂亮的一仗，妳就期待明天的早報吧！」

弓成坐在飯廳的餐桌旁。即使在外面喝了酒或是吃了飯，只要一回家，他都會來一碗茶泡飯，這也是他多年的習慣。他配著最愛的糠漬小黃瓜，發出清脆的聲音，把茶泡飯吃了下去。

「你爸爸從北九州打電話來說，他又寄來五箱柳丁，聲音聽起來還是那麼有精神。」

眉清目秀、膚色白皙的由里子難掩笑意地說起特立獨行的公公。弓成停下筷子，很不耐煩地說：「唉！那我又要找時間去拿給大家了，他只要寄錢來就夠了啦！」

弓成的老家是九州一帶的大蔬果商。戰前，弓成的父親率先有組織地進口台灣香蕉，是一代致富的香蕉王。弓成亮太是家中的獨子，當他不想繼承家業，決定當報社記者時，父親非但沒有驚訝，更沒有失望，反而很高興地說：「很好，這是光宗耀祖的事。」還四處向親戚和客戶炫耀。

「你別這麼說嘛！我們是靠你爸爸每個月寄來的錢在過日子。」

弓成為了採訪需求，薪水的一大半都花在喝酒上。

「我知道，我知道。老爸每個月都很期待寄錢給我們，所以我也算是個孝子。」

「真受不了你，這麼說太過分了。」

聽到由里子的數落，弓成反駁：

「我不像妳家這麼有教養、那麼溫和。」

雖然他嘴上這麼說，但他對北九州的自己能夠擄獲湘南一帶大戶人家的千金這件事很得意。

弓成放下筷子，重重地嘆了一口氣說：

「這一陣子早出晚歸的，說好要去給兩個孩子的棒球賽加油也食言了，趁洗澡之前，我去看他們一下。」

說完，他站了起來。

「已經兩點半了，你趕快睡覺吧！」

由里子擔心丈夫太累，試圖阻止，但弓成充耳不聞，打開了孩子房間的拉門。

坐北朝南的房間內鋪了兩床被子，就讀國小三年級和今年剛上小學的兩個兒子正呼呼大睡。長子洋一和他很像，兩道濃眉下的嘴唇閉緊著。次子純二很像妻子，白白淨淨的，睫毛很長。兩人枕邊整齊地放著弓成幫他們買的鹹蛋超人玩具、繪本、學校的制服和書包。弓成忍不住露出笑容，凝望著浮現在小夜燈燈光下的兩個孩子出了神。

「洋一、純二，你們要健康長大。長大以後，不必拘泥在巴掌大的日本，爸爸會讓你們去世界上任何一個國家留學。」

他緊貼著兒子的臉說話。無論工作再忙、再累，只要看到孩子的臉，一天的疲勞就會消失，內心湧起幸福。

弓成隨便泡了一下澡，一躺在床上，立刻陷入了熟睡。

不知道睡了多久，他突然驚醒，猛地坐了起來。

「老公，你怎麼了？」

由里子在隔壁床上擔心地問。

「不，沒事。」

他用睡衣的袖子擦著額頭上的冷汗，跪坐在床上，身體忍不住抖了一下。每當他感受到身為記者的沉重使命感時，有時候會像這樣半夜驚醒，不由得感到肅然，和白天桀驁不馴的弓成亮太判若兩人。

※

清晨，當深紅色的天空微微吐出淡藍色，飄著《每朝新聞》旗幟的車子停在世田谷區祖師谷的弓成亮太家門口。這輛深藍色的龐帝克是弓成清晨去採訪時的專用車。

在妻子由里子的催促下，沒睡飽的弓成在刮好的鬍子上拍了點鬍後水，把領帶掛在領口，抓起競爭對手報社的早報，走出了玄關。由里子拿著他的西裝上衣，跟在他身後走了出來，彬彬有禮地向司機打招呼：「讓你多費心了。」

「別這麼說，弓成太太，妳也經常早起晚睡，很辛苦吧？」司機回答。
弓成一坐上車，就急匆匆地關上了車門。
車子駛離弓成家後，報社的旗幟在迎風吹拂下激烈飄揚著。
「七點可以到駒込嗎？」弓成繫領帶時問。
「弓成先生，你要去小平正良會長的家，我怎麼可能讓你遲到？」
司機的話中透露出絕對不會讓本報社的王牌記者遲到的決心。
競爭對手的報上沒有刊登值得一看的內容。弓成鬆了一口氣，閉上了眼睛。即使只有十幾分鐘，只要可以睡覺的時候就絕對不放過——如果無法掌握這種訣竅，根本沒有體力應付早出晚歸的生活。
車子在七點之前抵達小平正良位於駒込的寓所。小平曾經在三任六年的佐橋政權前半段期間，擔任政調會長和通產大臣，因為在政策上與佐橋首相意見相左而遭到撤換，目前並非內閣成員，但弓成身為跑小平線的記者，仍然頻頻上門造訪，是因為他身為繼承池內勇人遺志的正統保守派團體「弘池會」會長，最有可能成為「佐橋之後」政權的掌權者。
小平的寓所玄關宛如武家屋敷❹般的台階很寬敞，房子也很大，如果沒有人帶路，甚至不知

❹武家屋敷為日本江戶時代初期中級武士的住宅。

道該怎麼走。清晨拜訪的這個時間，跑小平線的那些被稱為「早安兵團」的年輕記者已經在門外和玄關徘徊。那些甚至沒有資格進入玄關旁小接待室的菜鳥記者，只能在小平的坐車離家之際對他說聲：「早安。」所以被稱為「早安兵團」。

弓成沒有正眼看那些菜鳥，傲然地走過他們面前，好像在自己家裡般熟門熟路地來到裡面的飯廳。一身簡式和服的小平像一塊景觀石般坐在橢圓形大餐桌的上座吃早餐，兩側分別坐著最得力的手下田川七助，以及其他當了四、五屆的議員和秘書。小平的寓所是傳統建築，大部分都是鋪榻榻米的房間，飯廳卻是西式的，也吃西式早餐。

弓成向小平道了早安。

「早。」

小平咬著吐司應了一聲，田川七助和其他人也都很有精神地向弓成打招呼，因為在各家報社跑小平線的記者中，弓成是他們的老闆最信賴、關係也最親密的記者。

弓成在空位上坐了下來，在這裡工作多年的傭人為他的杯子倒了番茄汁，也很清楚弓成早餐喜歡吃幾分熟的煎蛋。

「弓成先生，謝謝你上次送來這麼漂亮的柳丁。」

一身花稍洋裝的小平夫人為弓成幾天前送來的水果道謝。

「我北九州的老爸每次都寄來一大堆。」

「之前不是也送了一個人都抱不起來的一大串香蕉嗎？可見你父親為人真豪邁。」

雖然弓成不希望在這裡談這種事，小平夫人卻喋喋不休。她是神戶證券公司老闆的愛女，從小嬌生慣養，完全不在意政治人物的妻子必須扮演賢內助的角色。

當傭人為弓成送上他喜歡的半熟荷包蛋時，她也沒有幫忙，自顧自地在插了康乃馨的花瓶裡加水後，便轉身離開了。

「弓成兄，今天有什麼事嗎？」

田川七助探出身體問。

「沒事，只是好久沒來了，過來坐一坐。青山的公寓現在來了幾個人？」

為了讓老闆能夠繼佐橋之後，坐上首相的寶座，田川等人邀集各派系當了三屆左右的年輕議員聚集在青山的田川七助事務所，號稱研究政策，努力擴大勢力。

田川用叉子叉起小香腸說：

「成果不如預期，但目前已經有九名鐵票了。」

「那很不錯啊！七助兄，你人脈很廣，搞不好到時候要另外租一間公寓才能應付。」

弓成在吐司上塗著奶油，輕描淡寫地應了一句後，把吐司大口塞進嘴裡。田川七助之前也是報社記者。

機靈的政治部記者通常分為三大類。第一類是在當跑線記者時代培養人脈關係，學會在政界打滾的技巧，轉而投入政界的田川七助型；第二類是像《讀日新聞》的山部一雄那樣，維持報社記者的頭銜，成為在政界呼風喚雨的大牌政治人物的心腹，暗中在政界發揮影響力；第三種類型的記者和山部不同，與政界保持密切的關係，獲得自己想要的資訊後，經常在頭版以署名的方式寫報導，引領輿論趨勢，成為政治人物想要攀交情的記者。弓成很驕傲地認為，自己就是屬於第三類的記者。

「爸爸，您的電話——」

小平的女婿小聲地通知他。他目前正擔任小平的秘書，熟悉議員的工作。

「嗯。」

小平簡短地應了一聲，緩緩站了起來。弓成立刻知道他是去接沒有對外公開的書房電話，於是喝完黑咖啡後，也不經意地跟了進去。除了弓成以外，只有一、兩個報社記者可以這麼深入接觸。

小平不時發出他特有的「嗯」、「啊」聲聽著電話，從他附和時的表情很柔和這一點推測，對方應該是很熟識的人。在小平聽電話時，弓成走去書架前保持距離。在他視線的高度放了一個深綠色的皮革相框，裡面是一張龍眉鳳眼的年輕人照片。那是十年前，二十多歲就因病而英年早逝的小平長子的遺照。弓成經常回想起小平第一次在他面前談起遺照中的長子時，強忍著悲痛告訴他：「他是無可取代的，對我來說，他就是我的一切。」

小平打完電話後，書生❺進來協助他更衣。小平脫下簡式和服，穿上襯衫時，嘟囔了一句：

「嗯，你之前提到的那個『角福戰爭』已經開打了。」

弓成相隔多日，今天特地於清晨登門造訪，也正是為了這件事。日前，佐橋在與財界人士的定期聚餐上曾經提過，沖繩回歸本土後，他不會再眷戀首相之位。這番話立刻在轉眼之間傳遍政界，各方人馬已經開始在檯面下運作下一屆黨魁選舉的工作。

「『目黑』那裡有什麼想法嗎？」

弓成猜測剛才的電話是目黑的田淵角造打來的，所以這麼問。

「他用他引以為傲的電腦計算了出馬各派的票，只是來告訴我結果。嗯，我想他是來打聽我們派系有沒有和他聯手的意願。」

「不愧是角造先生，手腳真俐落，但也未免太小看弘池會的實力了。」

弓成大膽地斷言。田淵角造目前已經掌握了黨內最大派系「佐橋派」中三分之二的議員，實質上已和佐橋成為「共同經營者」。佐橋首相內心希望禪讓給和自己同樣是官員出身的福出武夫，以期日後可以「垂簾聽政」，但在「共同經營者」面前卻說不出口。

然而，雖然田淵是目前黨內最有實力的人，但光靠自己派系的選票，無法在下屆黨魁選舉中獲勝。小派系的二木丈雄也有意出馬角逐，一旦成為「二角小福」的四人爭霸戰，任何人光靠本身的派系，都很難掌握眾、參議員總投票數四百七十六張選票中的過半數，順利當選自由黨黨魁。前兩名的田淵和福出都必須在最後投票選舉中，與分居三、四名的小平和二木其中一位聯手，最終形成「角福戰爭」的局面，但小平在前哨戰中到底能夠獲得幾票，將成為攸關他日後政

❺書生指寄宿在政治家或文人家裡幫忙做家事，同時求學的人。

治生命的分水嶺。

「希望可以拿到一百票。」

弓成繼續試探道。平時，當只有他們兩個人單獨在書房時，小平向來不太設防，但弓成憑著與小平交往多年的經驗知道，他今天的口風特別緊，是因為他內心正在醞釀重要的政治判斷。

「如果能夠拿到一百票，弘池會以老爹為中心的向心力驟然升高，對外也可以展現更甚於以往的實力。」

弓成積極激勵小平，小平的小眼睛露出了微笑。弘池會雖然身為黨內第二大派系，在佐橋政權下，卻因為反主流而不得不坐冷板凳，以年輕人為中心的成員內心都憤懣不已，田川七助等人也期待這一次可以讓小平鹹魚翻身。

「差不多該出門了——」

小平的女婿秘書前來催促。

「我今天要搭便車。」

弓成還有很多事想要在前往永田町的車上好好打聽，所以決定搭小平的便車。

「弓成先生，那你的車怎麼辦？」

「有誰要去《每朝》的方向，可以順便載他一程。」

弓成說完，跟著小平一起走出玄關。

「路上小心。」

田川七助率領多位議員在寬敞的台階前站成一排送行，弓成和小平一樣，向眾人輕輕點頭，在「早安兵團」面前坐上了黑頭車。

在自由黨總部前下了小平的車後，弓成走向霞之關。雖然有一段路，但他經常提醒自己利用這種機會多走路，彌補平時的運動量不足。穿越位於商業街的小公園後，他跨過入口前的柵欄，來到長椅旁時，受驚的鴿子同時拍著翅膀飛了起來。他仰頭看向那個方向，春天的陽光令人目眩。這一陣子都沒有時間好好睡覺，不惑之年後的身體確實有點吃不消。

五月連假時也沒辦法休假，他很想今天早點回家陪陪兩個兒子，但更有一種衝動，希望可以做點什麼來充分放鬆身體深處的疲勞。他舉棋不定地走出公園，看到了公用電話亭，於是打電話到外務省的記者聯誼會，清原接了電話。

「有什麼新聞嗎？」

「目前並沒有什麼特別的——」

「那我先去一下松島理髮再過去，萬一有什麼緊急狀況，到松島找我。」

掛上電話後，弓成走向不遠處的飯店地下室的理髮店。

放著皮沙發的豪華等候室內空無一人。這是一家預約制的理髮店，但也很歡迎老主顧隨時上門。

見過多次的櫃檯小姐接過他的上衣，帶他去裡面的座位。日銀理事坐在裡面的椅子上，相隔一個座位上坐的是右翼大老。這兩個先來的客人當然不知道弓成的身分，只是隔著鏡子瞥了他一眼，似乎在說「這裡是四十多歲的小毛頭來的地方嗎？」弓成之所以經常來這家高級理髮店，一方面是因為和外務省記者聯誼會咫尺之距，更因為有時候可以在這裡逮到苦尋不著的採訪對象。

「歡迎光臨，今天這麼早。」

平時為弓成理髮、有點年紀的理容師過來招呼他，在他的脖子上圍好毛巾後，用理髮布蓋住了他的腳。

「最近有點累，等一下可以幫我按摩一下肩膀嗎？」

弓成怕相隔一個座位的右翼大老聽到，小聲地拜託理容師。理容師了然於心地對著鏡子點頭。

弓成的髮量多，髮質硬，理容師拿起梳子輕輕按摩，再用水沖濕後，用梳子和剪刀有節奏地修剪起來。弓成忍不住昏昏欲睡時，聞到一股濃烈的古龍水味，察覺到有人走動。右翼大老似乎要離開了。弓成微微張開眼睛，瞄了一眼把所有頭髮梳向腦後的大老，但終究難敵睡意，昏昏睡去了。

……突然，身體有一種被類似水藻的柔軟東西纏住、勒緊的快感。他伸手想去抓水藻，水藻頓時散開，但隨即又纏了上來。他用力想要抓起來，水藻卻滑走了，還發出「呵呵呵」令人難以理解的笑聲——

他猛然驚醒，看到自己在鏡子中驚慌的臉。原來是小睡片刻時的夢境。

「怎麼了？」

手拿熱毛巾的理容師在鏡子中對他微笑。

「不，沒事。」

弓成閉上眼睛，試圖化解剛才的窘態，熱毛巾敷在他的臉上，恰到好處的力道按在他太陽穴、鬢角和下巴的穴道上。簡直是人間仙境。

當毛孔張開後，沾了大量肥皂泡的毛刷在他臉上刷動，弓成再度湧起了睡意，繼續剛才的夢境。

弓成神清氣爽地走出松島理髮店，邁著輕快的腳步沿著樓梯走向大廳。

從飯店沿著首相官邸的圍牆走到外務省，去記者聯誼會之前，他搭東側大門的電梯直接前往北棟七樓的美國局。

隔著走廊，面向中庭那一側依次是安保課、北美一課、二課、參事室和局長室。

外務省和其他機關相比，職員人數較少，因此被稱為「中小企業」，但美國局，尤其是北美一課負責與美國國務院進行外交交涉，並蒐集有關政務的各項資訊，因此，在這個部門工作的都是菁英中的菁英。

除了要有良好的學歷、家世和姻親關係以外，他們一進入外務省，就被派去美國的大學進修，之後通常都是每隔數年，在外務省、美國或加拿大的大使館、總領事館之間輪調，因此被稱為是「美國學校」。日本外交政策的基本思想就是日美一體，他們基於自己掌握了國家命運的自負，認為和「亞洲小組」、「俄羅斯學校」有著一線之隔。而且，他們對報社記者向來十分冷淡，很難單獨採訪到他們，因此經常看到一大群各報記者，像是一串「金魚屎」般追在他們身後。

但是，弓成在年輕時代就毫不畏縮地單獨採訪了負責外交談判的立案和施行的課長及首席事務官。為了讓有強烈特權意識、凡事都講究秘密主義的「鐵褲」（源自「穿著鐵皮褲的官員」）開口，必須和對外務省有影響力的大臣、政界大老保持密切的關係，並以此為後盾。弓成在小平正良擔任外務大臣的時代認識到，即使是中樞部門的官員，在擁有實權者和實際掌握人事權的政治人物面前還是甘拜下風。

北美一課內，經由四種不同考試錄用的二十四名事務官分成兩排坐在辦公桌前。課長、首席事務官等未來比局長更可望成為大使的特考組都是外務公務員高級考試合格者，非特考組則是外務公務員中級考試合格者和通過語學進修員錄用考試的專業職員。其他通過普通國家公務員初級考試而錄用的職員則負責會計、文書管理和通訊事務。

在襯衫外穿了一件背心的川崎課長正在專心研讀資料，首席事務官的座位空著。

「課長，這次訪問沖繩的行程怎麼樣？」弓成問道。

川崎摘下眼鏡，抬起長臉看著他說：「並沒有特別的變化。」

川崎是負責沖繩回歸談判實務的重要人物，負責與美國國務院、美國大使館和琉球政府交涉。

弓成拉著首席事務官的椅子，一屁股坐了下來。

「但是，『撤核武，和本土相同』的回歸根本是騙局的聲音與日俱增，頻頻發生嚴重的抗爭，屋良主席❻為此也深感頭痛。」

「在野黨的議員雖然一竿子打翻一條船，抨擊這是一場騙局，但事實上沖繩的教職員工會、基地勞工、軍用地的地主因為站在不同的立場，利害關係和意見也有微妙的落差。你找我有事嗎？」

川崎家從祖父開始就是外交官，在外交官世家長大的他彬彬有禮地問。

「我想請教的是撤核武的問題。撤走毒氣時曾經大肆宣傳，但核武仍然蒙著一層神秘的面紗。」

「這種高層級的談話不應該找我吧！」

川崎巧妙地閃躲。

「那始終懸而未決的軍用地復原補償費的支付問題呢？《回歸協議》的簽署儀式指日可待，日美雙方對於由哪一方支付已經有了定論吧？」

「沒什麼定不定論的，美軍當然必須將之前作為軍用地徵收的土地恢復為原本的農地或房舍，復原補償費應該由美方支付。」

川崎面面俱到地回答後，以要去開會為由，婉拒了弓成繼續採訪。

❻本名屋良朝苗，他在尚未回歸前的沖繩政府時代舉行的唯一一屆行政主席民選中，成功當選為第五屆行政主席，主張沖繩應回歸日本，其後在沖繩終於回歸日本後，擔任第一屆沖繩縣知事。

這天傍晚的次長懇談會沒有什麼吸引人的話題就結束了，弓成像往常一樣走進了安西審議官的辦公室。

一進辦公室，兩位事務官面對面坐在辦公桌後，靠走廊的牆邊放了一張沙發，供來客等候。身穿格子套裝的女事務官三木昭子一看到弓成，立刻撥了撥短髮的劉海，看了一眼手錶說：

「審議官去伊朗大使館了，但差不多該回辦公室了——」

「你坐下來喝杯茶，審議官應該馬上就回來了。」

一頭花白短髮的五十多歲男事務官山本勇請他坐在沙發上。弓成是唯一不需要預約，就可以自由出入職位僅次於外務次長的審議官辦公室的報社記者。

「平時經常受你們兩位照顧，每次邀你們吃飯，你們都推辭，讓我很過意不去。」

弓成客氣地說。三木昭子主要負責接電話、打字和整理資料，山本則負責與外務省內部、國會和議員秘書之間的聯絡和溝通工作，他們並不是經過考試進入外務省的事務官，而是因為身為職員家屬所錄用的秘書。由於弓成是安西審議官信任的記者，即使突然上門採訪，也會為他安排時間。

「弓成先生，我記得你愛喝黑咖啡，請用。」

三木手腳俐落地為他倒了一杯現泡咖啡，把杯子放在自己辦公桌的角落。弓成看到她曲線玲瓏的柳腰和迷你裙下修長的雙腿，感受到不像是已經三十八歲女人的年輕和冶豔。

弓成的咖啡還沒喝到一半，安西審議官就回來了。

「您回來了。」

兩名事務官起身迎接，安西審議官向他們點了點頭，直接走進隔了一道門的辦公室。弓成也跟了進去。

在只有一張大辦公桌和書架的簡單辦公室內，放在金框內的威廉·泰納（Joseph Mallord William Turner）風景畫格外引人注目，但不知道是從安西財團的老家帶來的私人物品，還是外務省的財產。

「剛才是去參加新任公使的雞尾酒會吧？」

安西正把黑色禮服上衣掛上衣架，弓成站在他身後問。

「對，他是伊朗巴勒維國王的外甥，但城府很深，似乎很難纏。」

安西坐在辦公桌後，從抽屜裡拿出威士忌小酒瓶喝了一口。不光是安西，外務省的官員因為經常與外國政要打交道，又曾經在駐外使館工作，也三不五時參加宴會，有不少人都有輕度的酒精依存症，這也算是一種職業病。

「審議官，關於之前的請求權，就是軍用地的復原補償費該由日美哪一方支付的問題，如今是民眾最關心的事，謎底是不是差不多該揭曉了？」

他再度提出上午問過北美一課課長的相同問題。

「怎麼又是這件事？你還真鍥而不捨。」

安西苦笑道。不久之前，他在與弓成閒談時，臨時被暫時回國的大場駐美大使找去，他隨意把基地清單塞進抽屜後就離席了。弓成果然拿走了資料，在翌日的早報上寫了一篇獨家報導。然而即使見面時，他們也絕口不提這種事，彼此心照不宣。

「根據我的推測，原本應該由美方支付的復原補償費是不是由日方偷偷代為支付，補償給沖繩的地主？」

弓成直截了當地問出了下一次採訪的問題。

「我只能告訴你，目前還在交涉。」

「審議官，你之前曾說，美國在越戰中耗盡錢財，沒有一毛錢可以支付給日本，而且美國國會也認為既然美方已經願意把沖繩歸還給日本，沒有理由再付錢。照這樣看來，美方沒有理由支付，不是嗎？」

「外交談判就是要在關鍵時刻做出對我方有利的結論，你不要這麼激動，太不像你平時的作風了。」

「條約局長經常與美國公使見面，這個問題應該是《沖繩回歸協議》中最大的瓶頸。」

「無可奉告。倒是你知道素有「慎重居士」之稱的條約局長最近的動向嗎？」

安西蓋上威士忌小酒瓶的蓋子，難得用嚴厲的眼神看著弓成。

「只要經常在外務省內走動，我當然可以猜到一些事。不過，你向來在允許範圍內知無不言，沒想到在這次的請求權問題上，口風特別緊。」

弓成再度體會到這個問題的深入，他為安西叼在嘴上的菸點了火，自己也抽了一支菸。

弓成和安西的交情已經有七年了。七年前，當安西從華盛頓大使館回到外務省就任大臣的官房總務參事後不久，設宴邀請記者時，他們第一次交談。那次的宴會邀請了公關課長推薦的五、六名霞之關記者聯誼會的記者，《每朝新聞》受邀的並非當時擔任組長的司，而是弓成。外務大臣的官房總務參事是直通次長的重要職位，和記者之間完全沒有任何交情的安西，希望藉此機會觀察值得信賴的記者。之後，安西經常單獨找他，弓成才慢慢體會到那次設宴的真正目的。

一起喝了幾次酒後，安西瞭解到弓成是跑小平線的實力派記者，對政局也知之甚詳，便漸漸開始重用弓成。弓成也從安西口中聽到了在國內很難瞭解到的國際消息，再加上他們的老家很近，雖然年紀相差一輪，但喝醉酒時，說話難免流露出鄉音，彼此的關係也越來越親密，同時，他們都希望未來由小平正良擔任首相。

有一天，弓成赴報社前，先繞去安西的辦公室，安西突然問他：

「要不要我給你獨家消息？」

在半年的相處中，安西說話方式從來沒有這麼直接，弓成懷疑自己聽錯了。

「如果你願意分享，我當然洗耳恭聽。」

「後天早上，美國的核能潛艦將首度來日本。」

弓成實在太驚愕了，身體忍不住抖了一下。美國駐日大使向日本政府申請核能潛艦在日本靠岸一事已經一年半了，卻始終沒有下文，原因在於此舉引起輿論譁然，引發了許多反對抗爭和遊行。但是，日本政府既然已經同意，核能潛艦必定會靠岸，至於什麼時候、進入哪一個駐日美軍基地，是跑外交、防衛線的記者最關心的問題。

日美雙方決定，美方必須在靠岸的四十八小時前通知日方，消息在靠岸前二十四小時才可以向媒體解禁，正式公佈消息。如果在翌日的早報刊登這則消息，就會成為官方正式公佈前的大獨家。弓成從來沒有獨家報導過這麼高層級的軍事機密。

「潛艦名和靠岸港呢？」

弓成追問。

「應該不至於在日本的中心靠岸。」

安西只說了這麼一句，就不願意再多透露。言下之意，就是要弓成自己去打聽。弓成立刻回到記者聯誼會，向司組長報告的同時，也打電話給防衛廳內局的參事。弓成前年受美軍之邀，試乘停靠在關島的核能潛艦時，與參事建立了良好的交情。精明能幹的參事接到弓成出其不意的電話，立刻了然於心，小聲地回答：「真不愧是弓成先生，這麼快就得到了消息。佐世保已經悄悄地實施了戒嚴。」他的回答和安西透露的消息不謀而合。弓成確信潛艇將在佐世保的軍用基地靠岸後，繼續追問：「潛艦名是——」參事回答說：「你之前在關島搭乘的是劍魚，第一次訪日的是『海中蛟龍』。」說完，就掛上了電話。弓成之前參觀時，艦長一再向日本記者強調核能潛艦的安全性，讓他們體驗了急速潛航、急速上升等性能，看到弓成和其他記者全都嚇得臉色發白，緊抓著儀表板不放的樣子，忍不住哈哈大笑。

弓成想起當初試乘時拿到的資料中，有一份美軍所有核能潛艦一覽表。他回到報社後，在抽屜裡翻找了一下，立刻在牛皮紙信封中找到了那份資料。他有九成的把握認定潛艦名是「海龍」，但萬一出了差錯，就會毀了這個世紀大獨家。報社方面已經為他準備好頭版頭條的版面，他必須在不被其他報社察覺的情況下，在最後截稿時間之前查清楚。由於絕對不允許有任何閃失，弓成的胃開始隱隱作痛，最後終於決定硬著頭皮打電話到安西位在田園調布的家中。凌晨一點，剛入睡的安西接電話的口氣很不悅，但弓成不以為意，大聲地向他確認：「我就寫『海龍明日將在佐世保靠岸』！」安田回答說：「沒問題。」

由於在最終截稿時間之前才完稿，因此，翌日刊登在頭版頭條的核能潛艦首度在日本靠岸的報導無法出現在九州一帶的報紙上，但西部總社立刻加印了號外寄到佐世保。

雖然是一篇前所未有的大獨家，卻是未署名的報導，也沒有領到「總編獎」。一旦外界知道是弓成寫的報導，就會懷疑是安西透露的消息。弓成為了保護消息管道，既沒有在報導上署名，也沒有申請總編獎。

正因為如此，他和安西的關係始終如一。

「弓成，請求權的問題的確還沒有最終結果，等定案後再討論吧！」

安西審議官似乎向弓成發出忠告，難道是暗指沖繩回歸是佐橋首相卸任前的最大政績，要求弓成絕對不要做出讓首相蒙羞的事？

弓成捺熄了菸說：

「我找到一家餐廳，應該合你的胃口，下個星期找時間為你帶路。」

然後他輕輕一鞠躬，走出了審議官室。山本事務官不在座位上，三木昭子正準備下班。當他們視線交會時，她剛補了口紅的嘴唇露出魅惑的笑容。弓成愣了一下，不知道該如何回應，這時，身穿襯衫的官房年輕事務官剛好抱著資料袋走進來。

「請審議官在明天中午之前批示後，送回次長室。」

他把資料袋放在三木的辦公桌上。

「好。審議官等一下要出席一場聚會，今天就先由我保管。」

三木口齒俐落地回答後，打開資料袋的繩子，從裡面拿出一疊文件，在簽收簿上記錄簽收的文件項目。這些文件上幾乎都蓋著「機密」的印章。

「還是老樣子，每一份都是機密文件。」

弓成很受不了地說。

「如果真的是機密文件也就罷了，每天不知道有多少『極機密』、『部外機密』的極機密文件送到審議官的手上。有時候根本不是什麼機密，只是希望審議官過目，故意蓋上機密的印章，幸好這種情況並不多。」

三木一邊用工整的字體記錄，一邊面帶笑容地說。

「原來如此，這是極力想要往上爬的官員發揮的智慧。像這種文件和電文通常都是用打字機打的，我還第一次看到這種手寫的，簡直和記者的草稿差不多嘛，只是一個是橫寫，一個是直寫而已。」

為了避免引起三木的警戒，弓成故意用輕鬆的口吻說著，兩隻眼睛卻盯著文件不放。不知道是否因為時間匆忙，那份文件上有很多橫線刪除或是增加補充的內容，字跡也很潦草。文件上方的傳閱欄內寫著大臣、政務次長、事務次長、兩名審議官、官房長、局長和相關課長的名字，官房長以下的官員用各自的獨特字體簽上了已經過目的簽名。「限定傳閱」的印章引起了弓成的注意。

三木昭子察覺了弓成專注的眼神。

「弓成先生，不好意思，可不可以請你稍微站遠一點。這是最高機密級的『部內機密』，審議官也還沒有過目。」

她輕輕地用雙手遮住了文件。

「因為很少見到，所以忍不住好奇起來。不好意思，那我先告辭了。」

弓成縮回探出的脖子，親切地打了聲招呼後，準備離開。

「我說話太無禮了，如有得罪，還請你多包涵。」

三木站起身，用剛才的魅惑眼神看著他。

＊

由里子開著藍色的可樂娜，滿臉擔心地看著一身高爾夫球裝、在副駕駛座上沉睡的丈夫。為了參加弘池會在小金井高爾夫俱樂部主辦的高爾夫球賽，弓成今天也起了個大早，由里子開車送他到高井戶交流道的集合地點。

弓成除了擔任霞之關記者聯誼會的組長，還必須與自由黨各派系打交道，工作忙碌的程度和三十多歲時沒什麼兩樣。照理說，早就應該感到身心俱疲，但他的採訪工作從不假他人之手，凡事都要親力親為。

由里子輪廓很深的白皙臉上化著淡妝，她比丈夫年輕五歲，但或許是因為穿了一件玫瑰色毛衣配七分褲的關係，看起來比實際年紀年輕了好幾歲。

一個送牛奶的少年騎著腳踏車，突然從住宅區的十字巷弄內竄了出來，由里子巧妙地轉動方向盤閃避後，再度為丈夫的事感到操心。

《每朝新聞》的政治部總共有四十名記者，身為妻子，她不希望只有丈夫整天做牛做馬地工作，但丈夫希望在當上霞之關記者聯誼會的組長之後，能夠成為負責執政黨自由黨的組長、官邸長，日後更希望自己可以邁向政治部長、總編之路。如果他是基於世俗的觀念想要出人頭地，由里子至少還可以出面勸阻，但弓成擁有強烈的信念，認為如果不坐上總編的職位，就無法創造出一份「我眼中有品味的報紙」。他在家時很少談工作的事，深夜回家吃茶泡飯時，不時語帶憤慨地透露，由於高層的無能，原本在三大報中穩居首位的《每朝新聞》的發行量日益減少，已經落後《旭日新聞》了。

來到環狀八號線時，沿途開始塞車。由里子用鞋尖輕踩油門，將可樂娜駛入了車流。

「趕快超越前面那輛慢吞吞的公車！」

由里子以為丈夫在睡覺，沒想到他突然指著前面一輛民營公車說道。

「不用這麼趕也來得及，你趕快先吃幾口三明治，不然空著肚子，怎麼能和那些政治家一較輸贏？」

聽了由里子的建議，弓成不耐煩地打開餐巾紙，把切成適當大小的三明治塞進嘴裡。

來到高井戶交流道往調布方向的匝道時，看到有一整排黑頭特約車在那裡等候。由於是弘池會邀請各報記者參加的高爾夫球賽，因此他們特地叫了特約車。

弓成對著後視鏡整了整瀟灑的橫條紋馬球衫衣領，精神抖擻地下了車。高大結實的身上揹著裝了高爾夫用具的球袋和裝了換洗衣服的小行李袋。

「那我走了。」

弓成顯得容光煥發。

「你趕得及參加飯倉官邸的茶會嗎？」

屬於外務省外圍團體的文化交流會在今天下午三點舉辦茶道會，邀請了駐日大使館、總領事館和代表部相關人員參加，霞之關記者聯誼會的弓成也莫名其妙地收到了邀他們夫妻參加的邀請函。

「我一點過後就會回到霞之關，但我不喜歡什麼茶道會，妳去幫我應付一下。」

弓成不由分說地說完，大步走向已經等候在那裡的記者朋友。

由里子送完弓成回到家中後，把裝了營養午餐費的信封放進了分別就讀小學三年級和一年級的兩個孩子的書包裡。

「爸爸今天也一大早就出門了。」

像父親一樣好勝的洋一不滿地嘟起了嘴。

「媽媽，報社的記者都很忙，對不對？」

很像母親的洋一仰頭看著由里子，人小鬼大地說。

「今天下午媽媽也要出門，你們放學後，直接去成城的阿姨家，我晚一點會去接你們。」

由里子妹妹的家就在附近，有事出門時，姊妹倆會互相照顧對方的孩子。

「那可不可以住一晚？」

妹妹雖然和婆婆同住，但是並沒有住在同一戶，洋一兄弟倆很喜歡在寬敞的房子內和表兄弟一起玩耍。

「不行，如果爸爸回來看到你們不在家會很失望。」

由里子推著兩個兒子背上的書包，送他們出了門。目送兩兄弟快快樂樂一起去上學的身影轉過街角，是由里子最幸福的一刻。

整理完廚房後，她才終於有喘息的時間。她喝著咖啡，瀏覽了丈夫今天沒有帶走的兩份早報，把有丈夫署名的報導和他事先吩咐的報導剪下後，貼在剪貼簿上。今天並沒有什麼重大新聞。

看完報紙後，她一抬頭，發現落地窗外，花圃裡的薔薇花蕾微微張開了。由里子穿上拖鞋，瞇眼細看著用紅磚圍起的兩坪大花圃內的鮮花。紫羅蘭、西洋櫻草、矮牽牛，五彩繽紛的鮮花爭奇鬥豔地綻放著，繡球花也應該會在下個月開花。

由里子喜歡種一些花花草草的興趣，來自逗子老家的父親。父親年輕時是銀行員，駐倫敦多年，回國後，對仍然健在的祖父引以為傲的奢華日本庭園不屑一顧，在陽光充足的庭園南端建了花圃和溫室，熱中於種植色彩鮮豔的西洋花卉。父親對新品種也有濃厚的興趣，甚至訂閱了英國種苗公司發行的雜誌。每當這本有許多彩色圖片的《SUTTON》雜誌用海運送達家中，父親看完之後，由里子她們就會搶著看。在戰後不久，物資缺乏的生活環境中，每當翻開雜誌，就會聞到一股難以用言語形容的優質紙張味道，嘉德利亞蘭花和薔薇的豔麗花卉，以及茄子、蘆筍等疏菜幼苗的照片也很可愛，令姊妹倆愛不釋手。

之後，由於父親臥病在床的關係，他的興趣從西洋花卉變成了東洋蘭。由里子只要想到花，就會想到父親，也會想起每個月從英國寄來的那些雜誌。

當由里子提出要和弓成亮太結婚時，向來溫文儒雅、很有紳士風度的父親始終不願點頭答應。他說：「我已經請人幫妳找適合成為妳終身伴侶的人。」委婉地表達了他的反對。在家裡的三兄妹中，父親對由里子並沒有特別關愛，順利張羅完長子婚事的母親也對父親的這種態度感到十分納悶，再三詢問：「你已經有中意的女婿人選了嗎？」父親一再堅稱：「我已經拜託由里子的指導教授了。」最後以「她還是學生嘛」為由，不願意再談由里子的婚事。

回想當年，由里子去每朝新聞社事業局向學長拿了維納斯展門票後，準備離開時，與弓成亮太在大門口擦身而過，三週後的星期天，弓成亮太就出現在由里子位於逗子的家中。在每朝新聞社與弓成擦身而過時，學長向他介紹說：「她是你的學妹。」當時，趾高氣揚地走進報社的弓成一看到由里子，身體立刻變得僵硬，但很客氣地打完招呼就離開了。一個星期後，弓成在大學的學生餐廳裡找到由里子。他推說是來採訪當時成為媒體寵兒的年輕政治學教授，所以難得回到母校。兩人一邊喝著咖啡，一邊聊起弓成在大學時代曾經當過學生會會長，以及因為太投入學生運動，根本沒時間好好讀書，所以最後選擇讀研究所。他滔滔不絕地聊了四、五十分鐘自己的事，然後就離開了。

兩週後的星期天，他成為逗子的由里子家中的不速之客。由里子和母親驚訝得目瞪口呆，他若無其事地說：

「我在遊艇社的朋友邀我去油壺的遊艇碼頭玩，但去了之後發現那種東西不適合我。準備回家時，想起之前聽說妳住在這附近，所以就順道過來看看。妳家是這一帶的大地主，連車站的人也知道，還教我該怎麼走。」

但他絲毫沒有表現出裝熟的樣子。

之後，除非有特別重要的事，他幾乎每週日都上門，說：「光棍來騙吃騙喝了。」接著便坐下來與由里子一家人一起吃飯，和大家分享報上沒有刊登的財界和政界的內幕，成為飯桌上的中心人物。他自信滿滿，又充滿野性魅力，渾身散發出精悍的活力，全家人都很欣賞他。

一開始，精明的由里子母親還認為「他似乎不太符合我們家的作風」，但之後就不再堅持，對由里子說：「只要妳喜歡，可以等妳畢業後結婚。」父親卻不滿意，認為「他的確有才華，但不夠謙虛」，最後發現由里子意志堅定，態度終於軟化，告訴她：「妳自己決定就好。」不再提相親對象的事。

由里子原本打算畢業後工作一段時間，累積社會經驗，不過女性在大學畢業後能夠選擇的工作十分有限，如果不搬出去住，就必須住宿舍，但父母絕對不可能答應。

弓成似乎察覺了由里子的心猿意馬，比以前更頻繁造訪，和全家人一起吃完午餐後，邀由里子去湘南的海邊散步。弓成雖然作風大膽，卻很靦腆，從來沒有說過情意綿綿、令由里子心動的話。有一次，他凝視著由里子的臉，表示：「我認為當記者是我的天職，我希望妳可以扶持我。」他這番話充滿了對自己生活方式的強烈意志和驕傲，那種只有外表瀟灑有型的男朋友絕對說不出這種話，由里子因此深受感動，情不自禁地被弓成渾身散發出的精悍活力所吸引，毫不猶豫地決定嫁給他。

由里子猛然發現時鐘已經指向了十點，打電話去美容院確認預約的時間後，急忙開始打掃房間。她先用吸塵器吸了廚房、客廳和孩子們的房間，最後走進丈夫的書房。丈夫經常喜歡躺著看書，去年新蓋這棟房子時，決定將書房改成和室。

丈夫的不愛整理經常讓她無所適從。寫到一半的筆記本和剪貼簿隨意攤在桌上，連鋼筆的筆蓋都沒有蓋好。

由里子整理完書桌周圍，正準備用撣子撣去灰塵時，不知道從哪裡飄出來幾張紙，掉在榻榻米上。撿起來一看，發現是幾張蓋了「機密」章的手寫文件影本，在橫式書寫的日文中夾雜了英文。幾天前，由里子也把丈夫隨手丟在桌上的幾張類似影印的資料放進了資料夾，於是，她從書架上拿下資料夾，把文件影本夾進去時，順便瞄了一眼，發現內容好像是日美外交談判電文的草稿。如果是打字完成的文件或許不足為奇，但丈夫到底是向誰拿到這些尚未完成的手寫文件的？報社記者拿到這種資料並非奇事，由里子卻感到不太對勁，打算改天問一下丈夫。

小金井高爾夫俱樂部保留了武藏野的大自然，除了櫟樹、楠樹等大樹以外，還有枝葉茂密的楓樹、柳樹等中小型的樹木，綠意盎然的環境，令人完全感受不到東京近郊的住宅區就在附近。

這家戰前就是名門的高爾夫俱樂部的草皮、樹籬和步道都整理得一絲不苟，只有經過嚴格審核的個人會員才能悠然地在這裡享受高爾夫的樂趣，但今天弘池會在這裡舉行政治人物和記者的友誼賽，所以包下了整家俱樂部。

俱樂部和球場內都由特勤人員與當地警力進行戒護。

弘池會有三十四名成員參加，各報的政治部記者有三十人參加，總共六十四個人，四人一組，分成十六組開始打球。

弓成與弘池會的幹部、自由黨總務會長鈴森善市，負責管理派系內年輕議員並擔任弘池會發言人的田川七助，以及《東都新聞》跑自由黨線的南組長同一組，來到第十三洞的開球區。各球洞都是用樹木隔開的林間球道，因此，並不會感受到有十六組成員在球場上打球的吵鬧。

《讀日新聞》霞之關記者聯誼會的組長山部就在前一組，風不時帶來他渾厚的說話聲。他們已經打完第二桿，走向樹林另一端的果嶺，田川七助立刻迫不及待地把球放在開球區。田川今天的表現不錯，心情大好的他一身Burberry球衣，仍然散發出前大報政治部記者出身的風采。他不停地向桿弟「採訪」風向，對準了平坦球道的中途右側一處很大的櫟木林旁，用力揮動球桿。

隨著咻的一聲，球被高高打起，距離至少有兩百碼。球受到強風阻撓，猛然直落，在球道上用力彈了幾下後，滾進了左側的雜草區。

「剛才打的手感不錯，真是不甘心！」

田川跺腳，懊惱地說。

「你還要多磨練。」

鈴森善市笑得眼尾擠出了一堆笑紋。弘池會的幹部大部分都是官員出身，只有他是為數不多的純黨務派。

「會長，我的能耐哪能與您當初發揮極大的耐心，和蘇聯進行漁業談判的輝煌功績相比？」

鈴森善市來自岩手漁業聯盟的經歷受到賞識，被派去負責陷入膠著的日蘇漁業談判。他憑著與生俱來的耐心和耿直順利地完成了談判工作，奠定了今天的地位。田川七助半開玩笑地調侃道。

「兩位請不要在這裡展開唇槍舌劍，別忘了這裡可是對品格很講究的名門高爾夫球場。」

《東都新聞》的記者南開玩笑地說完，揮桿擊球。他和田川不同，打算一口氣越過櫟林，但球撞到高處的樹幹，消失在和田川相反方向的樹林中。

第三個輪到鈴森。個子矮小的他與生俱來的忍耐力和耿直個性也反映在他的打球上，他就像尺蠖爬行一樣，腳踏實地地擊出短距離，很少會將球打進雜草區或是障礙區。球落在一百五十碼處。按照他的打法，恐怕還要很久才能進洞，所以有時候只打到「上果嶺就ＯＫ」。

輪到弓成了。因為睡眠不足加上空腹，弓成的表現不如預期，開球後不久，就已經吞下了雙柏忌，但現在已經慢慢恢復平時的感覺。他覺得打球老是受人招待面子上掛不住，於是，就咬牙買了一套Wilson的球具，還買了平塚高爾夫球場的會員證，練就了不錯的球技。

他從桿弟手上的球袋中拿出三號木桿，為了增加自己的專注力，他凝視著四百一十碼前方，球道微微彎成「く」字後，設置在高處的砲台果嶺。果嶺球洞插著的紅色小旗子隨風飄揚，可以感受到強烈的西風。他用力深呼吸，揮下三號木桿，正中球心。隨著「噹」的一聲清脆聲音，球像是砲彈般飛越櫟林上空，落在上果嶺的絕佳位置。

「好球！」

其他三人異口同聲地叫道。

「弓成兄是靠球具取勝。」

《東都新聞》的記者南酸溜溜地說。

四個人分別走向各自的球，只有南走向球道的相反方向。一陣風吹來，飄下了幾滴雨，隨即下起了驟雨，桿弟立刻遞上塑膠傘。

「真是久旱逢甘霖啊！」

鈴森仰望著天空，田川也探頭觀察前面那一組人馬有沒有因為下雨而停下來休息。

「請你們在這裡等一下，我去看看。」

桿弟說完便跑向果嶺。這時，弓成他們三人走到楠樹下躲雨。

「這種天氣簡直就像時下的政局。」

弓成用突然變天的天候，比喻目前為了爭奪佐橋接班人而開始蠢蠢欲動的政治鬥爭前哨戰。

「弓成兄，田淵角造送了多少毒饅頭給你？」

鈴森趁《東都新聞》的南在球道另一端之際，冷不防地發問。自從一部分媒體形容他「愚直」後，精明老練的他乾脆以此為自己的行事作風招牌。

「這個嘛，我不喜歡吃甜食。」

「別這麼見外，我們不是可以穿拖鞋串門子的關係嗎？」

弓成家的確和鈴森家很近，弓成會不時去鈴森家串門子，瞭解政界人事。

在一旁豎起耳朵的田川七助高高地舉起滴著水的雨傘，仰望著高頭大馬的弓成說：

「田淵那個人，只要認定是可以派上用場的人就願意砸錢。你就和我們分享一下角造的行情，提供一下參考嘛！」

「你又不是不知道，我向來喜歡吃辣的。」

「這麼說，是用威士忌禮盒送的囉？」

「大家都知道我是跑小平線的，他怎麼可能浪費子彈？」

雖然弓成拚命裝糊塗，但一個星期前，他參加完某場田淵角造也在場的宴會，準備離席時，田淵從背後拍了他一下，用渾厚的聲音說：「喲！獨家新聞老大，改天請你喝天下無雙的『越後最中酒』。」弓成馬上領會到他話中的含意，搖手拒絕了，沒想到第二天清晨，之前打過幾次照面的田淵私人秘書就送了「越後最中酒」到弓成家裡。

報社記者寫的報導既可以讓政治人物上天堂，也可以讓他們下地獄，因此，政治人物為了保險起見，每年的年中和年底時，除了跑政治線的記者以外，還要包給各報社總編三十萬圓、政治部長十萬圓，向能幹的年輕記者致贈在銀座一流裁縫處訂製襯衫的禮券。除此以外，記者升遷、出國出差時也需要聊表心意。對於政治人物的這種贈禮要收下還是退回，全憑各家報社、各個記者自行判斷，但大部分記者都會毅然拒絕。

送到弓成家中的「越後最中酒」禮盒內還附了三十萬圓現金。因為時機敏感，顯然是為了後佐橋時代即將開打的政治鬥爭來收買人心。既可以認為田淵希望弓成在「三角小福」戰中手下留情，也可以理解為「在田淵、小平合作之際，請多關照」的意思。弓成把「越後最中酒」原封不動地放在北九州香蕉王的父親空運進口的木瓜裡面，禮數周到地送回了位於目黑的田淵家中。

「弓成兄裝糊塗的功力也一流，趁南先生不在，你就透露一下吧！」

田川苦苦追問。《東都新聞》的南正在球道相反側斜斜地拿著雨傘避雨，和桿弟聊得不亦樂乎。

「不管有沒有收到禮，認真的大牌記者該寫的時候還是會寫，如果因為害怕就下不了筆，代表他原本就不是什麼入流的記者。」

弓成若無其事地說。

「那是因為你是弓成亮太。我當年當記者時是寫別人，如今成為被別人寫的政治人物，整天都戰戰兢兢，對於媒體是『第四權』的說法感同身受。」

田川七助嘆著氣說。

「沒錯。如今就連皇室都會遭到批判，卻沒有可以批判媒體的管道，實在太令人羨慕了。」

經常挨媒體砲轟的鈴森也點頭如搗蒜。

雨小了，前一組的人似乎又再度開打。弓成收起了雨傘，看向自己的球的方向。

「弓成兄，你應該知道角造兄身邊有意想不到的能幹記者吧？」

鈴森踮起腳，向弓成咬耳朵。田川也誇張地皺起眉頭。

「那件事也實在太過分了。原本以為田淵角造那本目前很受好評的《日本都市改造論》是通產省和建設省的年輕官員代筆捉刀的，沒想到他的影子寫手居然是自稱為『日本良心代表』的報社記者。弓成兄，你應該早就知道這件事了吧？」

他的語氣聽不出是詢問還是在煽動。

「只要看文章的內容，一眼就可以看出文筆很老練，不像是年輕官員所寫。那家報社沒有特別優秀的記者，都是一些只會死讀書的平庸記者，每個人的程度都半斤八兩，不做一些驚天動地的事，根本沒辦法引人注目，所以有時候會有人做出一些以我們媒體記者的常識難以理解的行為。」

弓成眼前浮現出成為田淵角造影子寫手的那名記者乍看之下很像學者的臉，忍不住笑了笑。

「那小弟有一個不情之請，可不可以請你為小平正良寫一本超越角造的政策論？在外貌的問題上，我也吃了不少悶虧，但小平先生像景觀石般嚴肅的外貌和他的『嗯啊』口頭禪，更是讓他吃盡了苦頭。」

個子矮小、皮膚黝黑又小眼睛的鈴森感同身受地嘆了一口氣。小平因為龐然的體型和沉默寡言，被人取了「景觀石」的綽號，但他在政策方面很有一套，在歷史和文學方面也有很深的造詣。雖然如今忙得分身乏術，但在之前，即使有特勤人員在旁，他也喜歡去書店走走，是政治人物中難得一見的讀書人。在普通的採訪中，很難深入瞭解小平的這些個人特色。

「在下一次黨魁選舉中，我們派系將團結一致，推選小平正良出馬決戰。弓成兄，不，弓成亮太記者大人，雖然我知道你工作繁忙，但可不可以請你代小平操刀？」

鈴森突如其來地拜託道。雖然弓成無意代人操刀，但他的確很希望把這十年來，三不五時與小平討論的政策觀點集結成冊，只不過他打算在「小平首相」的目標實現在即時，再來全心全意地寫這本書。

「謝謝會長看得起我，但我眼下根本沒有時間寫書。」

「別這麼冷淡嘛！到時候會派足夠的人手為你蒐集資料。」

田川七助不肯輕易放棄。鈴森也說：

「弓成兄，我們看好你日後可以成為《每朝新聞》的政治部長、總編、主筆和社長，所以相當重視和你之間的交情。今天這麼唐突地提出這個要求，當然不敢指望你立刻答應，但還是希望你考慮一下。」

鈴森巧妙地讓弓成不必急於作出結論。

「前面那一組和後面那一組，不是都有一個未來的部長或社長接班人嗎？」

「這倒是。包括你在內，三家報社的未來社長都來參加了今天的球賽。小平的財力當然無法和角造相提並論，人才卻有過之而無不及啊！」

鈴森笑逐顏開。

雨停了，露出一片藍天。桿弟過來叫他們，於是他們把傘還給桿弟，繼續開始打球。弓成的第二桿打到果嶺旁，他小心謹慎地空揮了幾次練習，第三桿順利打上了果嶺，球在深綠的草皮上滾了一程，幸運地滾進了球洞。

這天傍晚，弓成在外務省次長懇談會的中途溜了出來，來到位於赤坂見附附近的一棟大樓。他在三樓走出電梯，迎面就是「春日經濟研究所」。推開大門，用屏風隔開的後方有一張橢圓形的桌子和十張椅子。可能客人剛走，空氣中還瀰漫著菸味。

「不好意思，今天的會議有點拖延，到剛剛才結束。」

女事務員正在換菸灰缸，面帶微笑地說道。

「今天我也要借用一下這裡，他在嗎？」

弓成豎起大拇指，向她確認老闆的行蹤。裡面的門打開了，個子高大、有點肥胖的春日穿著花稍的格子襯衫現了身。

「今天不是有弘池會舉辦的高爾夫球賽嗎？那裡的地點很不錯，單程只要一個小時，中午過後就可以回到市區，還可以忙一下工作。」

春日示意弓成入座。他曾經是《讀日新聞》經濟部的記者，跑大藏省線多年，在政、商界都有廣泛的人脈，同時也是福出武夫大藏大臣最信賴的御用記者。弓成進報社兩年半後，調到經濟部時，在記者聯誼會認識了春日，雖然春日年紀稍長，但他們一見如故，至今已經有十幾年的交情。

「你開這家事務所也快兩年了，當時，看到你在精華地段開事務所，我心裡還為你捏了一把冷汗，怕你經費撐不下去，但你不愧是狠角色。」

弓成環視著附有迷你吧台的房間。由於位於鬧區，每個月的支出相當驚人，但主要收入來自

《春日觀察週刊》的訂閱費，訂閱週刊的客戶包括了銀行、貿易公司、石油公司等大企業。春日在記者時代，和大藏省官員建立了深厚的交情，是曾經寫了多篇關於金融重整、都市銀行合併獨家報導的王牌記者。當報社發佈調他去當主編的人事命令時，他以「我不想當主管，一輩子都要當第一線的記者」為由提出了辭呈，運用在記者時代建立的人脈關係，成立了自己的事務所，至今仍然親自寫稿。

「阿弓，我聽事務員說了，今天又要約會嗎？」

春日露齒一笑。

「春日兄，別把我和你混為一談。我是基於採訪需求，才厚著臉皮借用貴寶地。」

弓成心存感激地說。

「都無妨啦！我只知道你透過那位女性朋友掌握到各種消息，努力鑽研後，寫出了獨家報導，這種事很正常啦！只不過聽事務員說，你這位女性朋友容貌出眾，冰雪聰明。」

春日的話剛說完，屏風外便傳來事務員的聲音：「他剛才已經到了。」

「那我就不打擾了，我除了事務所的觀察週刊以外，最近又開始為兩本雜誌寫連載，簡直忙死人了。」

春日說完，走去了隔壁的房間。

「對不起，我遲到了。」

身穿皇家藍套裝的女人拎著大手提包走了進來，她是外務省安西審議官的事務官三木昭子。

事務員送來紅茶，她微微點頭道謝後，喝了一口。

「妳好像正在忙，不好意思，還麻煩妳特地過來這裡。」

弓成說。三木昭子喘了一口氣，撥了撥一頭短髮的劉海。

「並不是因為什麼大事才耽誤了時間。審議官明天早上要去札幌出差，卻找不到機票。山本先生和我分頭找了半天，後來我想會不會當垃圾丟掉了，翻出所有的垃圾桶，果然找到了。」

「妳真細心，居然會想到垃圾桶。審議官平時經常稱讚妳很能幹，沒想到妳這麼機靈。」

弓成露出佩服的表情，三木柳眉下的一雙大眼露出笑意。

「今天不知道有沒有你可以參考的資料。」

她說著，從手提包裡拿出用黑色繩子綁起的文件影本。

「上面是前天為止的兩天份，這是今天的。」

她把放在桌上的兩疊文件推到弓成面前。弓成立刻露出記者特有的銳利眼神，一頁一頁地翻閱著。

當弓成看資料時，三木交疊著線條優美的修長雙腿，靜靜地坐在一旁。隔了一會兒，她去迷你吧檯調了蘇格蘭威士忌的兌水酒，把酒杯放在弓成的面前，自己靠在吧檯前喝著酒。

弓成看完所有的資料後，努力克制著拿到獨家消息的興奮說：

「有一張可以派上用場，我收下了。」

然後他把文件摺好，收進了內側口袋。

「審議官每天要審核的文件有多少？」

弓成拿起酒杯問。

「有各式各樣的文件，所以無法一概而論，但以高度來說，大約十四、五公分吧！很高興其中有你需要的資料。」

或許因為喝了酒的關係，三木露出迷濛的眼神看著弓成。雖然她稱不上是傾國傾城的美女，但當她露出這種迷濛眼神時，更加散發出撩撥男人的性感。

「三木，真的很感謝妳。」

弓成向站在觸手可及距離的三木道謝，並向她邀約：

「等一下要不要去喝一杯？」

三木搖搖頭，離開了吧檯，回到剛才的座位。

「這一陣子我都很晚回家，我老公心情不太好，因為他每天都代替我下廚做飯，我也不是不能理解他的心情……」

她低下頭，說話的聲音中帶著憂愁。

三木昭子的丈夫之前是外務省的公務員，因為罹患了肺結核而不得不離職，於是由昭子以職員家屬的名額成為外務省的雇員。剛進外務省時，三木被分配到其他部門，在設立外務審議官制度後，她被拔擢為首任審議官的事務官，當那位審議官晉升為次長後，三木再度成為次長的事務官。聽說由於她受到如此的重用，「兩人的關係」在外務省內引起了不少耳語，但也不知道是不是因為她毫不在意下班時間、努力工作的態度，才引發了這些閒言閒語，外人很難瞭解其中的內情。

那位次長退休後，由目前的林次長取而代之。林次長有跟隨他多年的事務官，所以三木昭子就成為安西審議官的事務官。三木工作能力很強，擔任次長和審議官的事務官無可挑剔，但一回到家中，只能面對疾病纏身的丈夫，夫妻生活似乎有某些難言之隱。

「聽說妳也很辛苦，但妳從來不會表現出來，工作能力也不輸給男事務官，真讓人佩服。我用計程車送妳到附近的車站吧！」

弓成體貼地說。兩人一起走出了春日的事務所，站在電梯前。

「我……不──」

三木昭子欲言又止地凝視著弓成。

「我還是自己回去吧！」

說完，她飄然走進了開啟的電梯門。

第二章

巴黎會談

六月的巴黎，叫做「七葉樹」的行道樹開始吐出白色小花，照理說，現在應該是一年中最宜人的季節，但已經連續好幾天都是陰沉沉的天氣，還不時飄起小雨，令人感受到陣陣寒意。

一輛掛著鮮豔車牌的賓士車緩緩行駛在塞納河右岸東西走向的「精品街」聖東諾黑街上。車牌的底色是綠色，上面印著橘色的數字，一看就知道是駐外使館的車子。62 CMD 1——這是日本駐法大使的專用車。

聖東諾黑街上高級精品店林立，駐外使館也點綴其中。

六月八日傍晚——四天前訪法的愛池外務大臣獨自坐在車子的後座。這兩天，他率領同樣從日本趕來法國的經濟企劃廳長、巴黎代表處大使出席了ＯＥＣＤ（經濟合作暨發展組織）的常駐代表理事會，在會議告一段落後，他告別了其他兩位，獨自來到位於聖東諾黑街上的日本大使官邸。

愛池大臣這次訪法，主要是與剛好也來巴黎擔任這次ＯＥＣＤ常駐代表會議議長的美國國務卿見面，解決在沖繩回歸談判中懸而未決的事項，預定明天早上九點舉行日美雙邊外長會議。

位於三十一號的日本大使官邸曾經是十七、八世紀貴族的宅邸，大門仍然保留了當年四匹馬拉的馬車出入時的原貌，十分狹窄，司機小心翼翼地駛入大門，以免刮傷車體。

進入大門，走到前院後，立刻看到遠方全部用玻璃蓋成的嶄新大使官邸。

愛池大臣在大使夫婦的迎接下，沿著門廊的階梯拾級而上，走進了掛著菊花徽章的大門。

「這幾天您辛苦了，我剛才接到吉田的聯絡，說他還要和國內聯絡，先去奧士街的大使館一下，晚一點才會來這裡。」

中岡大使轉達了愛池大臣隨行的美國局長吉田的留言。

從接待廳到裡面的客廳，都與建築物外觀一樣時尚而寬敞，角落放了一架畫了東洋風金菊圖案的史坦威烤漆鋼琴，裝飾架上放著北大路魯山人的紅志野菖蒲圖案的四方缽❼，隱約散發出日本大使官邸的風情。

「在吉田他們到達之前，您要不要去二樓的客房休息片刻？」

愛池大臣這幾天在會議、會談之餘，還安排了密集的午餐、晚餐會，今晚也要與經濟企劃廳長共同設宴招待ＯＥＣＤ常駐代表會代表團、代表成員。聽到丈夫的提議，大使夫人也說：

「聽說您明天也是一大早就有行程，隨行團的成員也很擔心您的身體，房裡已經開了暖氣，您隨時可以休息。」

來自外交官家庭的夫人落落大方地附和著。

「謝謝你們的好意，我先坐下來喝一杯。」

愛池大臣在沙發上坐了下來。

「要不要葡萄酒？家裡還有前天晚宴時您中意的葡萄酒。」

對素有「酒仙」之名的愛池來說，一、兩杯葡萄酒是理想的疲勞消除劑。

❼北大路魯山人（一八八三—一九五九）為日本著名陶藝家、書法家和篆刻家。志野燒是日本陶器產地美濃地區出品的美濃燒之一，柔和粉紅色的志野燒則稱為「紅志野」。

「不，我喝茶就好。」

「好，馬上送來——」

不一會兒，已經換上白襯衫加領結的夏季制服的男僕在夫人的吩咐下，送上了銀製的紅茶茶壺和茶杯。茶壺內飄出大吉嶺紅茶的香氣，愛池心情開懷地拿起茶杯。大使夫人知道愛池之前在大藏省工作，年輕時曾經被派駐英國大使館，所以特別愛喝紅茶。

「這次真的累壞了。」

當話題轉到工作時，夫人很識趣地走開了。

「我瞭解。」

愛池向來不多話，中岡也只是點了點頭，簡短地回應。

「剛好不巧遇上參議院選舉。如果選舉在秋季以後，就不必這麼著急了，但美方察覺到『淡島』（佐橋首相的住家）想把沖繩回歸當成最大的政績，所以我們很難施展，只能被牽著鼻子走。」

愛池喝著紅茶，斷斷續續地嘀咕道，然後似乎是不想再談這些事，改變了話題。

「這個官邸只有庭院是唯一的可取之處。」

官邸的門面不大，但很有深度，從客廳可以看到中庭一整片的草皮，周圍用樹齡數百年的老樹與外界隔絕，靜謐的環境令人難以想像隔了一條街就是繁華的香榭麗舍大道。

「這裡的庭院這麼棒，內部裝潢或許是為了配合玻璃建築，但總讓人覺得單調無趣。」

愛池制止了想要為他更換冷掉紅茶的中岡，拿出了雪茄。

「當初負責內部裝潢的是本地知名的女設計師，她說要重視整體的協調感，所以最好不要掛畫。但如您所說的，來這裡的人都不以為然。前任大使放了一架鋼琴，我放了魯山人的陶器，二樓的客房內放了鄉倉千靭的屏風畫，但內人說很不搭調。」

「的確，雖然不至於要求重現原本的洛可可建築風格，但既然拆掉重建，就應該表現出巴黎大使官邸的特性，否則就失去了意義。」

不知道是否對建築特別有研究，愛池難得堅持自己的不同意見。

「當初建造這棟官邸時，日本的國力還遠不如現在，聽說包括找地點在內，各位前輩都吃盡了苦頭，剛好找到地點也差強人意的這棟前伯爵的寓所。對日本文化有很深造詣的安德烈．馬勒候（André Malraux）文化部長，建議不要因為是日本的大使官邸，就刻意蓋成日式的合掌造建築❽，或是刻意在庭院內建造水池或太鼓橋❾，這樣未免太缺乏品味，乾脆蓋一棟走在時代尖端的嶄新建築，所以才建造了這棟完全都是玻璃的超時尚建築。」

中岡並沒有繼續說下去，但其實這棟房子住起來很不方便。前天大使夫婦主辦晚宴時，因為飯廳在二樓，廚房在地下室，所以晚餐久久無法上桌，夫妻兩人都有點不知如何是好。由於外表都是玻璃，窗戶很少，目前問題還不大，一旦到了夏季，室內溫度上升，簡直就變成了烤箱，令

❽這是日本岐阜縣地區的民宅建築樣式，外形像人字形的茅草屋頂看起來像雙手合十，因此稱為「合掌造」。
❾太鼓橋是一種日式的半圓形拱橋。

人難以忍受。即使向外務省修繕課申請安裝冷氣設備，也因為巴黎屬於「溫帶區域」的規程，所以遲遲無法獲得許可。

「安德烈・馬勒候的意見這麼重要嗎？公共建築物的洗淨作業當初也是他提案的。我之前在大藏省期間，被派到駐英大使館而住在倫敦時，曾經來巴黎出差，當時就受到被供應暖氣用的煤炭所燻黑的街道深深吸引，休假時也渡過多佛海峽，在巴黎四處參觀。這次相隔多年再度造訪，發現建築物都很乾淨，讓我對巴黎的感覺完全幻滅了。還有星期天你帶我去參觀的歌劇院，以前天花板上是雷諾瓦的優雅畫作，好像天使隨時都會飄落下來，如今卻變成了夏卡爾。雖然他也是很受歡迎的畫家，但在我眼裡，簡直和塗鴉沒什麼兩樣。」

愛池抽著雪茄，訴說著對年輕歲月的巴黎鄉愁被徹底粉碎的失望。

「我們來晚了。」

美國局長吉田和條約局法規課長在大使官邸人員的帶領下走了進來。

「辛苦了，有沒有進展？」

為了明天與羅傑德國務卿的會談，吉田局長連日前往美國駐法大使館，和從華盛頓趕來的美國國務院日本部長艾利克曼持續進行事務性協商。

「由於與艾利克曼最後還是談不出結論，於是我去了大使館，和東京的井狩他們聯絡，瞭解他們與史奈德公使溝通的情況。聽說史奈德公使維持一貫的強硬態度，明天早上將再度進行會談，在您與羅傑德國務卿會談之前，井狩會將他們會談的概要用電報傳到大使館。」

除了吉田和艾利克曼在巴黎協商以外，井狩條約局長與沖繩問題的關鍵人物史奈德公使也同時在東京展開協商。

「考慮到時差和解讀電文的時間，我有點擔心能否趕在九點和羅傑德會談之前送到。我會特地關照大使館電信室留意。」中岡大使說。

「只差最後一步了，你們要盡力而為。」

愛池大臣慰勞眾人的同時，也不忘激勵士氣。

※

翌日六月九日，日本時間上午十點，日美之間的協商在外務省北棟七樓的條約局長室內開始進行。

史奈德公使、負責政務的一等書記官與負責沖繩的二等書記官帶著日籍翻譯，一起從虎之門的美國大使館來到外務省。

外務省方面除了井狩條約局長以外，左右兩側坐著該局的參事、美國局北美一課課長及首席事務官。

「沒想到原本我方擔心在《回歸協議》中會陷入膠著的撤除核武問題率先解決了，復原補償費的問題卻始終無法達成共識。」

史奈德公使回顧了連日的交涉情況。他的五官輪廓很深，具備了猶太裔美國人的特徵，從他的容貌中可以感受到「大無畏」這幾個字。在沖繩回歸問題排入日美之間的政治日程表後，他就擔任華盛頓國務院日本部長，參與這項工作，被派到東京擔任美國駐日大使館公使後，積極輔助梅楊大使，掌握了實質的權限和責任。

井狩條約局長是外務省內數一數二的能幹人物，細長的臉上可以感受到他的冷靜和睿智。圓臉而溫和的美國局長吉田和井狩一起投入了沖繩回歸談判工作，霞之關記者聯誼會的記者在背地裡揶揄他們是「老狐狸」搭檔。

「巴黎會談即將開始，現在就開始針對《回歸協議》第四條第三項的復原補償費問題進行協商。「之前我方也一再重申，美軍把在談和前接收，之後不再使用的沖繩土地歸還給地主時，曾經以『慰問金』的方式支付了復原補償費。但當時只針對一九六一年六月之前歸還的土地，之後至目前十年期間歸還的土地並沒有進行補償。」

當初美軍在沖繩建造基地時，曾經強制徵收居民的農田和房屋。之後，在基地進行整合和廢止後，把不再使用的土地歸還給當地民眾，但即使把已經遭到破壞的農田和水泥地還給居民，居民也無法繼續用來種地。在當地居民的激烈抗議後，美方支付了復原補償費，協助居民將土地恢復原狀。因此，在這次沖繩回歸時，日方要求美方和之前一樣，向那些尚未獲補償的地主支付補償費，美方卻聲稱沒有財源，堅決不肯讓步。

井狩出示了外務省擬定的第四條第三項的條文。

「根據和平條約，我國在沖繩回歸的問題上放棄對美請求權，但無論基於平衡原理，還是國際法，美方都應該支付這項土地復原補償費。第四條第三項將明確記載『美方將自發性支付土地恢復原狀的費用』。」

史奈德公使對井狩局長的建議不為所動，搖著頭說：

「關於這個問題，我方基本上維持一貫的想法。美方在十年前針對沖繩的地主進行補償時，曾經向國會保證絕對不會再付錢了。」

「沒有受到補償的地主怎麼可能服氣？我方透過琉球政府大致計算了相關費用，只有四百萬美元而已。」

井狩局長看著一旁的川崎課長說。川崎從在華盛頓的日本駐美大使館擔任一等書記官時代開始，就和史奈德打過交道，回國後到外務省美國局擔任北美一課課長後，積極在國務院、美國大使館和琉球政府之間奔走，成為一手包辦實務問題的「沖繩先生」，相關人員都對他另眼相看。促使他積極奔走的動力，或許是因為戰爭期間，他因「學徒動員令」被編入竊聽通訊小組，親「耳」體驗了把平民也捲入的壯烈的沖繩地面戰。

一陣短暫的沉默。

「史奈德公使，恕我直言，我方難以理解美方堅持無法支付四百萬美元的理由。雖然美方聲稱沒有財源，但日本將收購美方留下的資產，也就是琉球電力、琉球自來水和琉球開發金融等三大國營公司，再加上基地員工的離職金、撤走核武的費用及部隊移防費用等，總共將支付三億兩千萬美元給美方。」

井狩的言下之意，就是希望美方考慮其中的意義。當初大藏省與美國財政部交涉時，內定向美方支付三億美元，外務省又加碼了兩千萬美元。由於六月底將舉行參議院選舉，官邸方面希望盡快和美方達成協議，所以增加了支付給美方的金額，希望一舉解決美方始終沒有點頭答應的廢止ＶＯＡ（美國之音）、完全歸還那霸機場和復原補償費的問題。雖然也有人認為，既然如此，乾脆表明日本政府將代為支付四百萬美元的復原補償費，但首相希望達成「由美方支付」的結果。一旦答應由日本方面代為支付，輿論將會嚴厲抨擊：「沖繩是用錢買回來的嗎？」、「這是屈辱外交」，這件事也將成為佐橋首相的重大污點。

史奈德公使開了口。

「一個星期前，梅楊大使和愛池大臣曾經在這裡進行會談。當時，梅楊大使曾對此表達謝意，表示『美方能理解日本方面的立場，也感謝貴國在諸多方面為我方的財源問題著想』。但我不得不一再重申，由於我們已經向國會承諾，不會要求國會編列預算，所以，一旦《回歸協議》中出現『美方自發性支付』的字眼，國會一定會追究財源來自何處。我們就不得不告訴他們，『雙方約定從日本方面支付的三億兩千萬美元中支付』，這反而會造成日本方面的困擾吧？」

井狩一行人左右為難，一時不知如何回答，史奈德乘勝追擊。

「井狩先生，我有一個妙案可以順利解決我們雙方的歧見。」

「你的意思是——」

「我國在十九世紀末制定了信託基金法，這個法律可以將外國政府基於特定目的，支付給美國國民的資金基金化。可以根據這項法律將四百萬美元設立成基金，用這筆基金支付給沖繩的地主，就不必向國會要求編列預算，也可以順利支付了。」

十九世紀末的信託基金法？井狩用眼神向川崎確認。川崎向井狩咬耳朵說：「我的確聽過這項法律。」雖然史奈德在正式場合不說日文，但在戰爭期間，他曾經是對日情報部的成員，負責蒐集太平洋戰場的情報，因此，他聽到了井狩和川崎的對話，揚起鷹鉤鼻子說：

「井狩先生，問題不在於實質，而是面子。即使實質是從日本付給美國的那筆錢中支付四百萬美元，日本政府也不希望對外承認是日本政府出的錢。而我們若不告訴國會這筆錢其實是由日本政府支付的，就無法付這筆錢。信託基金法可以解決這兩個毫無交集的矛盾。」

問題不在於實際，而是表面。這的確是只有出現在外交談判中的技巧。

「但使用這項法律有一個條件，愛池大臣必須寫一封信給梅楊大使，表明『日本政府向美方支付四百萬美元，作為沖繩地主的慰問金』。」

史奈德進一步提出了令人錯愕的要求。井狩忍不住感到不悅。

「我能理解你說問題在於表面這一點，但無法答應大臣承諾由我方代為支付的書簡作為附帶條件。」

「我方保證大臣的書簡不會公開，不會造成日方的困擾。如果日方無法答應，就無法成立基金，在《回歸協議》上也無法落實『美方自發性支付慰問金』的條文。」

談判就這樣破裂了嗎？井狩冒著冷汗；在掌握了「把沖繩還給你們」立場的大國亮出的一張又一張王牌前，川崎慌了手腳，同時也難掩內心的不悅。

「我方提出這種細節問題，希望獲得日方的諒解，其中是有原因的。」

史奈德敏感地察覺到日方的緊張氣氛，立刻露出親切的表情。

「美國國務院中有不少日本通，相信即使在歸還沖繩後，兩國之間仍然會透過日美同盟繼續維持友好關係，不會發生變化。但國會，尤其是參議院和國防部、軍方的相關人員，很擔心一旦歸還沖繩，亞洲軍事據點可能無法發揮以往的功能。國會遊說團中甚至有人認為日本今後將逐漸拒絕美方使用沖繩的基地，也就是試圖擺脫美國，華盛頓方面對此十分緊張。梅楊大使這次回美國，就是為了對相關部門進行最後的說服。」

史奈德強調梅楊大使正在說服仍對歸還沖繩感到不安的華盛頓，藉此說服井狩一行人。

「已經過了正午，距離巴黎會談只剩下五個小時。如果我們今天的協商沒有交集，巴黎會談將不會有具體成果，徒然淪為一場儀式而已。」

這樣的結果將會讓日方顏面盡失。史奈德巧妙的引導令井狩等人面面相覷，沒想到他又繼續出招了。

「不妨先擬定愛池書簡的草稿，具體情況等巴黎會談再說。」

「如果只是草稿，我方可以討論，但大臣對此毫不知情，希望在會談之前有充分的時間可以考慮。是否能將上午九點的會談至少延後三十分鐘？」

一旦延後眾所周知的會談時間，可能會引起愛池大臣隨行的媒體記者團的揣測，但井狩還是希望謹慎行事。

「羅傑德國務卿應該會同意井狩先生的要求，但現在馬上——」

史奈德說著在桌上攤開了紙。這次會談的概要與大臣非公開書簡的草稿，將在會談結束後，以「十萬火急電報」的方式傳送到巴黎的日本大使館。

外務省電報案

致　駐法中岡大使

案件名稱　沖繩回歸談判之對美請求權

〔限定傳閱〕九日的井狩·史奈德會談中，美方提出復原補償費相關提案如下。

(1)首先，美方經過審慎檢討，認為可根據一八九六年制定的信託基金法，同意日方關於復原補償費的提案……

按照規定，在第一頁上方蓋了「極機密　無期限」、「十萬火急」紅色印章的六張手寫電報文，必須依次請示官房長、兩名外務審議官和次長後才能發出，但在緊急狀況下可以「先斬後奏」。電信課收到電報後，首先將全文改成羅馬拼音標記，由檢閱班核對用字遣詞後，再送到通訊小組，根據亂字表變成暗號。外務省和世界各國大使館共同使用的是F號密碼表，更高度機密的

D號密碼表只有外務省和該大使館雙方持有，使用一次後立刻銷毀。井狩和史奈德會談內容當然要用D號，絕對不會讓第三者解讀出來，但駐法大使館收到電文後，電信負責人員需要兩個小時才能譯出。

吉田局長雖然已經透過電話瞭解大致的情況，但在巴黎時間上午八點多，看到已經轉譯成普通文字的極機密電文時，第一次知道史奈德公使的新提案，不禁感到愕然。

「大臣閣下，麻煩您再讓我們拍兩、三張。」

在面向協和廣場的美國駐法大使館二樓的大使室內，記者正在為舉行會談前的愛池外務大臣和羅傑德國務卿攝影，但日本的隨行記者都不得入內，只有美國兩大通訊社AP（美聯社）和UPI（合眾國際社）的攝影師為他們拍攝。

拍完照，攝影師離開後，羅傑德國務卿請日方人員在長沙發上坐下，接著自己也在愛池大臣斜對面的沙發上坐了下來。日本部長艾利克曼坐在國務卿羅傑德身旁。

「歡迎各位光臨。」

「羅傑德國務卿擔任OECD常駐代表理事會的議長，應該很辛苦吧！」

羅傑德國務卿和愛池大臣隻字不提會談延後了三十分鐘，彼此寒暄著。

「在這次的理事會上，我再度為日本的經濟有如此飛躍的發展，為國際經濟關係帶來極大變化感到驚訝，希望貴國今後繼續為世界貿易自由化作出貢獻。」

身高將近一百九十公分、身材魁梧的國務卿羅傑德，一看就知道是來自美國東部的菁英。坐在他身旁的日本部長艾利克曼雖然是北歐人，但五短身材，頭髮和眼睛都是棕色。他最初在橫濱總領事館工作，之後在日本住了十一年，是相當資深的日本通，在財界的人脈也很廣。

「我相信各位已經收到來自東京的報告，我方在支付慰問金的問題上，已經趨向同意採用日本案，但需要愛池大臣的書簡作為條件。」

羅傑德國務卿單刀直入地進入了正題，日美雙方的翻譯官開始翻譯。日本方面由紐約的聯合國助理事務次長赤松以「大使」的頭銜同席擔任翻譯。赤松五十多歲，從小在美國長大，說得一口正統英文，與美國媒體高層有相當的交情，他掌握的資訊遠遠超過普通的外務省官員。佐橋首相與尼克森總統會談時，都由赤松負責翻譯。

在美方翻譯之前，就已經聽完赤松在耳邊同步翻譯的愛池大臣開了口。

「我方已經接到了來自東京的聯絡，既然是非公開書簡，可以認為絕對不會公開嗎？」

這時，吉田局長從公事包中拿出井狩、史奈德會談中研擬的非公開書簡草稿，放在桌上。

「The GOJ has agreed to article VII as a global settlement of the financial problems in connection with the GOJ understanding that the USG will set aside 4 million dollars out of this global settlement to establish a trust fund for the USG to make ex-gratia payments in

以《回歸協議》第七條（支付三億兩千萬美元）統籌解決沖繩回歸相關財政上之問題，日方同意美國將其中四百萬美元成立基金，確保支付第四條第三項之慰問金（ex-gratia payments）。

accordance with article IV, paragraph 3.」

羅傑德國務卿的深藍色眼眸看著草稿。

「美國政府將盡最大的努力，但如果因不可預期的情況被問及財源問題時，將不得不出示這份書簡，因此，無法向貴國保證絕對不公開。」

雖然史奈德在東京已經保證絕對不公開，羅傑德國務卿仍然若無其事地這麼回答。一旦留下文字，或許無法成為絕對、永久的秘密，但愛池大臣對此無法同意。

「若貴國不保證永遠不公開這份書簡，我方無法立刻同意。但我方可以認為美方同意只要條件完善，在支付慰問金問題上可以採用日本方案嗎？」

愛池大臣無論如何都希望達成大致的協議，在對書簡案的問題保留談判空間的同時，繼續堅持到底。羅傑德國務卿傲慢地點點頭。

「美方沒有異議。關於之後的簽署儀式，經雙方事務人員協調，決定在本月十七日，由佐橋首相與尼克森總統透過衛星轉播共同簽署協議，日方對此沒有異議吧？」

「沒問題，佐橋首相以嚴肅的心情期待與尼克森總統共同參加簽署儀式。」

簽完約後，經過國會的批准，沖繩回歸一事就正式確定。
「關於回歸日期，我國強烈希望定於明年四月一日。」
愛池大臣探出身子說道。這個日期是配合日本的會計年度，但羅傑德國務卿搖搖頭。
「四月應該相當困難，那我們現在再就日程問題討論一下。」
美方在回歸日上也不願意放棄主導權。

跟隨愛池外務大臣從東京前來的隨行記者團無法進入美國大使館內，在巴黎警方戒備的正門外翹首等待會談結束。會談延後了三十分鐘開始，原定於十一點結束，卻沒有人通知他們會談時間要延長。
「還要很久嗎？」
霞之關記者聯誼會所屬的各報分別派了一名年輕記者，再加上巴黎分局的人員，總共將近三十名記者組成了此行的記者團。當他們看到負責記者團協調事務的外務省公關課長從門後走出來時，立刻紛紛問道。
「今天是最終磋商的日子——」
公關課長口齒伶俐地安撫著各報記者。
「東京派了記者團隨行採訪日美之間的談判，美方居然連大門都不讓我們進去，太失禮了！

他們只允許美國的通訊社拍攝會談前的照片，甚至不同意日本記者團派代表進去攝影，簡直是狗眼看人低！」

專跑愛池線而聲名大噪的《讀日新聞》記者穿著訂製西服，但咒罵時卻完全把禮儀這件事拋在九霄雲外。

「沒錯，課長在美國人面前只會唯唯諾諾嗎？那叫我這個特派員的面子往哪裡放？」

各報記者紛紛抗議。

「我們事先已經向各位說明了無法進入美國大使館內採訪這件事，各位也表示同意。拜託各位稍安勿躁。」

公關課長擺出低姿態說道。

「會談的時間拖延，是不是雙方在某個問題上相持不下？」

《每朝新聞》的清原忍著噴嚏問。

「應該不會有這種情況，但因為我也無法進入大使室，所以——今天的氣溫很低，各位請去飯店喝杯咖啡，快結束的時候，我會派書記官跑去通知各位。」

公關課長指著馬路對面的克里昂飯店說道。記者團也投宿在愛池大臣一行人住宿的同一家飯店內，但沒有記者願意離開大使館前。《東都新聞》巴黎分社的駐外記者語帶挖苦地說：

「像你們這些年輕記者居然可以住克里昂飯店，外務省是不是賄賂了你們？」

如果同行的記者團住在其他飯店，每天的採訪工作很不方便，所以外務省為各報記者安排了巴黎最高級的克里昂飯店，但回東京後，必須由各報社各自支付住宿費用。

「啊，好像已經結束了。」

公關課長立刻恢復嚴肅的神情，跑進了門內。

愛池大臣一行人在羅傑德國務卿、美國駐法大使和日本部長艾利克曼的護送下，出現在玄關。原本神情有點嚴肅的愛池大臣不知道是否因為看到了記者的關係，立刻露出燦爛的笑容，與身材魁梧的羅傑德國務卿握著手，用誇張的肢體語言道別。

「那就在十七日的電視簽署儀式上見囉！」

清原和其他記者馬上擠進敞開的大門內做著筆記，生怕漏掉了任何消息。

愛池大臣一行人過了馬路，回到里克昂飯店後，通知所有記者將先和國內聯絡，一點半召開記者會。

記者團成員在等候記者會召開前，紛紛回到各報社共同租用、申請了六條電話線路的工作室寫稿，或是向東京總社電話報稿，吃著簡單的午餐。

「沒想到和日本之間的通訊狀態這麼差。」

嘴咬三明治的記者團成員發著早已不是新鮮事的牢騷。由於他們事先就知道國際電話並不暢通，所以行前已經向日本的電話電信公司申請了克里昂飯店與東京總社之間的專線電話，接線生會在事先決定的時間接通電話。

《每朝新聞》的清原在東京總社政治部的專線電話上貼了「記者清原定時通話用」的紙，在這段時間內，其他人都不可以使用這支電話。

清原喝著飯後的咖啡，打開了整天隨身攜帶的巴黎當地時間和日本時間的對照表。早報的截稿時間是東京時間半夜十二點，在時差晚八個小時的巴黎，相當於下午四點，最終截稿時間是下午五點多。晚報的截稿時間是日本時間上午十點，相當於巴黎的凌晨兩點。愛池大臣每天的行程從一大早就開始，他只能寫完早報的內容後去吃晚餐，然後繼續寫晚報報導，睡三、四個小時後又要起床，每天都像在打仗。

清原走進了即將召開記者會的會場。

瑪麗．安東尼廳——從這棟法式建築可以感受到當年的歷史氣息。從奧地利哈布斯堡家族嫁給路易十六的王妃瑪麗．安東尼無法適應凡爾賽宮的生活，偷偷地溜到巴黎，就在克里昂伯爵家二樓的這個房間，避人耳目地上音樂課放鬆心情。

清原仰頭看著牆上巨大的豪華掛氈。雖然掛氈名為「唱歌課」，但暗色調的掛氈似乎預示了不久之後，瑪麗皇后被送上斷頭台的悲劇預兆。

清原穿越房間，來到陽台上。滿天的雲間終於露出了一抹藍天，他環視四周，越過協和廣場，看到香榭麗舍大道遠方的艾菲爾鐵塔尖端。

記者會在下午一點半準時舉行，將近三十名記者翻開採訪用的筆記本。

吉田局長首先開口。

「愛池外務大臣與羅傑德國務卿在今日的會談中，就沖繩回歸問題達成了最終協議。

「《回歸協議》的簽署儀式訂於六月十七日，在東京和華盛頓之間，以衛星實況轉播連線同時進行。

「關於之前尚未達成共識的幾點懸而未決事項，首先，那霸機場將在回歸的同時完全歸還，機場內配置的反潛巡邏機遷移費用由日方負擔。對於尚未補償的土地的復原補償金，美方將自發性地以慰問金的方式支付。」

吉田局長淡淡地發表了會談結果後，開始由記者團發問。

《讀日新聞》記者針對簽署儀式的時間發問後，清原舉起了手。

「大臣，在昨天之前的記者會上曾經提到，關於復原補償費的問題，美方不願意支付慰問金，這個問題可能無法妥善解決。請問如今能夠達成最終協議的關鍵是什麼？」

「日本方面始終維持一貫的態度，用正攻法展開正面交涉，儘可能向美方爭取合情合理的要求，所以才使雙方針對《回歸協議》達成了共識。」

愛池大臣回答得煞有介事。

「大臣，請問您對今天的談判協議有什麼看法？」

《旭日新聞》的記者發問。愛池大臣滿面笑容地環視在場的所有記者，自信滿滿地說：

「我認為不可能有更圓滿的協議了，佐橋首相與尼克森總統在共同聲明中撤除核武的決心，也寫進了協議中，以後不允許別人再說沖繩隱藏核武了。」

記者紛紛做著筆記，腦海中已經開始擬出「愛池・羅傑德會談達成最終協議」、「美方將支付慰問金　間接表明撤除核武」的標題，並在腦海中構思電話報稿的內容。

各報記者在工作室用電話報完外務大臣記者會的消息後，開始各自分頭寫解說稿。

清原回到自己的房間，喝口愛維養礦泉水潤喉後，拿起了電話。他預估了記者會結束時間，保持與東京之間的連線暢通。

「喂，喂——」

電話中雜音很大，他大聲叫著。

「喔，清原，是我。我剛看完你報稿的內容。」

電話中傳來弓成粗獷的聲音。

「你有什麼看法？」

「嗯，在慰問金的事上達成共識這一點，真的沒錯嗎？」

「大臣很有自信地說，這是合情合理的要求。」

「有沒有提到具體的金額？」

「不，完全沒有……」

「沒關係，我在這裡進行了採訪，確認了四百萬美元的金額。另外，會談延後了三十分鐘是怎麼回事？」

「啊？對喔，好像有延後。因為我第一次出國採訪，太緊張了，沒有想太多——」

「兩國外相的會談時間延後，一定是有什麼情非得已的理由。井狩和史奈德今天在日本時間上午十點開始舉行會談，我派志木去監視史奈德公使的車子，發現他們的會談時間也久得不合常理。」

「啊？你這麼細心……啊、啊啾！」

「怎麼了？是不是因為太勞累而感冒了？」

「嗯……這家超豪華飯店明明只有我一個人睡，卻有一張帶頂篷的大床，我睡得很不安穩，而且地板很考究地鋪大理石，但沒有鋪地毯，冷死我了……啊啾！」

清原連續打了好幾個噴嚏。

「既然是世界各地的貴賓住宿的超高級飯店，應該有暖氣或是暖爐吧！」

「暖爐？啊，我好像在哪裡看到類似攪火棒的東西……」

「我開玩笑的，六月哪有人會用暖爐？總之，你的稿子將以『特派員清原來自巴黎的報導』刊登在頭版頭條。今天傍晚就要去倫敦吧？回國之前，小心別累壞身體。」

弓成快速交代完所有事情，也不忘關心第一次出國採訪、累壞了身體的清原。

掛上電話後，清原用力擤了擤鼻涕。聽到組長精神抖擻的聲音激勵，他感到渾身充滿活力，但為什麼弓成仍然對官方在記者會上公佈已經達成共識的請求權問題存疑——？

如果問弓成，他一定會說是「身為記者的直覺」，但清原知道他的實力，一旦鎖定目標，就一定會得手，可見其中的確有隱情。清原不由得再度對他產生了敬畏。

✼

弓成獨自坐在經常去的「鶴八」吧檯前吃晚餐。

他把新鮮的鹽烤香魚肚送進嘴裡。

「果然是妙不可言的好味道。」

弓成嘖嘖稱好，穿著白色圍裙的老闆娘為他送上兌了水的燒酒說：

「我老公特地吩咐說要留給你，聽到你的稱讚也值得了，再來一杯吧——」

「今天忙著處理特派員的電話稿，沒時間吃午餐，給我來點填肚子的。」

弓成點完餐後，看著正在吧檯內一臉嚴肅地磨著刀、喜歡賽馬的老闆。

「老闆，你真厲害。聽說天皇賞、皐月賞和優駿牝馬賽的戰況都很激烈，但你三場都贏了。」

弓成羨慕地說，喝完了杯中的燒酒。

「那根本沒什麼，用我的話來說，根本是穩贏的。」

老闆不以為然地說。

「下個星期天的東京優駿賽，你看好哪匹馬？」

「嗯，我打算押光今井。」

「又鎖定熱門馬嗎？」

「不，我去賽馬不是為了輸贏。當馬跑到第四個彎道，騎手揮鞭後開始你追我趕，坐在府中的賽馬場內，馬在賽場上答答答答的腳步聲和我的肚子產生共鳴，這種感覺讓我欲罷不能。」

老闆充滿熱情地說話同時，不忘為客人出菜。弓成吃著老闆娘送來的白飯和味噌湯說：

「真羨慕啊！我忙得根本沒時間去府中，買的馬票也都中不了。」

他嘟囔著，吃完最後一口飯，正喝著味噌湯時，旁邊的電話響了。老闆娘一接起電話就說：

「謝謝您平時的惠顧——他在，您請稍候。」

接著便把話筒遞給弓成。

「喂，我是弓成——」

弓成嘴裡的食物還來不及吞下去。

「組長，《旭日》的動向有點反常。」

電話是霞之關記者聯誼會的同事志木打來的。

「怎麼反常？」

「那個死認真的『教授』一整天都沒有來聯誼會。我不經意地打聽了一下，據說是感冒病倒了。那個教授會因為區區感冒，從昨天採訪巴黎會談到今天都乖乖睡在床上嗎？」

經志木的提醒，弓成也發現眼前都為了採訪巴黎會談而忙得不可開交，但自己也沒有看到《旭日新聞》霞之關記者聯誼會的組長，人稱「教授」的桂。因為必須用報社的專線電話與愛池外務大臣隨行記者團的清原聯絡，所以弓成昨天留在報社的時間也比在聯誼會的時間更長。

然而，經過了一晚，巴黎會談相關後續報導的尖峰已過，仍然不見桂的蹤影——桂曾經是外電部記者，駐華盛頓分社多年，和日本的特定政治人物之間並沒有太深的交情，但與美國國務院、美國駐日大使館建立了廣泛的採訪管道，報導內容很扎實，所以很受外務省官員的重視，弓成私下也把他視為競爭對手。

桂的行蹤不明。這的確是個警訊。

弓成離開「鶴八」，立刻攔了計程車趕往外務省的記者聯誼會，在東側大門前下了車。他大步走向電梯，把高大壯碩的身體擠進正準備關上的電梯門。電梯內的職員露出不屑的眼神看著他，只有一個人用微笑的眼神迎向他。她是審議官的事務官三木昭子。被三木看到自己搶搭電梯，令弓成有點窘迫。

「嗨。」他簡短地打了聲招呼，和三木一起在四樓走出電梯，立刻問：「審議官在嗎？」

如果《旭日》在準備和外務省有關的獨家報導，安西或許會聽到風聲。

「審議官出門了，今天在英國大使官邸有大使舉行的定期晚宴，他穿了燕尾服，走的時候很匆忙。」

腋下挾著資料袋的三木事務官有默契地告訴他。

「真傷腦筋，晚宴通常很晚才會結束——」
弓成看了手錶一眼。
「現在可能還在官邸的客廳喝開胃酒，等所有人到齊。如果你很急，我可以打電話到接待處，問一下審議官的時間方不方便。」
三木貼心地說。
「如果不會造成妳的困擾，就麻煩妳一下。」
弓成忍不住湊上前拜託。飄著淡淡香水味的三木事務官一轉身，腳踝纖細的背影對著弓成。她快步走進審議官室，立刻撥通了熟記在心的英國大使館號碼。
對方終於接了電話，三木要求請安西審議官聽電話，但隨即失望地掛上了話筒。
「聽接待處說，安西審議官和大使單獨進了書房，目前沒辦法找他接電話。」
「那就沒辦法了，給妳添麻煩了。」
弓成道謝後，輕輕舉起手向一旁的山本事務官打招呼後，離開了審議官室，走向三樓的記者聯誼會。
位於三樓角落、面向櫻田大道的記者聯誼會內，東京的十二家報社和電視台各自用資料架隔出辦公區。到昨晚為止，記者們參加了次長懇談會和美國局的記者會，瞭解愛池外務大臣與羅傑德國務卿的巴黎會談發展和成果後，撰寫了相關報導，聯誼會內一整天都忙碌不已，此刻已經恢復了平靜。

弓成雙手插在長褲口袋裡，經過《旭日》的辦公區時，探頭張望了一下，並沒有發現異常。

他走回自家報社的辦公區。

「之後的情況怎麼樣？」

他問志木和金田這兩個年輕同事。

「完全沒有動靜。」

「嗯——暴風雨前的寧靜嗎？」

弓成自言自語著，一百八十公分、胸膛結實的身體塞進了旋轉椅，兩隻腳不知道該放在哪裡，於是他把一隻腳蹺在垃圾桶上，翻閱自家報社和《旭日》今天的早報比較著。

兩份報紙報導巴黎會談情況的標題大小、報導內容幾乎都相同，好像事先商量好似的。至於愛池和羅傑德的合影，《每朝》用的是UPI的照片，《旭日》用的是AP的照片，兩者的構圖也十分相似。

弓成正打算闔上報紙時，驚訝地看到了《旭日》頭版最下方的小標題。

協議的概要　由序文和九大項目構成

在巴黎會談舉行之前，各家報社便已得知了這件事的相關消息，各項內容的概要也藉由之前的記者會有了大致的瞭解。在沖繩回歸報導上領先其他報社的弓成暗自打算在愛池大臣回國後，日美同時舉行簽署儀式前，儘可能盡早拿到協議全文，寫一篇歷史性的大獨家，因此，這一行字觸動了他身為記者的敏感直覺。

「可能是這件事。」

他咬著嘴唇說，另外兩名記者訝異地看著《旭日》的報導。

「《旭日》可能已經掌握了《沖繩回歸協議》的全文，到底是哪裡洩漏的？你們有沒有聽到什麼風聲？」

時鐘指向晚上八點四十分，弓成的雙眼發亮。

「巴黎會談的協商才剛結束，外務大臣還沒有回國，這也太——」

「的確，大部分人都將焦點鎖定在巴黎，但協商並非只有在巴黎舉行。史奈德公使昨天一大早就去了七樓的條約局長室，進行協商了很久。志木，你也監視了公使的座車，還告訴我將近下午一點才離開。」

「對，我接到你的指示後，就去監視公使的座車。美國人向來很在意吃飯時間，沒想到過了正午還沒有動靜，我還提心吊膽，以為史奈德公使搭其他車子離開了。」

「由於井狩局長和史奈德在霞之關的協商拖延，導致巴黎會談晚了三十分鐘，這種情況很不尋常。應該是在愛池大臣訪法之前沒有達成協議的復原補償費問題上相持不下，在緊要關頭之前，用某種條件達成了雙方各退一步的方案，再傳送到巴黎。」

弓成回想起昨晚和人在巴黎的清原通國際電話的情況。

「即使《旭日》拿到了全文，應該只是巴黎會談用的草案，條約局、美國局應該也有相同的文件，你們趕快一個不漏地去找。我在聯絡到安西審議官之前，會去四處探風聲。」

雖然只是草案，但最終方案應該與近日正式公佈的協議全文極其相似。兩名記者用眼神表示同意後，走出了辦公區。過了一會兒，弓成也走了出去，但故意把燈開著。辦公區後方的公共空間傳來電視和打麻將的聲音。

走出外務省後，為了避人耳目，弓成以公用電話撥打身兼弘池會幹部與自由黨總務會長的鈴森善市家中的電話。向來早起的鈴森除非有什麼重要的事，否則晚上不會出去喝酒。

「喂？喔，原來是弓成兄。」

鈴森可能喝了點酒，聽起來心情很好。

「不好意思，突然打擾。我想請教一下愛池和羅傑德巴黎會談的重點《沖繩回歸協議》一事，二、三十分鐘後會到府上。」

弓成打算連夜趕去位於世田谷區經堂的鈴森家。

「等一下，我剛從赤坂回來。你說協議什麼的……到底是怎麼回事？」

「愛池大臣出發赴巴黎前，外務省不是拿了協議的草案給你嗎？」

弓成猜測外務省除了黨部的外務委員以外，事先應該也向幹事長、政調會長和總務會長打過招呼，所以故意用這種方式套話。

鈴森和弓成有多年的交情，有事不可能對他隱瞞。

「經你這麼提醒，官房的課長好像有來過我的辦公室，拿了一份寫滿條文的文件給我看，說要帶那份文件去談判。」

「你手上有影本嗎？」

弓成不斷把十圓硬幣投進公用電話追問道。

「沒有，沒有。因為課長說是極機密文件，要我看一下，如果沒有異議，他要立刻帶回去，然後就坐在椅子上等。我大致瞄了一下，就讓他帶回去了。」

已經把「愚直」當成行事作風的鈴森不以為意地回答。

「弓成兄，這麼晚了，你還在忙東忙西的，不像是你平時的作風。難道是《旭日》要獨家報導協議的內容嗎？」

鈴森一語中的。他在岩手的漁業聯盟支持下，代表社進黨出馬參選，不久之後進入了自由黨的大派系，開始嶄露頭角，如今擔任總務會長的要職，政治敏感度很高。

「雖然還沒有證實，但我懷疑是這麼回事。」

「既然你認為有可能，那一定就是這麼一回事了。之前在關於地位協議一事上，《旭日》也搶先獨家報導，他們在這方面的採訪能力向來很有一套。」

由於鈴森說的確有其事，弓成不禁回想起落敗時的苦澀，也同時判斷即使去鈴森家，也不會有任何斬獲。

「會長，不好意思，這麼晚打擾。我明天會去事務所向你報告在早報出刊前的發展。」

弓成故意表現出從容的態度掛上電話後，又投了十圓硬幣，撥通了弘池會會長小平正良家的書房電話。小平當初在池內內閣擔任外務大臣時，在日、韓兩國邦交正常化談判中的實力很受肯定，外務省應該有不少官員認定他可望成為下下屆首相，暗中向他提供各種內線消息。

小平的女婿秘書接了電話。

「不好意思，這麼晚打擾。老爹在嗎？」

「他回鄉去參加後援會會長的喪禮，明天正午過後才會回來。」

小平的老家在香川縣丸龜。弓成不禁在內心大嘆自己運氣不好，掛上電話後，再度回去報社。

九點過後，編輯局籠罩在從採訪地、所屬的記者聯誼會回來的記者充滿活力的喧囂中。

弓成看向政治部，尋找那兩位年輕的記者同事，卻沒有找到，於是他走向自己的座位，剛好遇到準備下班的部長。部長的頭髮整齊地梳成三七分，是很正派的紳士，但弓成和這位上司個性合不來。他向部長微微點頭，正準備錯身而過。

「剛才有一位女士打電話找了你兩次，她說她叫『美和』，如果你知道是誰，記得回電話給她。」

弓成不知道那女人是誰，心想會不會是事務官三木昭子，但外務省職員不可能打電話到報社。

「我不知道是誰，如果對方真的有事，應該還會打來。」

弓成冷冷地回答，部長也把頭扭到一旁離開了，似乎覺得這個部屬太不可愛。

「阿弓，我不是說了，要注意你對上司的態度。」

首席主編檜垣聽到他們毫不投機的對話，忍不住提醒弓成。

「誰叫部長說話好像接電話小弟，才會把局面搞得這麼僵。清原之後有打電話回來嗎？」

他指了指貼了「記者清原定時通話專用」的電話。愛池大臣一行人在結束與羅傑德國務卿的會談後，傍晚啟程前往倫敦，記者團也將一同前往。

「你去吃飯之前，他用電話回報了一些花絮，之後就沒再打來。」

檜垣主編簡短地回答後，繼續低頭看記者送來的稿子。檜垣是編輯局的四位主編中，唯一讓弓成發自內心敬愛的前輩。

志木和金田都不在座位上，弓成靈機一動，打開掛著「會議中」牌子的小會議室的門，果然發現他們正在低頭討論。兩人一看到弓成，立刻異口同聲地向他報告：

「組長，我們去了美國局、條約局各課，但一無所獲。並沒有特別感受到《旭日》有什麼動作，相關人員也堅稱，要等愛池大臣回國之後才會決定協議的內容。」

語氣中難掩失望。

「你們應該去找過井狩條約局長吧？」

「雖然明知道他不可能透露消息，我們還是去了局長室。他說連日來不眠不休，已經累垮了，所以躺在沙發上，吃了一口冰沙，我們的話還沒說完，他就說沒辦法回答我們這種幼稚的問題。」

志木懊惱地說。井狩喜歡吃甜食的事眾所周知，他是典型的外務省官員，遇到不同的對象時，會露骨地改變態度。照理說，弓成應該親自去找他，但恐怕也同樣毫無收穫。

「鈴森善市說，外務省官房長在赴巴黎進行會談前，曾經拿了協議草案給他看，現在有人拿到與下週簽署的協議極相似的草案，也不是不可能的事。」

弓成告訴他們用電話採訪鈴森善市總務會長的情況。

「雖然目前還無法證實《旭日》的動向，但為了以防萬一，我會盡最大努力拿到草案。你們可不可以再重擬一下協議概要，作為退而求其次的手段？」

「沒問題，這是我們剛才總結出來的內容。」

那是兩人根據之前美國歸還奄美、小笠原時簽定的協議為基礎，再結合霞之關記者聯誼會的記者平時採訪內容，所擬出的「每朝新聞社版沖繩回歸協議」。弓成看著這份打字稿的重點，嘆了一口氣。即使是經過綿密採訪的結晶，如果對方拿到了草案正本，勝負便早已見分曉了。

「組長，因為關係到報導的篇幅，是不是應該向主編報告一下？」

個性謹慎的金田說。

「不，我去找安西審議官，親自瞭解一下情況，在此之前，就先假裝什麼都不知道。」

弓成強勢地制止了兩位年輕記者，向車輛部申請了一輛不掛報社旗幟的大型車。

皇宮半藏門附近的內堀大道上，英國大使館仍然維持著戰前的風貌佇立此地。

晚上九點四十七分——內堀大道上仍然車水馬龍，難得的清澈星空下，寂靜無聲的皇宮樹林勾勒出藍黑色的輪廓，宛如一幅幽玄的畫作。

弓成用力深呼吸，看著眼前的畫面出了神。

「你在那裡幹什麼？」

背後突然響起嚴厲的聲音，弓成回頭一看，發現一名警官站在那裡，他是負責大使館外側周邊巡邏工作的轄區巡警。弓成不得已，只好拿出眾議院發的記者證，並告訴巡警自己正在進行採訪，報社的車子停在後方大使官邸大門前的圓環附近。

「原來是《每朝》的政治部記者在這裡堵人啊！辛苦了。」

巡警立刻用客氣的態度向他行了舉手禮，轉身離開了。

剛才弓成在大使官邸前的圓環時，也曾經遭到盤查。他受不了話匣子一打開就滔滔不絕的巡警部長，特地跑來內堀大道上等候。

只剩下自己一人時，弓成仰頭望著鐵柵欄內穩重的花崗岩三層樓大使館建築，接著，將視線移向緊閉的鐵門中央掛著的英國外交部紋章。鮮豔的紅色和藍色盾牌上方是金黃色的頂冠，盾牌右側是獨角獸，左側是張牙舞爪的獅子，上面用法文寫著英國皇室的箴言：「我權天授」（Dieu et mon droit）、「惡有惡報」（Honi soit qui mal y pense）。

弓成曾經多次造訪大使館，但每次都是坐在車上從敞開的大門出入，所以之前從來沒有注意到紋章，如今再度感受到大英帝國的威嚴。

背後傳來巡邏的腳步聲。他一看手錶，已經快十點了，於是慌忙沿著圍牆外的整排銀杏樹往回走，回到官邸的正門，門內的停車場內，各國大使的車子已經亮起了車燈，但大門仍然深鎖。之前曾經聽安西審議官說，當志同道合的大使聚在一起時，往往一聊天就忘了時間，但截稿時間將近，壓力也排山倒海地向他撲來。

正當弓成心神不寧時，玄關的大門敞開了。炫目的水晶燈光映照出數對身穿燕尾服和晚禮服的大使夫婦身影，他看到安西夫婦也在其中。

耐心等待是值得的。一輛車子緩緩從敞開的大門駛出，他從引擎蓋旁插著的小國旗判斷是瑞典大使的車子。身為英國大使館常客的美國大使回國去了，所以沒有出席今天的宴會。安西審議官的公務車最後從門內駛出，弓成立正站在車頭燈的燈光下一鞠躬。突如其來的狀況把司機嚇了一跳，趕緊踩下煞車，按著喇叭，但在安西的指示下，將車子停在路旁。

「到底發生了什麼事？」

穿上燕尾服後格外帥氣的安西打開了車窗。

「恕我無禮，因為有緊急的事想要請教，所以一直在這裡等候。」

雖然弓成恭敬地解釋，但安西得知是為了採訪，頓時露出不悅的表情，厲聲斥責道：

「即使我們私交不錯，也別忘了禮節，況且，你別忘了這裡是什麼地方。」

在蠶絲緞面晚禮服敞開的領口掛了一串大顆珍珠的審議官夫人立刻板起美麗的臉龐，一言不發地看著前方，完全無視弓成的存在。

「審議官，我為我的不懂規矩道歉，但是，《沖繩回歸協議》的草案已經洩漏了。」

弓成用力按著車窗急切地說，以免車窗突然關起來。

「從你的態度來看，應該是你們的競爭對手拿到了。」

安西表情嚴厲的臉上露出無奈的苦笑。

「我猜想是《旭日》，不知道你有沒有察覺什麼動靜？」

「這我就不知道了……只是今天在美國大使館遇到他們的桂組長時，他不知所措地移開了視線，這算不算回答了你的問題？」

果然不出所料。桂謊稱感冒臥病在床只是煙霧彈，他行蹤不明果然是超級警訊。

弓成眼前浮現出「教授」桂若無其事的表情，內心湧起落敗的懊惱。

「在協議的問題上，絕對不能讓他們搶到獨家。外務省應該有協議草案，請設法讓我看一下。」

弓成不顧一切地拜託。安西似乎被他的氣勢打動了。

「我回家之後，會打電話給北美一課課長，告訴他你會去採訪。」

「老公，到底還要在這裡耗多久？看在大使館人員眼中多丟人現眼。」

審議官夫人對失禮的媒體記者表現出極度輕蔑的話深深刺進了弓成的心，但他仍然沒有退縮。他目送著車子遠去，內心計算著夜晚人車不多，從這裡到安西位於田園調布的家中要二十分鐘。安西回到家後，最快也要到十點四十分才會打電話給美國局北美一課課長。目前正是沖繩回歸談判的緊要關頭，對每晚都工作到凌晨一、兩點的北美一課課長來說，時間並不算太晚。

一手主導沖繩談判實務工作的「沖繩先生」川崎是出了名的「鐵褲」官員，令媒體記者苦不堪言，但既然有審議官的指示，他應該不得不拿出草案。弓成飽嘗著跟在別人後面追新聞的痛苦，內心燃燒起熊熊鬥志，發誓明天早報的頭版頭條絕對不能讓《旭日》獨領風騷。

美國局北美一課內燈火通明，十幾位事務官忙碌地工作，和白天沒什麼兩樣，跟著愛池大臣隨行出訪的美國局長等人接二連三地來電，他們正忙於應對。川崎課長穿著西裝背心，挽起襯衫袖子，一直忙著講電話。弓成聽不太懂他一口流利的正統英語。

「弓成先生，你這樣讓我們很傷腦筋。」

首席事務官（助理課長）發現弓成坐在辦公室，向他提出抗議。因為他們正在處理不能夠讓媒體記者聽到的工作。

「我有十萬火急的事要找課長，課長也知道，我會閉上眼睛、封起耳朵，不聞不問其他事。」

「總之，請你去隔壁的會議室等。你帶弓成先生過去。」

首席事務官找了一名非特考組的庶務人員，推著弓成離開了。

走進一門之隔的會議室，年近五十歲的庶務人員問：

「要不要吃松花堂便當？還有三、四個。」

「不，不用了——你整天被這些特考組使喚，也很累人吧！」

打字、影印、準備消夜、叫車，這些非特考組的庶務人員每天晚上也不得不跟著加班，早就累壞了。

「沒辦法，這是工作——」

雖然他回答得很簡短，但弓成對不受重視的非特考組的關心令他頗感安慰。他剛走出會議室，一課的川崎課長就走了進來。

「讓你久等了——」

「那我就有話直說了，聽說《回歸協議》已經大致底定，所以我來向你拿。」

弓成不由分說地提出要求。

「我接到審議官的電話，要我見你一下，但我手上沒有你提到的東西。」

他在弓成面前淺淺地坐了下來。

「聽黨內三大老說，愛池大臣在出發前往巴黎前，曾經拿了一份協議的草案給他們過目，說外務省將拿這一份草案去談判。而且，我已經得到消息，有其他報社已經拿到草案了。」

「即使有草案，也不可能拿給記者。雖然我不知道你說的是哪一家報社，但我很難相信有人已經拿到了。」川崎推了推眼鏡否認。

然而，弓成無論如何都要拿到協議全文刊登在明天早報上。由於安西審議官已經打過招呼，弓成原本抱著很大的期待，所以面對眼前的困境急得像熱鍋上的螞蟻，但事到如今，他又怎能空手而回？

「……那可不可以請你看一下這份內容？麻煩你指正有遺漏或是錯誤的地方。」

弓成從口袋裡拿出打完字的《每朝版協議》。在至今為止的記者生涯中，他從來不曾這麼狼狽過，但眼前他站在懸崖邊，根本顧不了顏面和別人的眼光了。

川崎看了一眼手錶，似乎惦記著未完成的工作，卻也無法拒絕弓成遞到他面前的協議概要，只能接了過去。由於他對內容熟得不能再熟了，所以三兩下就看完了。

「這是協議的概要吧！大致上沒有問題。」

他把打字稿還給弓成。

「課長，可不可以至少把協議的完整序文給我？」

弓成不願放棄，繼續央求。

「弓成先生，不好意思，其他的內容就只能請你在落筆的時候自行判斷了。」

川崎雖然言詞客套，卻嚴正地拒絕了弓成的進一步採訪。

眼前的屈辱讓弓成恨得咬牙切齒，卻不得不放棄。

晚上十一點半——弓成回到報社後，首席主編檜垣似乎正在等他。一看到他，劈頭就問：

「喂，《旭日》說要停止明天早報的交換，你有沒有什麼消息？」

各報會在晚上十點左右的截稿時間前，相互交換已經寫好的十二個版面的報導內容，這是報界的慣例。《旭日》打破這個慣例，停止交換的舉動，顯然是因為刊登了獨家報導，阻止其他報社進行追蹤採訪。

弓成難掩內心的慌亂。

「我並不是完全沒有底，其他部門有沒有什麼意見？」

他用下巴指了指社會部和經濟部的方向。

「除了霞之關以外，似乎沒有異常。我後來才發現志木、金田還有你在傍晚之後的舉動就很不尋常，到底發生了什麼事？」

主編目光銳利地看著他。

「《沖繩回歸協議》的內容可能被人搶先報導了。」

主編聽到弓成難得這麼老實坦誠，頓時臉色大變。

「在沖繩回歸的問題上被其他報社搶先，《每朝》不是會顏面盡失嗎？」

「距離最終截稿時間還有超過一個半小時，我已經寫了概要，會盡全力追趕。」

弓成不願就這樣認輸，帶著志木、金田走進會議室，把自己和安西審議官、北美一課川崎課長的談話情況大致告訴了他們。

「事到如今，只有靠我們自己好好寫協議了。志木，你再用電話向和你關係良好的教授進行採訪。金田，你再和《小笠原回歸協議》進行比較檢討。」

弓成對兩人做出不同的指示後，自己坐下來重寫協議的序文。

「被搶先了。」

在付印前一刻，弓成正在最後校對費了九牛二虎之力完成的報導校樣時，檜垣把剛才停止交換的《旭日新聞》丟在桌上。

沖繩回歸協議案全文　將以共同聲明為基礎加以實施

黑體字的大標題躍然紙上，全文幾乎佔據了整個版面。

弓成差一點腿軟，但仍然目不轉睛地看著協議內容。

自己的報導是「沖繩回歸協議內容」，《旭日》卻刊登了「全文」，光是標題上已經輸得一敗塗地。

「恕我無能，真對不起。」

弓成一鞠躬。

「雖然輸了，但你表現很出色，至少已經追上了一大截，不至於要向政治部長遞辭呈。」

主編安慰弓成後便轉身離開了。比起大聲斥責，這種安慰反而更令弓成受到嚴重打擊。

※

弓成酩酊大醉地回到位於世田谷區祖師谷的家中時，已是凌晨三點多了。

由里子一邊綁著睡袍的腰帶出來迎接，看到丈夫匆匆脫下鞋子，跌跌撞撞地走進家門。

「怎麼了？今天怎麼會喝這麼多？」

由里子擔心地問。因為弓成平時即使喝醉了，也幾乎看不出來。

「給我水——」

弓成只說了這句話，接著不耐煩地脫下上衣和領帶丟在地上，盤腿坐在沙發上。

「要不要吃茶泡飯？」

由里子遞上水，把丟在地上的衣服放在沙發椅背上。

「給我熱茶。」

由里子一邊泡茶，一邊說：「你沒打電話回家，我還在為你擔心呢！」

弓成晚歸的時候，通常都會打一通簡短的電話回家。

「被《旭日》超越了。」

「是嗎——？你之前不是說，記者不可能是常勝軍，偶爾也會遇到這種情況吧！」

看到丈夫這麼深受傷害，由里子猜想應該發生了重大的情況，但還是若無其事地為他送上茶。

「我是在不應該被人超越的地方栽了跟頭。」

弓成充滿懊惱地說。

「你可以在下一次反敗為勝。只要好好睡一晚，明天上班時，就會把被別人搶走獨家的事忘得一乾二淨，這是媒體記者的美學。」

由里子溫柔地激勵自尊心深受傷害的丈夫。

「妳別自作聰明了！我是在沒有機會翻身的事上被人超越！」

弓成再度想起了好不容易借酒遺忘的不甘心，把茶杯往桌上用力一放。

「對不起，你先去沖一沖澡，趕快上床睡覺吧！」

「嗯，我知道。」

弓成走去浴室前，輕輕地打開孩子們房間的紙門。就讀小三和小一的兩個兒子不知道是否太熱了，手、腳都伸出被子外。他很想走去兒子身旁，但又擔心自己腳下不穩，會不小心踩到他們。

弓成虎背熊腰的身體沉入由里子為他放了溫水的浴缸中，閉上了眼睛。痠痛的脖子和肩膀在水中稍微獲得了放鬆，感覺很舒服，但想到至今仍然不知道《旭日》協議全文的出處，他忍不住用雙手潑水，用力拍著臉。

他無法不在意桂寫那篇報導的消息來源，不過，顯然不是北美一課的川崎課長。桂和佐橋政權關係良好，對美國政府的情況也知之甚詳。與桂交情匪淺，而且是外務省局長以上職位的人，應該不是安西審議官，可能是負責政策的另一名外務審議官，但根據安西在英國大使官邸前說的那番話研判，搞不好是從美國大使館那裡傳出來的消息。

弓成猛然從浴缸內站了起來，穿上浴袍，打開了窗戶。和在英國大使館前看到的相同星星，在清澈的夜空中眨眼。

是他向來認為比其他報社遙遙領先的驕傲和自滿，導致了這次的大意。弓成凝視著夜空，這麼訓誡自己，但也決心要把這份協議中隱藏的欺瞞公諸於世。

❊

梅雨季節難得的陽光和微風下，皇宮護城河畔的樹木綠意盎然，在河面上輕輕拂動。

上午十點，一輛公務車駛入坂下門，沿著松樹駛向南側車道。亞洲局長前來拜謁天皇陛下，接受近日將被派去馬來西亞擔任大使的任命狀。

身穿晨間禮服，繫著銀灰色領帶的亞洲局長表情十分緊張。進入外務省二十八年來，他一直在外務省和駐外使館之間輪調，這是他第一次成為「特命全權大使」。

當他來到鋪著大理石地板，名叫「南溜」的玄關時，宮內廳的禮賓官早已在那裡等候了。行禮後，禮賓官帶他沿著中庭周圍鋪著圓石的長迴廊來到「千鳥間」。在那裡等候片刻後，繼續前往正殿「松之間」。

高床式⑩正殿的青綠色大屋頂呈一直線隔開了整個空間，白牆與茶褐色樑、柱三色統一的正

⑩這是日本特有的離地高架建築架構，可使地板下方空氣流通，保持乾燥。

殿內，凝聚了素雅、莊重的日本傳統美。

沿著鋪了地毯的「南渡」樓梯往上走幾步後，便看到了前方的大杉木門。

他們停下腳步，在敞開著大杉木門的正殿「松之間」的入口深深地鞠躬，天皇陛下的身影出現在正前方。外務大臣、內閣參事官站在右側，左側站著宮內廳長和禮賓部長，分別和天皇之間保持了一定的距離。亞洲局長對自己走在櫸木地板上發出答、答的腳步聲感到不知所措，來到距離天皇陛下兩、三步處，極其恭敬地一鞠躬，接過外務大臣拿著的「任命狀」後，再度面對天皇。

特命全權大使的姓名與赴任地已經事先奏報天皇，所以，一切都在安靜無聲中進行。

「你肩負的使命任重道遠。」

天皇第一次開了口。

大使再度深深地鞠躬，退後三步，才轉身退出。

身著禮服的亞洲局長在皇宮參加完任命儀式後，回到了外務省，走向電梯。

「吉永先生，任命儀式順利結束了嗎？」

《每朝新聞》的弓成亮太向他打招呼。

「原來是你，我緊張死了。」

像仙鶴般瘦高個子的吉永敬介苦笑著，搥了搥自己的肩膀。

「可不可以佔用你一點時間——」
「現在沒問題，去大使休息室吧！」
弓成點了點頭，和吉永一起搭上電梯。
大使休息室內只放了四組大桌子和椅子。
「我先換一下衣服。」
吉永在送茶上來的大使秘書協助下，換上放在衣櫃裡的西裝後，在弓成對面坐了下來。
看到吉永拿出菸，弓成立刻探出身體幫他點火。自己也從菸盒裡拿出一支「和平」牌香菸。
「雖然我在霞之關記者聯誼會多年，但這還是第一次採訪剛參加完任命儀式的大使。」
「這本來就不是常有的事，雖說你在外務省內人面很廣，但只有第一次出任大使時，才會去皇宮參加任命儀式。」
「原來是這樣，陛下有沒有對你說什麼？」
「嗯，陛下說我的使命任重道遠，讓我覺得充滿了使命感，渾身忍不住發抖。我忍不住想起已經去世的母親經常說，等我當了外交官，一定要成為有資格覲見天皇陛下的人。」
吉永再度感動莫名地說。
弓成手拿著菸，頻頻點頭。吉永進入外務省二十八年，最初在調查局，之後歷經條約局、美國大使館參事、韓國大使館公使和亞洲局長等職務，主要負責亞洲區的業務，弓成和他之間也有十年的交情了。

「回想起來，這些年受了你不少照顧，尤其在日韓談判時，你的大力——」

當時，弓成剛開始跑外務省這條線，雖然他位居組長、副組長之下，但因為有駐韓國公使吉永這個消息管道，所以接二連三地針對日韓談判這個最熱門的外交問題寫了不少獨家報導。

「不，那是因為你積極採訪當時的小平外務大臣、條約局長，已經掌握了相當的消息。不瞞你說，我向來不理會那些不用功的記者，就是這麼簡單。」

吉永把菸蒂丟進菸灰缸，清澈的雙眼看著他說。弓成微微點頭。

「你即將赴任的馬來西亞沒有直接捲入越戰的戰爭漩渦，家人應該也可以放心地跟你同行吧？」

「但得知要去馬來西亞時，我想到的是在之前的戰爭中，日本曾經軍事佔領馬來西亞四年。雖然馬來西亞的反日情緒沒有中國和韓國嚴重，但我們還是不能忘記這段歷史。馬來西亞最近積極研究減少失業率和吸引外資企業，我希望可以盡一點綿薄之力。

「外交的基本在於避免國與國之間發生戰爭，為此，日本必須更重視和亞洲各國之間的友好關係。

「日本雖然因為戰敗而受美國的支配，但經過了四分之一個世紀，日本仍然在仰美國人的鼻息，也未免太不爭氣了。雖然該檢討我們在亞洲地區力不從心的原因，但緊抱美國大腿的外交政策著實讓人為日本的未來擔憂。」

從吉永淡淡訴說的話語中，可以感受到一個為國擔憂的外交官內心的真摯。

弓成深受感動。

「吉永先生——」

他開了口，卻欲言又止。

「怎麼了？今天的你好像和平時不太一樣，該不會是因為《沖繩回歸協議》的全文被《旭日》搶了獨家，所以還在難過嗎？」

吉永的嘴角露出笑容。

「這次真的很受打擊，不知道他們是從哪裡得到的消息？」

「這我就不清楚了，應該和往常一樣，是局長級以上的管道吧！」

雖然吉永說得很委婉，但似乎已經大致猜到是誰。

「既然不是安西審議官，那就是另一位……」

弓成暗指影響力不如安西審議官的另一位負責政策的審議官，用眼神問道。吉永仍然維持事不關己的笑容。

「先不談這個。因為原本是我鎖定的新聞，所以覺得面子上很掛不住，但關於《回歸協議》，我還有一個內幕想寫，只是目前必須考量各種因素，不知道該在哪一個時機點公諸於世，目前還在猶豫。」

在外務省官員中，論弓成與對方交情的深入度，當然無人超越安西審議官，但對於和「親美派」保持距離，認真為日本的國家利益思考，即使在政治人物面前也不妥協的吉永敬介，弓成始終帶著一分敬意，也是他為數不多可以吐露真心話的對象。

「外交往往基於和其他國家之間的道義而重視秘密，但媒體必須發揮監督功能。如果沒有你們的採訪和報導，所有的事都會蒙上神秘的面紗，甚至可能往錯誤的方向發展。外交官和媒體記者雖然立場不同，但從大局來看，都是在真正維護國家利益。」

弓成向來認為媒體記者是國政唯一的傳達者，吉永的這番話也深深打動了他。

「你的這番話給了我很大的勇氣。」

「今天怎麼這麼沒自信？真想知道是什麼事可以讓你這位大記者這麼煩惱，在我去馬來西亞之前，可以看到你的報導嗎？」

吉永關心地問。

「我很希望可以讓你過目，但這一次我還沒有決定要用怎樣的方式呈現出來……」

弓成仍然無法擺脫最後一抹不安，含糊地說道。

「看來我問了不該問的，那今天就這樣吧——」

吉永看著手錶。

「到時候我會去參加歡送會，馬來西亞的氣候不太好，請多保重——」

弓成用力與吉永握手道別，吉永送他到走廊上。離開外務省後，弓成沒有攔計程車，沿著櫻田大道走向報社的方向。他仍然沉浸在和吉永談話帶來的清新感中，突然想到不妨趁今天有空，為吉永挑選一件臨別贈禮，於是，他攔下一輛計程車。

在銀座四丁目的十字路口下車後，弓成來到御幸大道，走進專賣各種男性舶來品雜貨的「藤貴」。創立於明治三十八年，散發出沉穩氣氛的老店深處，走出一位衣著很有品味的年長光頭店員。

「好久沒看到你了。」

「要是經常往這裡跑，我的零用錢就不夠用了。對了，我想買禮物送人，至於預算，差不多是行情價，我想找有品味的小禮物。對方五十歲，他用的零錢包或是其他的東西都很有品味，你有沒有什麼推薦的？」

「不太好找，對方的工作是──？」

年長店員很有禮貌地打聽。

「是在國外生活經驗豐富的公務員。」

「這樣喔──」

年長店員偏著光頭，來回看著擦得一塵不染的玻璃展示櫃搜尋著。

「如果是什麼都不缺的公務員，這把銀製的拆信刀怎麼樣？要是刻上姓名的縮寫，可以感受到送禮者的誠意。只要兩天的時間就可以刻好。」

「嗯，很不錯。刻完之後，麻煩幫我送去報社。」

弓成在便條紙上寫下吉永敬介的姓名縮寫後結了帳。

「弓成先生，你的領帶也是在本店買的吧？」

店員把收據交給弓成時問。

「這條嗎？是別人送我的，原來是這家店賣的高級貨嗎？」
弓成摸著藍底菱形圖案的領帶，有點驚慌失措地問。
「總之，一眼就可以看出是很瞭解你的人挑選的，你戴起來很好看。」
店員的語氣似乎並不是在奉承。
「你還是這麼會說話，難怪這裡總是生意興隆。」
弓成故意促狹地說。
弓成沿著御幸大道往回走，因為還是上午，所以路上沒什麼行人。他從擦得光可鑑人的玻璃櫥窗瞥了一眼自己的領帶，想到對方送禮時的用心，不免有點陶然。

❊

六月十七日，再過三十幾分鐘後的晚上九點開始，將透過人造衛星，在東京和華盛頓同時舉行《沖繩回歸協議》的簽署儀式。
弓成坐在編輯局政治部自己的座位上，打電話到外務省記者聯誼會。清原立刻接起了電話。
「查到為什麼尼克森沒有出席簽署儀式的理由了嗎？」
弓成問。八天前的巴黎會談中，雙方決定日本方面將由佐橋首相、美國方面將由尼克森總統出席簽署儀式，並相互表達祝賀。今天黎明時分，根據凌晨兩點路透社發佈的消息，尼克森總統將取消出席該儀式。

「在外務省收到官方聯絡之前，路透社已經發表了這個消息，北美一課顏面掃地，堅稱沒有收到美方任何消息。但大部分人都推測，尼克森是因為和沖繩回歸談判同時進行的日美纖維談判中，遭到纖維業界的強烈反彈，所以才決定缺席今天的簽署儀式。今天的簽署儀式在美國收視率很高的晨間新聞節目『今日新聞』中實況轉播，所以，尼克森應該只是不想出現在電視畫面上吧！」

清原很有精神地回答。

「我就知道。但事到臨頭突然取消，會不會太過分了？」

弓成正在說這句話時，聽到周圍有人叫：

「喔，快開始了。」

政治部、外電部、社會部和經濟部的記者都擠到編輯局的兩台電視前。弓成掛上電話，快步走向電視的方向。

佐橋首相、全體閣員、梅楊駐日大使與史奈德公使，都在首相官邸的大房間內參加了東京的簽署儀式。華盛頓方面則由羅傑德國務卿、利德國防部長和大場駐美大使，在國務院八樓的湯馬斯·傑弗遜宴客廳列席參加儀式。

日本方面由首相出席，美方卻不見尼克森總統的身影，雙方明顯呈現失衡的狀態，也可以一窺日美的立場。

沖繩的關鍵人物屋良主席也沒有出席，由此可以感受到沖繩居民對於協議中，沒有明確保證撤除與禁止再度輸入核武，以及縮小基地等問題的不滿。

行禮如儀的簽署儀式正在進行。愛池外務大臣和美國駐日大使梅楊分別在相關文件上簽名時，佐橋首相出神地看著衛星轉播的畫面，臉頰泛著紅暈。

簽署儀式三十分鐘就結束了，佐橋首相和梅楊大使握著手。不知道是否內心感慨萬千，他的大眼睛中泛著淚光。

佐橋在電視的特寫鏡頭上露出即將掉下男兒淚的表情，與在場的每個人握手連聲道謝，內心的喜悅溢於言表的樣子感動了無數記者。

「真不能小看電視的力量。」

「對啊！就連我們這些之前經常寫文章抨擊『佐橋無能』的人，也忍不住想要稱讚他發揮了極大的耐心，解決了困難重重的戰後處理問題。」

「仔細想想，就會覺得如果不是像佐橋那樣安定的政權，根本無法完成需要漫長歲月解決的沖繩回歸問題。」

記者們閒聊著，走回自己的座位。弓成獨自坐在電視前抱著雙臂沉思著，但隨即下定決心，走向政治部長司的座位。他確認剛才司也看了電視轉播。

「關於剛才的《回歸協議》，我想寫一篇詳細的解說報導。」

弓成無論寫任何報導都不會事先請示，每次都充滿自信地想寫什麼就寫什麼，因此，司對他的不尋常行為露出訝異的表情。

「坐下再說吧！」

司指著桌旁的椅子說。他雖然脫下了外套，但襯衫的袖口戴著袖釦，坐得端端正正。

「是關於請求權的問題，在日美雙方簽署的協議中提到由美方支付復原補償費，但這筆錢其實是日本支付的。我終於掌握了確實的消息，所以想寫一篇相關的報導，同時討論日美外交的發展方向。」

弓成對司吐露內心的信念，並告訴他日本代為支付這筆錢的方式後，司驚訝不已。

「如果你說的情況屬實，就代表政府在國民毫不知情的情況下，與美方進行了暗盤交易。事關重大，要找檜垣一起好好討論一下。」

司立刻找來座位就在附近的首席主編。有著寬額、堅挺鼻子，看起來像古代武士的檜垣聽完之後說：

「美方當然會以國會不通過為由拒絕支付該付的款項，日方為了在表面上看來是由美方支付這筆錢，所以會先把錢付給美方。毫無疑問，這筆錢的財源來自人民的納稅錢，這是日本國民最詬病的奉承外交。由於事關重大，需要有確實的資料佐證。阿弓，你手上應該有相關資料吧？」

身為主編，他立刻確認了重點。

「我當然已經掌握了確鑿的證據。」

「這條新聞絕對會引起很大的震撼，你先讓我們看一下證據。」

司部長說。弓成遲疑了一下，從上衣口袋裡拿出摺成四摺的影印文件攤在他們面前。

「這不是外務省的極機密電文嗎？」

年輕時曾經跑過多年外務省、也曾經當過組長的司詫異地問，並確認了電文的日期、起草者、審閱者等重點。這三份文件都是只有相當有限的相關者才能看到的電文。

「這是最頂級的獨家大內幕。」

處事向來沉著冷靜的司難掩激動地看完後，把電文一張一張交給檜垣。

「前兩份是手寫的電文案，有好幾處訂正和補充的地方，太有真實感了。我第一次看到這種文件，阿弓，真有你的！既然有這麼確鑿的證據，別只是寫解說而已，可以在頭版寫一篇大獨家。」

檜垣雙眼發亮，司部長也沒有異議，再度輪流看著幾份電文。

「剛才的電視實況轉播已經讓民眾對簽署儀式不再有新鮮感，現在時間還早，除了頭版以外，還可以在第三版做加強報導。」

他似乎想像著久違的獨家大新聞。

「……這有點——」

雖然部長和首席主編興奮不已，關鍵人物弓成卻有點退縮。

「怎麼了？突然說這種話，難道有什麼難言之隱嗎？」

檜垣兩道濃眉抖動了一下。

「我不想把手上有這幾份電文的事公諸於世，目前暫時只想寫解說報導。」

「……你什麼時候拿到這幾份文件的？」

「四、五天前。」

「你拿到了可說是極機密中的極機密文件，卻放在口袋裡四、五天，直到今晚簽署儀式結束才說要寫報導，難道有什麼難言之隱嗎？」

「我拿到這些文件後，不知有多少次想要寫獨家報導，由於這些文件太具震撼力，如果在簽署儀式之前公諸於世，我很擔心會對簽署儀式，甚至沖繩回歸造成影響，所以才踩了煞車——」

弓成說出了他在希望沖繩回歸祖國和想寫獨家報導之間的心情搖擺，司抱著雙臂說：

「原來是你經過深思熟慮作出的決定。」

「但現在簽署儀式已經完成，只要在落筆時小心，不是可以巧妙避開嗎？」

比任何人更瞭解弓成性格的檜垣似乎看穿了他猶豫的理由。

「因為事關消息管道的問題，我向對方保證，不會給對方添麻煩。你們也看到了第三份電文的日期，距離今天才八天而已。從五月下旬至今的短暫期間，即使在外務省內部，也只有少數人能夠看到這三份電文。如果在報導中大剌剌地提及《每朝》拿到了電文，很可能對我的消息來源產生不利影響。」

「所以你決定用解說報導的方式寫？」

司部長問。

「對，今天簽署的《沖繩回歸協議》將在秋天之後經由國會審議、批准後實施，以後還有很多機會可以寫。目前暫時小心翼翼地保存這個百萬噸級的炸彈，先藉由解說報導試一下水溫，日後再找時機投下震撼彈。」

聽完弓成的意見，處事向來十分謹慎的司點頭說：

「既然你都這麼說了，那就尊重你的判斷。離截稿只剩下幾個小時，如果只是隨便寫一寫就太可惜了。」

檜垣悶不吭聲地起身離開了。

弓成開始在草稿紙上起草。雖然他事先已經構思了起承轉合，但寫到後半部分的核心內容時，他寫了又撕，撕了又寫，小心謹慎地字斟句酌。

一旦掌握了獨家消息，弓成向來都會大寫特寫，今天卻沒有往日像機關槍掃射般的寫稿火力。他不時遲疑，但還是寫下了該寫的內容。

他寫完每頁四行、一行二十個字的五十頁新聞草稿紙，交給了首席主編。

弓成沒有完成重要報導的興奮，內心仍然感到鬱鬱寡歡。

隔壁的社會部似乎接到了激進派在明治公園導管爆炸案的後續消息，記者大聲說話的聲音此起彼落。

「弓成哥，電話——」

坐在斜前方的同事告訴弓成，有來自外線的電話。

「我不在！」

弓成冷冷地回答。這種時候，他沒有心情接電話。

「他說是北九州的弓成正助——是不是你父親？」

「我老爸？不管對方是誰，我都不在！」

弓成粗暴地回答後，才想起父親之前曾經提過，全國蔬果業界今天在新宿有一場大型聚會，到時候會順便去祖師谷的家中。父親很期待一年難得一次到東京探視他們的機會，剛才可能聽到了自己的聲音。能幹的父親靠自己的雙手創業成功，個性豪放磊落，但畢竟已近古稀之年，越來越想念獨生子和孫子，所以聽到自己剛才的回答一定會很傷心。不過，弓成現在實在沒有心情和父親舉杯喝酒。

爸，對不起——弓成在心中向父親道歉，視線始終看著整理總部。

明天早報一定都是《沖繩回歸協議》簽署儀式的相關新聞，由於電視已經實況轉播，文字報導必須更加強烈和深入，這就要靠整理總部大顯身手，增加內容的可讀性。

弓成的稿子被送到硬性新聞部門（政治、經濟、外電類）主編的手上，他估算時間差不多後，走到主編的辦公桌前。

「怎麼又是你？」
硬性新聞部門主編毫不掩飾臉上的不耐煩。為記者寫的報導下標題、排版是整理總部的權限，他們習慣和第一線記者保持距離，不喜歡記者插嘴干涉。
「我希望可以採用『軍用地補償費疑雲重重』這個標題。」
弓成擺出低姿態。
「我之前也說過，下標題是我的工作。況且，你的報導中完全沒有提到可以佐證疑雲的具體事證。」
「因為關係到我的消息來源，所以無法寫得更明確，但我手上掌握了確鑿的證據。」
弓成自信滿滿地說。
「那給我看一下。」
「這有點——我們部長和首席主編都已經同意了。」
弓成委婉地暗示已經獲得高層首肯後便轉身離開，不想繼續討論這個問題。
弓成帶著幾個年輕同事去附近的酒館喝酒回到報社時，剛好十一點半——正是早報校樣出來的時間。
頭版一整版都是簽署儀式的相關報導和照片，弓成的署名報導刊登在第三版的左側，總共八個段落。

談判的內幕！美方以基地換取收入　請求處理問題疑雲重重

關於本次談判，美方的談判方針之一，就是不花一毛錢解決沖繩回歸問題。反過來說，要最大限度回收至今為止在沖繩的投資。關於這項要求，日本方面也給予了善意的回應。美方充分瞭解佐橋內閣希望藉由沖繩回歸延續政權的弱點，因此，日方除了支付有償接收美方資產的款項以外，包括特殊武器（核武）的撤除費在內，總共三億兩千萬美元的財政支出完全是「凱子外交」，各個項目的累計支出根據也無法在國會公開。

在談判緊要關頭仍然懸而未決的四個問題，除了「美國之音」以外，美方完全同意了日本方面的要求。其中，對美請求的「自發性支付」問題仍然難以消除不明朗的印象，美方是否真的支付了相關費用令人存疑。

美方以之前曾經向國會保證「沖繩的對美請求問題已經補償完畢」為由，一再拒絕日方提出必須支付尚未補償的四百萬美元的要求。於是，日本方面是否在支付給美方的三億一千六百萬美元以外，外加了四百萬美元，剛好湊成三億兩千萬美元的整數？美方是否向美國國會說明「四百萬美元是由日本政府支付」而解決問題？美方為了向國會進行說明，必須請日本方面私下提供「字據」。這應該就是談判的實情。

不知道在今年秋天沖繩國會⓫的會議中，輿論將對此作出怎樣的審判？

（政治部記者　弓成亮太）

如同整理總部主編所說的，弓成在報導中寫得很含糊，關於愛池的非公開書簡也只用「私下提供『字據』」一筆帶過。

美國滿腦子只想著如何對付本國國會，日本政府卻完全不顧本國的國民利益——如果弓成沒有拿到那三份電文，難以想像的陰謀就會永遠被埋葬在黑暗中。

雖然掌握了足夠的證據證明政府做出了不可原諒的欺騙行為，但為了保護消息來源，無法盡情地加以揭露令弓成感到急不可耐。他只能期待這篇報導能夠成為揭發真相的起點。

翌日，弓成家的餐桌難得熱鬧不已。以亮太的父親弓成正助的個性，當然不可能因為被兒子以「太忙」為由拒絕而退縮，他提著在築地的魚市場買的一尾一呎多長的鯛魚上門了。

請附近魚店將鯛魚依整尾魚原本形狀切好後再擺放回鯛魚外形的生魚片，幾乎裝滿了整個大盤子。由里子精心烹調的燉菜、醋拌小菜，與孩子們愛吃的可樂餅、沙拉放滿了整張餐桌。

「爸爸，真是服了你的霸王硬上弓，來，先乾一杯。」

亮太為父親的大杯子裡倒了燒酒。

「你才是不孝子呢！我打電話給你，居然叫同事說『我不在！』，我被你氣得連話也說不出來了，哇哈哈！」

弓成父子雖然長相、身材都很相似，但靠自己打拚成為香蕉王，創業成功的正助身體十分硬朗，線條分明的臉上氣色紅潤，老當益壯，完全感受不到已近古稀之年。

「男孩子要多吃點才行。」

他激勵著分別就讀小三和小一的兩個孫子，瞇起眼睛，餵他們吃生魚片。

「爺爺，你這次要在我們家住幾天嗎？」洋一問。

「嗯，我很想一直住在這裡，但我公司還有事，只能住一晚。」

「爸爸，只住一晚反而會很疲勞，不妨多住兩、三天吧！」

由里子挽留道。純二也說：

「對啊！你住到星期六，我們一起去逗子。」

「爺爺不喜歡逗子。」

由里子的娘家是大戶人家，代代都是知識分子，正助和他們合不來。

「爺爺很忙，如果離開九州太久，公司的人會忙不過來。」

⓫西元一九七一年，在野黨為了抗議並反對將於一九七二年生效的日美《沖繩回歸協議》與相關法案，成立了名為「沖繩國會」的團體。

亮太插嘴解圍。

「爺爺也可以退休啊！逗子的外公早就從銀行退休，現在專門蒐集各式各樣的貝殼。」

洋一用老成的語氣說。

「我會工作到死，我的夢想是開一家很大很大的公司。」

「爸爸會繼承爺爺的公司嗎？」

「不會——」亮太夾了一塊燉菜，搖頭回答。

「爺爺公司的工作誰都可以做，但你們的爸爸可是堂堂的《每朝新聞》的大記者，總有一天會當上報社的社長。今天早上的報紙也有你們爸爸署名的大篇幅報導。」

正助說著，從餐桌旁站了起來，自皮包裡一大疊今天的早報中抽出一份，攤在兩個孫子面前。

「但是爸爸的報導好難，看不懂在寫什麼。」

「我希望爸爸和同學的爸爸一樣，假日可以在家裡陪我們玩。」

兩個孩子輪流說道。

「你們還小，所以搞不懂，等你們長大以後，就知道爸爸有多了不起了。」

正助洋洋得意地說。

吃完飯後水果後，兩個孩子被由里子趕回房間。由里子向來要求小孩子吃完飯就要回自己的房間。

「爸爸，去和室坐吧！我把酒送去那裡。」

由里子貼心地請公公去和室休息。飯廳的椅子太高，沒辦法盤腿坐，正助不太習慣。來到三坪大的和室，正助高大的身軀終於可以盡情伸展。

「還是榻榻米坐起來舒服。」

亮太也很放鬆地坐了下來。

「我今天心情特別好，報紙上登了你那麼大的一篇報導。我打電話告訴志津，她樂壞了，說是託天神的福。」

亮太的母親是很虔誠的教徒。

「我也打電話回公司，叫他們去買了一百份報紙送給老客戶。你是我引以為傲的兒子。」

正助仰頭喝著燒酒，用力拍著大腿。

「你別做這種鄉下人才會做的丟臉事。」

「又沒有叫你做，有什麼關係？亮太，好久沒這個了，今天怎麼樣？」

正助做出彈三味線的動作。亮太也很想彈，叫由里子拿了三味線過來。

由里子連同袋子一起拿了過來，正助把三味線抱在腿上，開始調弦。他和蔬果業的朋友一起開始學彈三味線，「長唄」和「清元」⑫都難不倒他。由於母親志津也是長唄的高手，亮太從小

⑫「長唄」是由江戶時代歌舞伎的伴奏樂發展而成的一種樂曲。「清元」又稱「清元節」，是一種以三弦琴彈奏，主要用於歌舞伎的伴奏樂曲。

就在與眾不同的獨特家庭環境中長大。母親曾對他說：「等你長大以後，開始交際應酬，可以學點長唄或是小調。」他在母親的建議下開始學彈三味線，老師說他很有天分。他的琴藝進步神速，久而久之，彈琴也變成了他的興趣。

噔、噹、叮。正助調好三味線的琴弦時，由里子又送來一盅燒酒後，走出了和室。

「你老婆很不錯，如果你不好好珍惜她，小心會有報應。」

正助說完，端正坐姿，彈起了長唄的〈黑髮〉，亮太唱了起來。

綁起的黑髮　叮噹　難以解開的結　噹噔噔
也曾心意相通共枕眠　噹噔
孤枕而眠的夜晚　越惆悵　叮呤噔　噹噔

父親彈的三味線充滿感情和張力。父子之間好久沒有這種心靈相通和共鳴的感覺，亮太發自內心地感到放鬆。

第三章 機密文件

新年過後，在昭和四十七年二月的人事異動中，弓成亮太從跑外務省線的霞之關記者聯誼會被調到跑執政黨、國會線的永田町記者聯誼會。

永田町記者聯誼會有兩個地方，分別在自由黨總部四樓和眾議院本館二樓，在國會會期時，幾乎都在眾議院的聯誼會。

國會議事堂是戰前建造的建築物，天花板很高，房間也很寬敞，但整體的光線不佳。記者聯誼會位於幹事長室旁，放了一張執政黨幹部召開記者會時用的大桌子，東京的五家大報、通訊社和全國聯播電視台的記者，分別坐在用屏風隔開的辦公桌前。

由於正值國會會期，幹事長等黨務幹部頻繁舉行記者會，執政和在野兩黨在預算委員會的攻防也很激烈。記者在採訪後，將寫好的稿子交給副組長，再由組長審核後，送回總社政治部的主編手上。

弓成目前是《每朝新聞》永田町記者聯誼會的組長，手下有十名記者。除了兩名副組長以外，還有分別跑佐橋派、佐橋派田淵系、弘池會（小平派）、清流會（福出派）、二木派、利根川派，和專跑幹事長、總務會長、政高會長等三大老的記者。

政治報導的中心是傳達執政黨的動向，永田町記者聯誼會組長的判斷，影響到《每朝新聞》的報導內容。因此，說弓成目前的職務是政治部記者的顛峰也不為過。

「喂，弓成兄。」

背後響起熟悉的洪亮聲音。弓成回頭一看，是《讀日新聞》的記者山部。他穿了一件帥氣的米色格子夾克，手上拿著已經成為他註冊商標的菸斗。以前總是圍在他身旁的那些年輕記者之所以紛紛露出退避三舍的眼神，是因為去年夏天，他受到《讀日新聞》最擅長的派系鬥爭的波及，突然被降為解說委員。

山部並沒有氣餒，他帶著總有一天會捲土重來的旺盛氣勢坐在召開記者會用的大桌子後，睥睨整個記者聯誼會。寫完晚報稿的記者都無力地癱坐在沙發和長椅上，也有人像是被沖到海灘上的死魚般呼呼大睡。

弓成闔上看到一半的書，和山部並排坐在會客用的桌子旁。

「弓成兄，你上次的報導火力全開喔！」

弓成在之前的署名報導中嚴厲抨擊「因為對權力的偏執而麻木不仁」的佐橋首相，希望他早日退居二線。山部對此表示讚賞。

「貴報三天前的頭版頭條新聞也不遑多讓啊！」

《讀日新聞》在「後佐橋時代黑影幢幢」、「超越派系的個人收買」的標題下，揭露了福出武夫和田淵角造的角福戰爭日益白熱化，五大派系動作頻頻，多數派開始在檯面下展開運作。聽說中間派的某領袖收取了五千萬日圓，普通議員回自己選區時，也塞五十萬、八十萬紅包，政界的詭異現象頻傳。這些報導寫得繪聲繪影，簡直就像親眼目睹了這一切。頭版頭條很少會刊登這種內容，雖然沒有署名，但弓成研判應該是解說委員山部向他熟識的永田町記者聯誼會記者透露了這些消息，在紅包滿天飛的政界投下一顆震撼彈。

山部叼著菸斗說：

「佐橋看了那篇報導，氣得火冒三丈，打電話給我們報社的社長說，他從來沒有明說要退居二線，甚至準備視事態的發展，作好了第五次參選的心理準備，這種報導的內容簡直太失禮了，會讓民眾誤以為首相和黨魁是用金錢買來的。還要求立刻開除寫這篇報導的記者，報社社長要上門道歉，同時刊登更正啟示。」

他吐了一口煙，露齒一笑。

「結果呢？」

「社長慌慌張張地去官邸賠罪，因為《讀日》要在精華地段的國有土地上建新的公司大樓，等於有把柄在別人手上，老闆當然不可能不把他當一回事。」

「山部兄，你還是毫不手軟啊！」

弓成覺得大快人心。

「我今天早上去了久違的『目黑』解解悶，但不是聊金錢攻勢這種臭不可聞的事，而是關於鳥的嗜好——」

弓成知道山部是賞鳥專家，但不知道角造也有這個愛好，納悶地問：「不是錦鯉，而是鳥？」

「上個月跟角造先生一起在熱海打高爾夫球時，我曾勸他不要把自己弄得那麼緊張，不妨養養小鳥怡情，和他分享了我的興趣，沒想到他立刻興致勃勃地說他想養，我就教他很多養鳥心得。結果聽我介紹他去的那家店的人說，他很快去買了二十幾隻鳥。因為小鳥怕熱又怕冷，所以我打算去告訴他，必須養在家裡細心照顧，沒想到在他家沒有看到一只鳥籠。我問他怎麼一回事，他指了指主屋旁說，目前正在蓋附有空調設備的鋼筋鳥屋，把我嚇壞了，真不愧是角造先生，啊哈哈哈！」

山部肆無忌憚地大聲笑了起來。

「後來，我邀他改天去喝酒，他還是那麼性急，說明天去『千代新』喝。我告訴他，會帶《每朝》的弓成一起去，他二話不說就答應了，你有空嗎？」

原來他今天來聯誼會，就是為了這件事。

「雖然是難得的機會，但我目前跑不開。」

弓成雖然感謝山部的心意，但只能對他說抱歉。

「目前是吵了很久的預算委員會的最後攻防，你這個組長的確跑不開，那就改天有機會再說吧！」

「實在是求之不得的邀約，下次我一定會排除萬難。記得再邀我。」

沒問題——山部很乾脆地點頭答應，收起菸斗，悠然地離開了。

如果有機會和被稱「情資寶庫」的田淵角造聊一晚，弓成的確可以挪開所有的行程赴約，但目前弓成最關心的，是在野黨始終無法攻下政府在沖繩回歸問題中支付給美方的款項，尤其是在軍用地恢復原狀的復原補償費問題上欺瞞國民的議題。成為攻防舞台的眾議院預算委員會將在明天休會，轉戰參議院。

「還是應該交給橫溝……」

去年六月十七日，電視實況轉播《沖繩回歸協議》簽署儀式後，弓成根據手上掌握的三份極機密電文寫了揭弊報導，卻沒有獲得預期的反應。之後，他又藉由「沖繩國會」的主題，寫了兩篇指出復原補償費問題存在「疑雲」的報導，但並沒有喚起讀者的關心。

律師出身的「社進黨王子」橫溝宏議員注意到弓成的報導，主動找上他，希望瞭解其中的詳情。弓成報社的年輕同事、專跑在野黨線的記者小森剛好是橫溝的大學同學，於是橫溝透過小森牽線，找上了弓成。

那天，跑在野黨線的記者小森來到霞之關記者聯誼會找到弓成，懇請他：

「橫溝拜託我，希望可以和你見面，你可不可以去指點他一下？」

弓成並沒有跑在野黨的經驗，不知道橫溝這個人有幾分可信度，但又轉念一想，認為律師出身的他應該對外交文件有相當的瞭解，便告訴小森：

「那就找個避人耳目的地方稍微見一下吧！」

十一月的某一天，橫溝提出約在新宿荒木町的小餐館見面，於是，小森帶弓成前往。

他們到的時候，小餐館還沒有開始營業，橫溝議員坐在空無一人的吧檯座位。他就像其他第二代議員一樣，很有禮貌地向弓成打招呼後，邀他去二樓的包廂。

「不，就在這裡談吧！我寫的那篇對《沖繩回歸協議》有疑義的報導，你對哪一個部分有興趣？」

弓成用這個問題試探橫溝議員對報導的瞭解程度。橫溝從皮包裡拿出六月十八日早報中弓成署名報導的剪報說：

「特別是報導的最後——美方為了向國會進行說明，必須請日本方面私下提供『字據』。既然你這麼寫，想必已經掌握了確鑿的證據。請問報導中提到的『字據』是什麼意思？」

橫溝議員事先的確做了功課，立刻提出了核心問題。

「是愛池外務大臣寫給羅傑德國務卿的非公開書簡，上面寫著日本將代為支付這筆費用。從我拿到的電文，可以清楚瞭解日方為什麼可以在回歸談判的最終階段，排除了美方所說的各種困難，迅速達成協議。」

他從衣服的內側口袋拿出三份電文的影本。

「弓成先生，原來你的證據是外務省的電文！」

年輕的橫溝議員難掩驚愕。

弓成讀出電文內容的同時也向橫溝解釋，在回歸談判的最後關頭仍然遲遲沒有作出決定，卻在協議中明確提到美方將自發性向軍用地地主支付土地復原補償費，這件事完全背離了事實。

「原來是這麼一回事，為了掩飾用金錢買回沖繩的談判真相，政府居然做出這麼大的讓步。我們絕對無法原諒為了滿足佐橋首相的功利心而無視於國民的屈辱外交。我會在十二月開始的沖繩・北方問題特別委員會中徹底彈劾首相，這份文件的影本是否可以給我？」

「因為要保護消息來源，我自己在寫報導時，也無法寫得很明確，只能用隔靴搔癢的方式報導，所以也無法把資料交給你。你身為政治人物，我相信你可以用自己的方式揭露這份密約。」

弓成收起文件的影本，催促小森一起離開了。

然而，橫溝在國會特別委員會上的質詢無功而返。佐橋首相、外務大臣和外務省美國局長都異口同聲地否認這份密約的存在，甚至堅稱在談判的緊要關頭，雙方都是口頭交涉，根本不存在任何紀錄或電文。

質詢至今三個多月來，橫溝不時和弓成聯絡，希望他提供電文影本，但弓成始終拒絕。雖然橫溝在最後機會的預算委員會上連日質詢，官方仍然巧妙閃躲。今天是三月二十七日，眾議院審議將在明天落幕，日本政府的欺瞞將永遠淹沒在歷史的背後。

絕對不能讓他們得逞——弓成用力咬著嘴唇。如果自己進一步用報導的方式揭露，明眼人就會察覺消息來源，造成對方的困擾。事到如今，唯一的方法，就是讓社進黨的橫溝議員在國會揭發。橫溝和提供情資的人之間完全沒有交集，應該不至於查出消息來源。在國會殿堂向人民傳達真相——雖然這是退而求其次的方法，但眼前已經沒有時間再繼續靜觀其變了。

一旦下了決心，弓成立刻找來了當初為橫溝議員牽線來找他，如今是跑執政黨弘池會這條線的直屬部下小森。

「你去把這份東西交給橫溝議員。」

他從上衣口袋裡拿出裝了極機密文件影本的牛皮紙信封。旁邊的兩名副組長都不在座位上，小森猜到了信封裡的東西，心領神會地用力點頭。

「務必要小心處理——橫溝是律師，我相信他應該知道輕重，但還是要告訴他，就說我叮嚀他在使用這份文件時絕對要格外小心。」

「我瞭解，我馬上就去。」

小森努力克制著激動說完，放進了衣服的內側口袋。

※

午休結束後，下午兩點繼續召開眾議院預算委員會。佐橋首相、福出武夫外務大臣率領的閣員與各省廳局長等官員，都以政府委員的身分到會。

沖繩全軍勞（全沖繩軍勞動組織）出身的社進黨議員上之原比預定時間提前質詢結束後，委員長說：

「在下午的委員會召開之前，橫溝議員提出有相關問題要質詢。本席同意橫溝議員在上之原議員原本的質詢時間內進行質詢，橫溝宏議員，請——」

橫溝議員被點名後，帶著三十一歲的新科議員特有的衝勁開始質詢。

「沖繩將在五月十五日回歸日本，本席想請各位重新回想一下美方在回歸問題上的態度。美方的原則之一，就是不影響美軍基地的功能。另一個原則，就是在解決沖繩回歸問題上不願花一毛錢。

「在去年的『沖繩國會』會議上，本席曾經指出『關於美方將自發支付補償費的第四條第三項，日美之間有秘密協議，也就是存在所謂的密約，外務省應該有相關紀錄』。首相在答辯中說，絕對沒有任何秘密約定，外務大臣聲稱沒有相關紀錄，美國局長、條約局長也都回答毫不知悉。今天，本席將在這裡根據外務省的文件公開這件事，同時，將追究各位在國會殿堂做出虛假答辯的責任。

「本席在此再度問各位一次。根據政府的說明，在沖繩回歸同時，政府向美方支付了三億兩千萬美元，細目分別是有償接收琉球電力、琉球自來水和琉球開發金融三家國營公司為一億七千五百萬美元，美軍基地工作人員離職金等七千五百萬美元，撤除核武費等七千萬美元。本黨雖然追查了關於這項核武撤除費的七千萬美元的詳細項目，但福出外務大臣堅稱是基於高度政治判斷決定的金額，無法公開明細。

「政府使用的是國民的納稅錢，卻聲稱無法公開，這種答辯根本是心中無國民。無法公佈明細的真正理由，是因為第四條第三項的四百萬美元復原補償費並非由美方自發性支付，而是由日本方面在這七千萬美元中一併支付了。」

橫溝議員用充滿確信的語調說完。在去年夏季的內閣改組中，從愛池外務大臣手上接棒的福出大臣一派輕鬆地起身答辯。

「我們從去年開始就數度回答過這個問題。首先，美方曾經提出高額的金額，但我方一再主張儘可能以最低金額解決問題，最後以七千萬美元達成了協議。這是為了早日實現沖繩回歸的高度政治判斷的結果。」

「本席質詢的是，在所謂的政治判斷中，是否也包括了日本方面代為支付復原補償費的四百萬美元？」

「絕無此事。」

福出外務大臣矢口否認。橫溝議員看著桌上的文件說：

「這裡有幾份外務省極機密電文，總第二八一八一號，昭和四十六年五月二十八日，愛池外務大臣致駐美大場大使，愛池大臣與梅楊駐日大使關於請求權問題的會談。

「電文的概要如下——首先，愛池大臣暗示了可以在『撤核費等七千萬美元中撥出四百萬美元作為復原補償費，由美方自發性支付』的日本方案，美方表示『感謝貴國在諸多方面為我方的財源問題著想，但如果同意日本方案在第四條第三項中的文字表述，美國國會將要求對財源問題進行公開說明，屆時反而會造成日方的困擾。問題不在於實質，而是面子』，對於日本方案持保留意見。愛池大臣表示『希望美方以政治方式解決這個問題，如果三二〇無法解決，反而縮減為三一六，將很難對外解釋』。三二〇應該就是指三億兩千萬美元，三一六就是指三億一千六百萬美元。從愛池大臣的這番話中，不是可以清楚地推論，支付給美方的三億兩千萬美元中包含了這四百萬美元嗎？」

佐橋首相和所有官員皆文風不動，始終維持置身事外的表情，但這些鮮明的談判內容引起了在野黨一片譁然。

「我再唸另一份電文。總第〇九〇六六號，同年六月九日，致駐法中岡大使。井狩條約局長與美國大使館史奈德公使的會談。

「美方充分檢討後，提議可根據一八九六年二月設立的信託基金法，同意接受日方關於請求權問題的提案，但必須由愛池大臣向梅楊駐日大使遞交一份內容為『日方為了設立信託基金，向美方支付四百萬美元』的非公開書簡。雙方決定和本國政府檢討美方的這項提案後，結束了該次會談。

「從這份電文中可以瞭解，四百萬美元是由日方支付，包含在支付給美方的款項中。既然如此，在協議中提到的『美方自發性支付』不是彌天大謊嗎？在去年的國會上，各位不是異口同聲地答辯回歸談判都是在口頭上與美方溝通，絕無任何電文和紀錄。本席手上不就有嗎？大臣，請你回答。」

橫溝議員說完，揚起桌上的文件。福出臉上終於露出不知所措的表情。

「當時的外務大臣不是我，我不瞭解詳細的來龍去脈，只能從結論明確回答，談判過程並沒有所謂的暗盤交易。」

福出大臣恭敬地回答。在野黨議員紛紛喝著倒采，會場一片嘈雜。橫溝議員看到官員在鐵證面前仍然睜眼說瞎話，氣得滿臉通紅。

「這是外務省的電文，本席剛才唸的外務省電文號碼和日期是否屬實？」

他高高舉起電文逼問。美國局長吉田站了起來。

「橫溝議員剛才唸的電文和其他文件，目前無法立刻回答是否屬實，必須調查後才知道。我回去後會立刻調查。」

他溫和的圓臉上露出煞有介事的表情答辯道。

「我有相關問題要質詢！」

在橫溝議員旁的奈良本議員突然大聲叫道。

「奈良本議員，本席同意你在上之原議員的質詢時間範圍內進行。」

「不調查就無法回答嗎？怎麼可能有這種事！從這幾份電文中就可以清楚地看到，美方自發性支付的款項是由日方事先一併匯給美方，再由美方假裝支付給日方！這是四十七年度預算案中的相關事項，外務大臣，你必須明確回答這個問題！」

素有「炸彈男」外號的奈良本大聲咆哮道。在野黨議員紛紛叫囂道：「對，要明確回答！」

「簡直豈有此理！」

「即使在談判過程中曾經出現曲折，但是最後決定支付三億兩千萬美元，雖然各位暗示其中可能有暗盤交易，但我可以保證，絕對沒有暗盤交易。」

福出大臣重複和剛才相同的回答。橫溝議員再度高舉電文。

「首相答辯說，沒有任何秘密交易，事實上卻有這些文件；外務大臣也說沒有暗盤交易，但外務省聲稱要回去調查。預算審議明天就要結束，這麼重要的問題如果沒有明確回答，無法繼續質詢。」

橫溝議員緊咬不放。美國局長吉田說：

「橫溝議員，關於你剛才唸的文件，我要去調查一下真偽，可以讓我看一下你手上的文件作為參考嗎？」

說著，他就從答辯席大步走向橫溝議員的桌前，探頭看著電文，但他的目光卻看著最上方的文件傳閱欄。橫溝議員立刻把文件蓋了起來。

「我希望把橫溝議員手上的文件和本省保管的文件對照一下，我建議在明天委員會前的理事會上對照，不知議員意下如何？」

橫溝議員一時詞窮，一旁的奈良本議員也不甘示弱地說：

「好啊！那你去把正本找出來。」

下午六點三十二分，預算委員會在審議懸而未決的情況下結束了。

坐在二樓記者席最後方旁聽預算委員會的弓成對意想不到的發展感到震驚。

主席一宣佈閉會後，他立刻起身衝下樓梯，想從橫溝議員手上拿回文件。必須在議員走出召開預算委員會的第一委員室的忙亂中把文件拿回來，否則，萬一在明天早上的理事會上一對照，就會查出文件的出處。

他作夢都沒有想到，身為律師的橫溝議員居然會一字不漏地把文件唸出來，還高舉文件，甚至讓美國局長看到了！

委員室的門口附近擠滿了議員和政府委員，他非但沒有找到橫溝議員，連小森也不見蹤影。

「組長——」

背後傳來小森的聲音。他把臉色蒼白的小森拉到沒有人影的樓梯口，壓低嗓門說：

「你把信封交給他時，沒有叮嚀他在處理時要格外小心嗎！」

「我當然有說，橫溝一打開信封，看到裡面的文件，立刻興奮地說，太好了，這樣就可以掐住佐橋的脖子。我又再度轉達了你請他小心處理的叮嚀，他回答說他知道，還叫我向你道謝——」

「既然這樣，為什麼會做出把文件高高舉起的蠢事！這麼一來，我的消息來源不是曝光了嗎？」

雖然弓成很自制，但說話忍不住越來越大聲。警衛從樓下走了上來，走近察看想躲也無處可躲的弓成和小森，看到兩個人的衣領上都別著國會記者的徽章，便直接走了過去。記者徽章上有一支筆，背面刻著數字。最接近權力中心的是議員，其次是秘書、特勤人員，接下來是記者，每個數字都有登記。

「橫溝可能是受到奈良本這些前輩議員的煽動才會這麼做。總之，我會立刻去社進黨的休息室，把文件拿回來。」

「我先回報社，你一拿到文件就和我聯絡。」

事情演變至此，自己卻無法去社進黨休息室，弓成為此氣得跳腳。

弓成正坐在《每朝》的辦公桌前寫「自由黨黨魁競選」報導，同時等待著小森的電話。剛才已經接到小森的電話，說橫溝已經前往議員會館。

眼前的電話響了，弓成立刻拿起話筒。

「組長，我目前人在第二議員會館。奈良本等『安保五人小組』都聚集在橫溝的辦公室，正在激烈辯論要不要在明天早上預算會前的理事會上交出橫溝手上的文件，和外務省保管的文件對照。」

電話中傳來小森不知所措的聲音。

「虧你在去年之前是跑在野黨的記者，無論發生任何事，都不敢對橫溝說他違反了當初的約定，請他把文件交還給你嗎？」

弓成強忍著滿腔怒火斥責道。

「對不起，因為職員把橫溝團團圍住，無論我怎麼說，他們都攔住我，說等一下才能見媒體記者——」

他語帶懊惱地說，聲音帶著哭腔。

「難道沒有方法把橫溝叫出來嗎？事到如今，我還是親自跑一趟。」

「不光是我們報社，所有報社記者都等在走廊上，已經無法……」

弓成為自己識人不清感到羞愧。久經思考後交出去的文件正遭到社進黨內想要出名議員的利用，恐怕無可避免地會在明天早上的理事會上交出來。自己在寫報導時曾經絞盡腦汁，努力不讓外人看出文件的出處，為什麼居然就這樣直接交出去？他為自己的失策懊悔萬分，拿著鉛筆在稿紙上寫字時，筆芯突然斷了。

如果不喝點酒，根本沒辦法撐下去。弓成寫完報導，起身正準備去「鶴八」。

「弓成，你過來一下。」

本來應該早就回到公司的政治部司部長用眼神示意自己桌前的椅子，向來不苟言笑的表情格外嚴肅。弓成掩飾著內心的慌亂，一屁股坐了下來。

「不需要我告訴你，這是橫溝議員在國會上向政府官員出示的外務省極機密文件的影本。」

他指著桌上的文件說道。弓成簡直不敢相信自己的眼睛。小森無法靠近橫溝議員，也無法向他要回的文件影本，怎麼會落入政治部長的手上？

「是誰拿給你——？」

「接替小森職務的人拿來的，已經出現在早印版上了。」

司部長說著，把早報的早印版遞給弓成。

沖繩軍用地的復原慰問金

追究「日本代為支付」　眾院預算委員會在最後關頭陷入混亂？

標題旁居然刊登了極機密電文的放大照片！弓成差一點發出驚叫。

「我也嚇了一跳。這份極機密文件不是你在去年六月，說要寫復原補償費疑雲的時候給我看的那份嗎？你解釋一下，是基於什麼理由交給特定的政黨？」

「恕我反駁，我並沒有把文件交給橫溝議員，所以桌上的這份文件和我手上的那份似是而非。」

弓成立刻否認。司小聲地「嗯？」了一聲，低頭看著手上的資料。

「不，和你當初給我和檜垣看的是同一份，這條粗線是你特有的習慣。」

首席主編檜垣今天負責早班，已經下班回家了。

「我給你看的那份文件並沒有畫線，只是有人剛好有和我相同的文件，從那個人手上流出去的。」

「但這些字要怎麼解釋？」

在欄外淡淡地寫著「愛池羅傑德會談」的七個字完全是弓成的筆跡。弓成一時語塞。

「怎麼可以憑筆跡這麼淡的字就認定是我的字？雖然有點像，但我是當事人，最清楚到底是不是我的筆跡。」

弓成矢口否認，他只擔心司要求他「那把你手上的文件拿出來比較一下」，但司是紳士，不會說這種話。司痛心地說：

「我接受你的解釋，但並不代表我相信。早印版之後會移除文件的照片。」

麻布的餐廳內，低音量地播放著伊迪絲・琵雅芙（Edith Piaf）靜靜歌唱的香頌。雖然餐廳並不大，但這裡是只有內行人才知道的高級法國餐廳。

在只有間接照明和燭光映照的餐廳內，衣著講究的上流社會客人喝完了開胃酒，正翻開厚厚的一本菜單，準備享受葡萄美酒和主廚的料理。

安西審議官手下的山本事務官和三木事務官正面對面坐在牆邊的餐桌旁，桌上插著鮮花。

「這裡讓人感覺很不自在。」

一頭花白頭髮理成平頭的山本事務官喝著雪利酒，小聲地說道。

原本是安西審議官訂了這家餐廳，但他代替次長出席在京都召開的國際會議，三木正打算為他取消，他卻說：「妳和山本平時為我工作很辛苦，你們去好好享受一下。」然後，親自致電改用他們兩人的名字預約。

服務生把菜單放在他們面前後，轉身離開了。

「我從來沒有來過這種店，三木，就交給妳吧！」

「我也一樣啊——」

三木也露出為難的表情，但她找來服務生，詢問了菜單上寫著法文的菜色，前菜點了蝸牛，主菜點了菲力牛排全餐，葡萄酒則點了侍酒師推薦的酒。

兩人以白葡萄酒乾杯後，山本說：

「不知道《每朝》的弓成先生最近怎麼樣了？之前他在霞之關記者聯誼會時，幾乎每天傍晚都會來找審議官聊天，老實說，有時候覺得他很煩。但他調去永田町的記者聯誼會後，只來了兩、三次，或許是弓成先生給人很強的存在感吧，所以現在反而覺得有點冷清。」

他停頓了一下，有點擔心地問：

「我之前就感到有點疑問，妳和弓成先生之間發生了什麼不愉快嗎？」

「為什麼這麼問？我怎麼可能和《每朝新聞》的組長之間發生摩擦？而且，弓成先生和其他報社的人不同，和審議官之間是超越採訪的關係。」

「那就好，只是覺得妳對他不像以前那麼親切。」

「那是因為我被其他報社的記者挖苦，說我對弓成先生特別好，還泡咖啡給他，卻從來沒有請他們喝過一杯茶，是不是安西先生授意的——我可不想因為這些瑣碎小事影響到可望成為次長的審議官。」

「原來妳是這麼想的。」

由於安西審議官不在，他們聊天時也十分坦誠。

為了參加今天的晚餐，三木特地在更衣室換下原本的套裝，穿了一件黑色晚禮服，山本也穿著禮服。

三木費了好大的力氣把蝸牛從殼裡挖了出來，品嘗著美味。山本喝了幾口白葡萄酒，很快就臉紅了。

「妳還年輕，就這樣陪著疾病纏身的丈夫一輩子，對妳太殘忍了。」

不知道是否因為黑色晚禮服把三木的身材襯托得更加玲瓏有致，山本語重心長地說。

「又要談離婚的事嗎？很遺憾，在法律上，丈夫生病不構成離婚的要件。況且，當初是我倒追他的。」

三木擦了眼影，好像黑豹一樣的雙眼露出妖豔的笑容。

「我第一次聽說這件事。那時候，妳先生還在外務省工作嗎？」

「不，那時候他已經得了肺結核，正在休假療養。我去療養所探望朋友，剛好遇到了他。他對海外豐富的知識，以及成熟穩重的感覺吸引了我——」

三木說著，拿起杯中的酒，仰起白皙的脖子喝了一口。山本慌忙移開緊盯著她的視線，用刀子切著牛排問：

「現在不斷研發出新的抗生素，妳先生應該有希望治好吧？」

「也許吧！我們相差很多歲，他已經五十三歲了。雖然繼承了他媽媽的房子出租給別人，有一點房租的收入，但如果我不出來上班，根本……他包辦了所有的家事，幫了我很大的忙，只是他的嫉妒心越來越嚴重了。」

三木俐落地使用著刀叉，皺起了眉頭。

「這也是沒辦法的事。男人整天在家就會越來越老，但太太深受高官的信賴，工作能力很強，整個人看起來越來越閃亮——不管是哪個男人，都會感到焦慮不安。」

「他和你想的不一樣。」

「怎麼不一樣？」

山本笑著問時，服務生帶了四、五位衣著入時的客人，坐在隔了一張空桌的大桌子旁。他們很懂得禮節，沒有影響到其他客人，似乎是這裡的常客。

「那些是不是經濟局的人？」

「沒錯，坐在下座、留著鬍子的那個是他們的會計主任。自己內部的人聚餐，卻來這麼高級的法國餐廳，可見他們的預算多得花不完。」

山本斜眼看了那些人一眼，不悅地嘀咕道。隨著國際會議和領袖會議年年增加，住宿費、會場費和交際應酬費大量增加，非特考組的庶務會計巧妙處理，為特考組大開方便之門。除了張羅只要半價就可以搞定的「外務省管道」以外，還在申請經費時灌水，把這些多出來的錢存入各部署的秘密帳戶，以備不時之需，甚至挪為私用，這已是公開的秘密，就連經濟局以外的人也都聽說了這些傳聞。雖然餐廳內的燈光昏暗，看不清楚其他客人的臉孔，但其中有位事務官不時用露骨的視線瞄著一身黑色晚禮服的三木昭子，似乎發現了他們是安西審議官的事務官。

他和左右兩側的同事耳語了幾句，把餐巾放在椅子上，走向三木他們的餐桌。

「兩位真不得了啊！簡直就像在幽會。」

「怎麼可能？我們——」

個性耿直的山本立刻用嚴肅的眼神望著那名事務官，但三木不為所動，彬彬有禮地用眼神打了一下招呼。

「我開玩笑的啦！看到你們在這裡吃飯，顯然洩漏的極機密文件和審議官室無關，要不要加入我們？」

他把臉湊到蠟燭前，邀兩人和自己一起用餐。

「極機密文件怎麼了？」

三木停下拿著叉子的手問。

「美國局的失誤引起了一點騷動。」

經濟局平時被美國局壓得抬不起頭來，他趁此機會嘲笑了美國局一番，又繼續邀他們同座。

三木他們推說已經在吃甜點了，婉拒了他的邀約。

「到底是什麼事？」

「不知道，可能只是找藉口引起我們的好奇。我看我們還是趕快離開吧！」

三木小聲地說。

＊

逗子的海面在春天的陽光中靜靜地泛著銀色的漣漪，海上有幾艘靜止不動的船影，一派恬靜的景象。

「爸爸，差不多該回去了，萬一又復發就不好了。」

由里子說道，她很關心因為罹患支氣管炎住院了一個星期，才剛出院的父親身體。

「再坐一下吧！春天的大海讓人心情平靜。」

從老家後山上的涼亭，可以看到層層民房的屋瓦向大海方向延伸，還有海邊的松林、沙灘和堤防，一望無際的大海也盡收眼底。

由於在微燒時就及時住院，父親很快就痊癒了，雖然滿頭銀髮的臉上氣色還不是很好，但飽滿的臉頰和平時並沒有差別。

父親在克什米爾羊毛衣外穿了一件袍子，看著並肩坐在涼亭裡的由里子，露出憐愛的微笑。

「前天芙佐子來看我，今天換妳來看我，我當然很高興，但其實妳們不必因為這種小毛病為我擔心，洋和純在芙佐子那裡嗎？」

他關心兩個外孫的情況。

「對，妹妹住得近真方便。因為孩子們剛好放春假，我原本打算帶他們一起來，但不知道你的身體情況到底怎麼樣……我叫他們在家裡等我，他們卻說，媽媽可以住在逗子的家裡，那我們去成城的阿姨家住一晚。」

和由里子只差一歲的妹妹芙佐子家裡有三個孩子，與由里子的兩個兒子年紀相仿，表兄弟的感情很好。如果有事外出時，姊妹倆會互相照顧對方的孩子。

「芙佐子嫁得不錯，但妳老是讓我放不下心。」
父親看著遠方的大海嘀咕道。
「你是指妹妹嫁給穩定的教學醫院醫生，我卻嫁給不分晝夜工作的報社記者嗎？」
「不，不光是這樣。亮太說話很風趣，天生具有吸引人的特質，個性也很開朗，但不知道該說他自信過度，還是缺乏體貼他人的細心……我至今仍然覺得無法和他心靈相通。也可能是因為我們的性格差異太大，我對他有誤解。」
然後，他又說：
「由里子，妳是不是有什麼事要找我談？」
他看到女兒一雙明眸凝望著大海方向，似乎看透了她的心思。由里子被父親一語道中，從父親身旁站了起來，靠在一旁的高大松樹上。
直射陽光太刺眼，由里子閉上眼睛，小時候熟悉的海水味道溫柔地包圍了整個身體。
到底該不該告訴父親？由里子舉棋不定，暗自回想著昨天發生的事。

昨天一大早，丈夫一起床就從信箱拿了各大報的早報進來。向來起得很晚的丈夫只有在關心別家報紙的時候，才會特別早起，親自去拿早報。
由里子看著身穿睡衣的丈夫再度走回臥室後，趕緊叫孩子們起床，照顧他們吃完早餐、換好衣服，時間一眨眼就過去了。當她回到廚房時，發現丈夫已經穿好出門的衣服，站在廚房裡喝牛奶。

「對不起，我馬上幫你準備。」

由里子急急忙忙準備做早餐，弓成沒有理會她，只說了一聲：

「我走了。」

然後，就走出了玄關。自從弓成二月擔任自由黨線的組長以來，雖然早出晚歸的情況減少了，但精神上比之前更加緊張，似乎也更疲勞。

「老公，要不要我送你去車站？」

由里子對著丈夫的背影問，但弓成頭也不回地用手勢告訴她不需要，快步離開了。

她打算晚一點帶孩子們去澀谷買東西，所以立刻用吸塵器快速在各個房間打掃，最後走進了臥室。

丈夫床上的被子一如往常地翻了起來，保持他起床時的狀態，地上散落著他看到一半的報紙。由里子鋪好被子和枕頭，收起報紙，突然看到《旭日新聞》頭版頭條的巨幅報導。

沖繩軍用地的「補償費問題和美方有密約」

社進黨追究極機密官方電文

在標題下方，以巨大的篇幅刊登了極機密文件的照片。

這份文件很眼熟。由里子看完報導後，又看了《每朝新聞》。相同的新聞並不是出現在頭版頭條，而是頭版的左側，而且沒有附照片。由里子拿著兩份報紙走出書房，尋找著書架上資料夾的號碼。丈夫不擅長整理，久而久之，將散亂的資料歸類變成了由里子的工作。

她記得去年五月左右，丈夫的書桌上經常出現外務省文件的影本，她很擔心，原本打算找機會問丈夫，但想到丈夫極度討厭她過問工作的事，也就難以啟齒。時間一久，原本的擔心也漸漸淡忘了，直到今天。

由里子拿出幾本寫有當時日期的資料夾，在榻榻米上翻找起來。果然找到了相同的文件。「外務省電文」的標題、「極機密」、「十萬火急」的印章和「五五九」的文件號——與《旭日》所刊登的照片分毫不差。而且，《旭日》的照片上還用很淡的字跡寫著「愛池羅傑德會談」。那是丈夫的字跡，在文件上畫了丈夫特有粗線的位置也一模一樣。

這張照片如果出現在丈夫工作的《每朝新聞》上，問題還不大，然而卻大大地刊登在競爭報紙《旭日》上，甚至可以清楚判斷出丈夫的筆跡，到底是怎麼一回事？丈夫今天難得早起，親自拿了早報進來，一定和這件事有關。

弓成晚上回家時，她問起照片的事。

「照片怎麼了？」

弓成連眼睛也沒眨一下地反問她。

「今天《旭日》的早報那份外務省的電文，不是和你去年放在書房的相同嗎？上面的字也是你寫的，我只是納悶，為什麼會刊登在《旭日》？」

弓成頓時臉色一沉，狠狠地瞪著她，似乎想要順手拿東西丟她，但好不容易克制了自己的情緒，用力關上了書房的紙門。

結婚以來，由里子第一次看到丈夫將自己拒於門外，其中一定有什麼深奧的原因——想到這裡，不祥的感覺開始在她內心翻騰不已。

父親出院後，由里子原本打算在探望父親的同時，用聊天的方式與他聊一聊內心這種莫名的不安，希望父親可以一笑置之，笑她太多慮了。

然而，到了緊要關頭，她卻說不出口。在銀行工作多年的父親淡泊名利，選擇以種花草和蒐集貝殼為樂的生活方式。正因為這樣的關係，才會對和政治世界牽扯不清、整天陷入你死我活的報業競爭的丈夫感到格格不入。父親根本不可能給自己答案，即使把這些沒有明確根據的不安告訴父親，也只會徒增他的煩惱。於是，由里子打消了念頭。

海風中帶著濕氣。

兩隻畫眉鳥迅速飛過一旁的樹梢。

「真的該回去了，我跟媽說，帶你在院子裡散散步，再不回家的話，她可能會擔心。」

她向坐在涼亭內凝望著春天大海的父親伸出手。

「由里子，妳很好強，都已經來到後山了，最後還是沒有開口。沒關係，妳隨時可以來找爸爸。」

他握著女兒的手站了起來，沿著緩和的坡道往下走。
坡道的盡頭通往主屋的後院。
大花圃內水仙盛開，溫室內有各式各樣不同品種的東洋蘭含苞待放。父親說要過去看一下，走向溫室的方向。溫室後方是多年沒有人使用的網球場，球場上掩上一層從後山滑落下來的沙土，周圍長滿雜草，一派荒涼的感覺。
由里子的老家代代都是大地主，再加上祖父是本地的鄉紳，積極參與市政，家裡的賓客絡繹不絕，也經常請園丁來修整院子。到了父親和他哥哥那一代，他們厭倦了地方政治帶來的複雜人際關係，分別進入銀行和工廠工作，越來越難以維持這麼大的房子。
「由里子，妳剛才帶爸爸上去後山嗎？不能讓爸爸太累了。」
穿著大島紬質料和服、戴著白色圍裙的母親數落她。
「對不起，一下子——」
「是有什麼秘密要聊嗎？」
由里子內心感到驚訝。難道母親也發現了她的不尋常嗎？
「只是悠閒地看看大海，看到爸爸比我想像中更有精神，我鬆了一口氣。我差不多該回去了。」
由里子努力用開朗的口吻說。
「那妳記得去『魚政』一下，我訂了亮太喜歡吃的魚和小洋他們喜歡吃的蠑螺。」

「太好了，那我走了。」

由里子去主屋的客廳拿手提包。雖然帶著對丈夫的不安踏上歸途有點心情沉重，但她希望只是杞人憂天，想到孩子們天真的笑容，忍不住握緊了愛車可樂娜的車鑰匙。

※

機密文件洩漏案在外務省內造成了極大的震撼。昨天在國會審議前，和社進黨對照了文件，確定是極機密電文遭到洩漏後，外務省高層開始疑神疑鬼，不要說是媒體記者，甚至其他部門的事務官進來時，也會不假思索地把叫外送的菜單收起來，令人啼笑皆非。

官房的小會議室內，以官房人事課長為中心，正在約談每一個有可能洩漏機密文件的相關人員。橫溝議員在國會亮出文件一事，福出大臣感到事態嚴重，在別館的飯倉公館秘密召集幹部，召開了緊急會議，追查洩漏管道，卻無法得出明確的結論，最後決定以官房為中心，成立「洩密案調查委員會」，展開地毯式調查。

官房總務課的工作人員依次被叫到小會議室。進入外務省第三年的北美一課年輕特考組事務官正在接受面談調查。

「根據各課的文件簽收簿，六月九日的條約局井狩局長和史奈德公使會談的極機密電文，是你傳遞給官房長和兩位次長傳閱的，沒錯吧？」

年輕的事務官神色緊張地點頭。

「有時候一天會送好幾次文件，所以我記不太清楚了。既然簽收簿上這麼寫，應該沒有錯。」

「是誰命令你送去傳閱的？」

鬍子刮得很乾淨的人事課長雖然措詞客氣，卻讓人不寒而慄。

「當時北美一課的川崎課長指示的。」

川崎在去年秋天的人事異動中，調往莫斯科的駐蘇聯大使館參事，已經不在外務省了。

「官房長、審議官和次長在傳閱時，很順利地簽了名嗎？」

「這個……我記不清楚了，但應該並不是所有人都當場審核簽名。如果剛好不在座位上，就交給事務人員，告訴他們我晚一點再來拿，先行離開了。但是，當時具體是什麼情況……我記不清楚了。」

由於已經是九個多月前的事，他的記憶很模糊。

「這件事很重要，如果你想不起來，很可能會遭到懷疑。在接到川崎課長的指示後，你會不會沒有立刻送去傳閱，暫時放在桌子上，或是放進置物櫃？」

人事課長的問話方式讓人很不舒服。

「無論發生任何狀況，我都不可能把課長指示我去傳閱的極機密文件擱置在那裡。但是，當時正值沖繩回歸談判的關鍵時刻，每週必須翻譯超過三百份文件，又連續熬夜，我對日期和時間的感覺有點模糊，想不起來哪一位立刻簽了名，哪一位是我事後再去拿的。我可以對天地神明發誓，絕對沒有把電文影印後交給社進黨。」

他極力否認涉案。

「還有另外兩份電文也外洩了，應該是同一個人所為。如果不是你，你認為誰比較有可能？」人事課長繼續追問，坐在一旁的事務官也看著他。

「當時只有進外務省第一年，但都接受過如何處理重要文件相關訓練的兩個人負責重要電文的傳閱工作，目前這兩個人都調去華盛頓了，我相信他們在進修期間應該不可能做這種事。」

他袒護著之前的同事。

「華盛頓那裡的參事正在調查他們。」

年輕的特考組事務官對他們的動作神速感到驚訝。

「你周圍有沒有人對外務省感到不滿？」

「不滿的人——當我們加班到深夜或是假日也要加班時，庶務和會計人員也要跟著來加班，負責打字、影印、訂消夜和叫計程車等雜務，或許會有不滿情緒，但他們對個別電文的重要性並沒有深入瞭解，更不可能做出洩漏給政治人物或是報社這種事。」

聽他這麼說，坐在人事課長旁邊做筆記的事務官也點頭。

「如果方便的話，是不是可以請教你支持哪一個政黨？」

這個問題問得很唐突。

「當、當然是自由黨。」

「喔，是嗎——雖然政治傾向是個人自由，但最近政府機關曾經發生批判性政黨的『地下黨員』做出內部告發這種讓人意想不到的事。」

人事課長停頓了一下，又問了一個很微妙的問題。

「你的親戚或朋友中，有沒有人在媒體工作？」

事務官用力搖頭。

「目前大致瞭解了，你辛苦了。」

人事課長結束了面談調查。

第七個接受調查的是安西審議官辦公室的山本勇事務官。桌上放著山本帶來的「傳閱文件簽收簿」和用鋼筆記錄的十本簽收簿。

「安西審議官今天幾點回東京？」

人事課長一開口就問道。交給社進黨的影印文件的傳閱欄內有官房長的簽名，卻沒有在官房長之後的安西審議官的簽名。也就是說，在從官房長那裡送到安西審議官的途中遭人影印了。對官房長事務官的面談調查已經結束，但因為安西審議官出差去京都參加國際會議，因此，必須在和京都聯絡，徵求審議官同意後才能針對事務官進行調查，所以這麼晚才輪到約談山本事務官。

「審議官搭下午三點半的新幹線離開京都，他打電話來指示，因為事關重大，即使他不在，都必須正確回答人事課長的任何問題。」

比人事課長年長很多歲，一頭花白短髮的山本坦誠地回答，指著簽收簿解釋說：

「按照規定，送給審議官傳閱的文件必須立刻過目、簽名，但因為審議官有時候不在，於是，就由我們事務官代為保管，放在未審核的盒子裡。當審議官回到辦公室，就會審核累積在那裡的文件，簽名後繼續傳閱。

「因此，為了正確瞭解文件收發的日期和時間，就會記錄在簽收簿上，在一定期間內妥善保管。」

人事課長迅速瀏覽了十本簽收簿。

簽收簿內畫了四條直線，從左到右分別記錄了日期、時間、主管課名、傳閱號碼和電文種類。

「都是你在記錄的嗎？」

人事課長瞥了山本一眼。

「對，你目前看到的是我記錄的。」

「整體來看，有兩種不同的筆跡，這是怎麼回事？」

「啊，這是以前另一位事務官記錄的。」

「從去年八月二十日開始筆跡不一樣了，之後就由你負責記錄，是基於什麼理由嗎？」

「不，我的同事剛好右手的手指受了傷，希望我代為記錄兩、三天，之後就一直持續到現在。」

「還有另一個問題，這裡沒有去年五月到六月期間的簽收簿，是怎麼回事？」

「剛才過來這裡之前，我在資料架裡找過，但沒有找到，所以急忙把找到的先帶過來。」

「既然安西審議官事先有指示，你卻在找不到重要簽收簿的情況下就來這裡，實在太不可思議了。你做事這麼粗枝大葉，怎麼對得起審議官？我們會在這裡等你，你去把它找出來。」

人事課長原本客氣的語氣突然變得十分嚴厲，山本事務官嚇得發抖，慌慌張張地走出小會議室。

回到審議官室，三木昭子事務官停下筆問他：

「怎麼這麼快就結束了？情況怎麼樣？」

「最重要的洩漏文件前後的簽收簿不見了，被臭罵了一頓，叫我現在馬上拿過去。妳再幫忙我一起找一下。」

山本擦著額頭上的冷汗，再度在櫃子裡翻找。三木也打開其他資料櫃，檢查有沒有夾在資料夾或帳冊裡。

「為什麼偏偏那段時間的簽收簿不見了，該不會誤和其他資料一起燒毀處理掉了？」

無計可施的山本喃喃說道。

「應該不至於……」

三木也偏著頭納悶。

山本空著手走去人事課長等待的小會議室，不到十分鐘後，垂頭喪氣地回來，接著輪到了三木昭子。

人事課長和兩名事務官雖然很嚴肅，但發現三木很吸引人的外貌，還是忍不住多看了幾眼。

「聽山本先生說，無論如何都找不到那本簽收簿？」

課長向她確認。

「對，該有的東西不在該有的地方……對不起，是我太不擅長整理了。」

她低下在短髮襯托下顯得格外白皙的臉龐。

「簽收簿通常保管多久？」

「基本上是一年。」

「妳從去年八月二十日之後，就請山本先生記錄簽收簿，是有什麼原因嗎？」

「不，是因為我的手指被文件割破了，原本只是請他代勞兩、三天而已，但後來還是蒙他的好意……」

「去年五月左右開始，連外務省內也只有極少數人知道的情資出現在報紙等媒體上，曾經引發外國駐日大使館的抗議。妳還記得八月的時候，官房文書課曾經通知各部門，在處理極機密文件時要充分注意嗎？」

人事課長咄咄相逼，好像三木昭子做了什麼見不得人的事，但三木鎮定自若地回答：

「因為職務的關係，所以我記得那個通知。」

「剛才聽山本先生說，妳是很能幹的事務官，深受安西審議官的信賴，妳真的認為是因為不擅長整理，所以才找不到嗎？」

「我想不到其他的理由。」

「山本先生認為，既然找了那麼久都沒有找到，唯一的可能，就是混在審議官指示燒毀的文件裡一起燒掉了。」

審議官辦公室審閱之外的文件數量驚人，因此，在審議官的判斷下，保管一定期間後，就會將過期的資料拿到一樓中庭的焚化爐燒毀。

「妳最近什麼時候燒過文件？」

「二月二十二日，因為那天下大雪，所以我記得特別清楚。」

「每個月燒一次嗎？」

「視實際情況而定，昨天是山本先生燒的。」

三木昭子若無其事地回答。

「會不會是山本先生燒掉的？」

「怎麼可能……應該只是幾個偶然的因素剛好撞在一起，犯下這種失誤實在很丟臉，但也許回去再好好找一下，會在意想不到的地方找到。」

「是啊，如果特地燒毀，反而會引起懷疑。在安西審議官回東京之前，你們再好好找一下。」

人事課長嚴詞命令道。

腰。

✲

《每朝新聞》主筆久留從一大早就連續開了好幾個會，回到辦公室後，在沙發上伸了一個懶腰。

戰後，他第一次被派去倫敦分社時，吃了痛恨日本人的英國人不少苦頭，幸虧他對莎士比亞戲劇有很深的造詣，才得以拓展人脈。之後，他曾經在老家大阪的總社社會部、東京外電部和歐洲總局的局長多年，在外電領域有豐富的資歷，擔任大阪總社代表後，今年二月才成為主筆。對從《萬葉集》到莎士比亞作品都喜歡看的久留來說，一個星期的行程都被會議和餐會排滿的東京總社的生活壓力很大。

女秘書拿著他去開會時的來電紀錄和請他審批的資料走了進來。

「謝謝。」

久留看到一半，突然拿起昨天二十八日的報紙放在桌上。他今天早上一直想看，卻因為開會而沒時間看。前一天各版的報紙都會送到社長和統籌所有編輯工作的主筆手上。

久留主筆感到狐疑的是在國會中遭到揭發的外務省極機密文件的那張照片。在《每朝新聞》的早印版上，和《旭日新聞》一樣刊登在頭版，但在後來印好的報紙上，卻換成了正在質詢的橫溝議員的照片。他以為換到了第三版，所以仔細翻找著，但所有版面上完全找不到那張照片。照片比任何詳細的報導更有說服力，一定有什麼特殊理由，才會換下那張照片。久留主筆拿起電話，向編輯局長瞭解情況。

「這是因為牽涉到難以解釋的微妙問題。」

編輯局長含糊其詞。

「這不像是身為編輯局長的你說的話，你上來一下。」

編輯局長還想說什麼，久留制止後，命令他上來。編輯局長牧野在整理部門有豐富的經驗，卻沒有現場採訪的經驗，曾經有人對他的能力產生質疑，但這是同樣從整理部門出身的新任社長基於私人感情決定的人事。

不一會兒，編輯局長牧野在政治部司部長的陪同下，一起來到主筆室。

「成為洩密案中心的極機密文件的照片為什麼被換了下來？我覺得很不自然，請你們解釋一下。」

外貌溫和，但對報紙內容很嚴厲的主筆看著他們。

「那張文件的照片是政治部跑在野黨線的年輕記者拿到的，整理總部插進了早印版，但司看到報紙後大驚失色，說最好把照片換下來——」

戴著眼鏡、八字眉的牧野編輯局長瞥了政治部司部長一眼。

「不瞞主筆，去年六月，在沖繩回歸談判簽署儀式完成後不久，弓成拿了三份可能和密約有關的電文來找我商量寫報導的事。當時電文上寫的字跡和上面畫的線條跟這次的文件完全相同，明眼人一看就知道是他的字。所以我才指示換成橫溝議員的照片，沒想到《旭日》把照片登得那麼大，我很擔心今後的發展。」

司端正的臉上露出苦澀的表情。

「你應該有問過弓成了吧？」

久留確認道。

「我當然找他當面問了，也請他解釋了，但他堅稱照片上的電文不是他手上的那一份。」

「你沒有和弓成手上的文件對照嗎？」

「這……他畢竟是永田町記者聯誼會的組長。」

「你這個部長是怎麼當的？為什麼不嚴厲逼問他？」

「那個傢伙很難搞，自認為是政治部最厲害的人。」

牧野編輯局長為司部長解圍。

「你們好像很怕他，他的經歷呢？」

久留驚訝地問。司向他說明了情況。

「既然他和弘池會的關係良好，也是小平的御用記者，為什麼要把文件交給社進黨？如果他涉入爭奪佐橋接班人的政治鬥爭就很危險了。」

「主筆說得對，橫溝質詢至今差不多有兩天的時間，我聽到消息說，永田町開始傳言有政治部的記者介入。」

司向久留報告，目前永田町謠言滿天飛，說這次的洩密案幕後是田淵、小平聯手，為了動搖佐橋政權，扯下任黨魁選舉的競爭對手福出大臣的後腿，由政治部的記者參與進行的陰謀。

「我相信應該不至於有這回事，但不能輕忽，找弓成上來一下。」

久留指示道。

「他剛才從聯誼會回來，我來聯絡他。」

司走向房間角落的電話。

從司的對話中，得知弓成在編輯局內。

「他這個人很傲慢，請主筆不要惹惱他。」

牧野編輯局長向久留咬耳朵。

不一會兒，弓成走了進來，恭敬地打招呼後，在久留主筆的對面坐了下來。

「是我把電文交給橫溝議員的，對不起。」

他一開口就道歉。

「怎麼？果然是你。為什麼司問你的時候，你矢口否認？」

牧野皺著八字眉生氣地問。司露出畏縮的表情，不發一語。

「這可能不光是你個人的問題，還關係到《每朝》的信譽問題，你怎麼會做出這麼輕率的事？」

牧野逼問道，他差一點就拍桌子了。

「冷靜一點好好談。你的動機是什麼？」

久留問。

「沖繩回歸談判的實際情況太不透明，在預算案即將通過之際，我無法坐視真相和民眾所知道的相差太遠。」

弓成停頓下來，注視著久留。

「我之所以幾乎可以確定有密約，是因為日本方面代為支付了美方必須支付的四百萬美元的復原補償費，除此以外，為數龐大的款項根本沒有明細就付給了美方。為了保護消息來源，我無法明確在報導中揭發真相，所以我決定採取退而求其次的方法，在國會審議時提出這個問題。」

他充滿真誠地說出了動機。

「我也知道記者自己無法動筆時，會把情資交給政治人物加以推動，但剛才聽司說，永田町紛紛傳言，說這次是政治部的記者和田淵、小平聯盟合作設計出來的陰謀，你可以完全否認這件事嗎？」

久留嚴厲地問道。

「當然。小平正良不是這種政客，我也不是受別人指使的記者。」

「你的消息來源已經知道這件事了嗎？」

司問話的語氣透露他已經猜到了弓成的消息來源。即使在上司面前，記者也可以不透露消息來源。弓成沒有答腔。

「我無意刺探你的消息來源，但別人早晚會知道那個政治部記者就是你。在事情平息之前，你先在家裡休息，或是去外地出差吧！」

牧野命令道。

「沒這個必要吧！我承認自己太輕率了，但沒必要偷偷摸摸的。」

弓成用略微輕蔑的語氣拒絕了想要息事寧人的編輯局長提出的要求。

「你這種自信過度的態度也讓其他同事很看不慣，難道就不能謙虛一點嗎？」

牧野用分不清是埋怨還是發牢騷的語氣斥責道。

久留聽著他們三個人的對話，親眼目睹了從大阪代表轉任主筆以來，一直感受到編輯局的鬆散情況。

弓成具備了能幹記者的資質，但對上司的態度缺乏禮節。政治部長缺乏指導力，編輯局長更是不必多談。

想當年，《每朝》無論報導的內容和發行量都獨佔鰲頭，如今卻逐漸走下坡。為了讓報社起死回生，才在今年展開大規模的人事大換血。久留主筆意識到肩上的擔子很沉重。

弓成最先離開主筆室，回到下一層樓的編輯局時，政治部首席主編向他使了一個眼色，率先走到了人影稀疏的窗邊。弓成從內心敬愛的檜垣主編的背影中，可以感受到他做人的原則。他走去主編的旁邊。

「田川七助打電話給我。」

檜垣垂下濃眉下眼尾上揚的雙眼，看著眼前街上的車流，用低沉的聲音說道。帶領弘池會年輕議員的田川七助和檜垣交情很深。

弓成也看著窗外問：

「他說什麼？」

「外界傳言，這次的騷動是弘池會把御用記者當成政治鬥爭的工具，他嚇了一跳。據說那份文件是你拿給社進黨的，他來探聽虛實。」

政治部的司部長認為和特定政治人物保持良好關係會喪失客觀，所以在政界並沒有建立自己的人脈，但檜垣主編從年輕時，在政界的人面就很廣。

「我犯了天大的錯誤。」

弓成服服貼貼地認了錯。

「七助原本是記者，所以消息特別靈通。他問我的時候，我反駁說，應該不會有這種事，但社進黨也提到了你的名字。外務省為了查出絕對不可能外洩的文件為什麼會流出去，正針對所有和文件有交集的人展開徹底的調查。」

檜垣主編停頓了一下。

「阿弓，要不要把實情都告訴我？這樣你心裡也會輕鬆一點。」

他第一次轉頭看著側著臉的弓成。檜垣似乎看穿自己心思的這番話令弓成內心動搖了，但還是說：「我只能說，請你相信我。」

檜垣似乎想說什麼，但又改口說：

「好吧。佐橋看到各報抨擊他長期執政的弊害，幾乎每天都叫他早日退居二線，所以把媒體記者視為眼中釘。雖然不必害怕，但還是要小心，不知道他會出什麼招。」

檜垣在嚴厲中仍然充滿體貼地向弓成提出忠告後，匆匆回座了。

深夜，弓成搭計程車前往位於駒込的小平正良寓所。為了避開晚上採訪的記者，他沒有搭公司的車子，而且小心謹慎地不走前門，而是在後院和小平家相通的女婿秘書——盛田家門口下了車。

他按了門鈴。

「請問是哪一位？」

盛田問道。弓成自報姓名，不一會兒，旁邊的小門打開了。和前大藏省官員盛田結婚的小平女兒來開了門，比起外形亮麗的母親，她更像稜角分明的父親。她的個性爽朗，她還在讀大學時，弓成就認識她了。

「不好意思，都快半夜十二點了，我還上門打擾。因為我有十萬火急的事要找老爹，還有其他報社的記者在嗎？」

弓成用一如往常的輕鬆口吻問道。

「今天好像特別晚，剛才我去看了一下，《旭日》的記者剛好最後一個離開，應該已經沒有人了，要不要幫你打電話問一下？」

小平家和女婿家可以用內線電話相互聯絡。

「不用了，我從後院過去。」

弓成說著，從小平家後院的木門走了進去。廚房傳來聲音，似乎還有人在。他繞過通道，打開前院的門，武家屋敷般寬敞的脫鞋處已經空空如也，沒有任何鞋子。

「打擾了。」

弓成叫了一聲，走上台階，熟門熟路地沿著走廊轉彎後，在只開了一盞小燈的昏暗處看到一個黑影晃了一下，是一身輕鬆和服打扮的小平。

「對不起，因為有特別的事要請教，這麼晚還上門打擾。」

弓成向小平打了聲招呼。四方臉的小平雙手抱胸，眨了眨小眼睛，冷冷地說：

「我正打算睡覺呢。」

住在小平寓所的書生發現了弓成，打開了會客室的燈。聽到小平說準備睡覺了，弓成原本打算跟他去裡面的臥室，沒想到小平在會客室的沙發上坐了下來。前一刻還擠滿記者的會客室內彌漫著菸味，菸灰缸裡也堆滿了菸蒂。

小平不發一語，似乎在等弓成開口。

「社進黨揭發密約問題在國會引起了軒然大波，明天開始進入休會期間，這次的預算包括了在沖繩回歸問題上支付給美方的款項，如果四月無法通過，佐橋首相將要負起很大的政治責任。弘池會是不是趁此機會有所行動？」

弓成用採訪的口吻問道。

「你現在要問我剛才和夜訪的記者討論了半天的話題嗎？」

小平冷冷地回答，言下之意，就是你身為永田町記者聯誼會的組長，怎麼現在才問這種事？他顯然已經知道弓成把外務省極機密電文交給了社進黨，內心感到極其不悅，但弓成還是故作鎮定。

「弘池會應該趁此機會加強火力攻擊吧！在佐橋的接班人鬥爭中，媒體都把焦點放在角福戰爭上，執政黨第二大派系的弘池會曝光率似乎越來越低，年輕議員不是都對此感到不服氣嗎？」

福出武夫和田淵角造都是佐橋內閣的閣員之一，無法在這次的事件中抨擊佐橋，但已經沒有擔任公職的小平派可以利用這次機會壯大自己的聲勢，追究佐橋的政治責任，要求他交棒，也許中間派也會呼應。如果形勢往這個方向發展，弓成或許有一線希望可以擺脫目前的困境。

然而，小平沒有附和，把手放在懷裡，像一塊大石般沉默不語。

「你為什麼做這種事？」

小平幽幽地問。前外務大臣小平應該隨時都掌握了政壇的各種消息。

「……很抱歉，我以為他是律師，值得信賴，所以就拿給他參考，沒想到他直接拿了出來——簡直就是青天霹靂。」

弓成道歉後，正準備繼續解釋，小平一雙小眼睛露出銳利的眼神看著弓成。

「雖說你一直跑執政黨線，對社進黨缺乏經驗，但沒想到居然不瞭解那個人，他周圍淨是一些完全不顧國政，為了出名汲汲營營、不負責任的傢伙。對於你所做的事，只能說是『陰溝裡翻船』。居然有人無中生有地傳聞弘池會利用御用記者發起倒閣運動，對我也造成了很大的困擾。」

「對不起，給會長添了麻煩……」

眼前的氣氛當然不適合再叫他「老爹」。

「外務省會徹查到底，首相也是這個意思。交給你那份文件的人，如果只是遭到開除，算是走好運。」

「什麼啊？」

強烈的震撼貫穿了弓成。

「會造成這麼大的犧牲，連二流記者都稱不上，只配當三流記者。」

小平今晚沒有吐出半個他經常發出的「啊」、「嗯」聲。政治人物和記者歷經十幾年的歲月建立起來的交情，一旦遇到麻煩事，就毫不猶豫地翻臉不認人。面對這種無情，弓成無言以對。

※

照顧兩個孩子入睡後，由里子開始繡抱枕套。她決定在家人用的夏季抱枕套上繡君影草和幸運草，自己畫了圖後，用深淺不一的綠線開始刺繡。這是緣自母親的興趣，在等待丈夫晚歸時，聽著收音機播放的音樂刺繡，心情就會平靜下來。

音樂停止，當ＤＪ開始解說時，由里子捲起毛衣的袖子，不由自主地想起了丈夫的事。《旭日新聞》刊登了和書房資料夾內完全相同的外務省極機密電文，上面甚至有一眼就可以認出是丈夫字跡的文字。之前向丈夫瞭解情況時，丈夫板著臉走進了書房，翌日早晨也幾乎沒有交談就去報社了。丈夫原本就不會把感情流露在臉上，但夫妻之間即使有什麼不愉快，他通常幾個小時就忘記了，和孩子們玩得不亦樂乎，晚上的時候，會用有力的臂腕把由里子摟在懷裡。

由里子自結婚以來第一次看到丈夫那麼動怒，她感到不知所措，所以，以探望罹患支氣管炎剛出院的父親為由去了逗子。然而，和父親並肩坐在後山的涼亭內眺望著平靜的大海，因為覺得難以啟齒而沒有說出內心的不安就回來了，但或許這才是正確的決定。父親的生活單純，即使向他傾吐對於在爾虞我詐的新聞世界，整天為了獨家新聞而你爭我奪的丈夫工作所感到的不安，或許只會徒增父親的擔心。

由里子祈禱這種心神不寧的日子會平靜地結束。

收音機傳來柴可夫斯基的鋼琴演奏曲，由里子將深綠色的線穿進繡針，準備繡幸運草的最後一片葉子時，電話鈴聲響了。已經將近十一點，這麼晚通常都是丈夫打電話回來。想到丈夫心情終於好了，她忍不住用雀躍的聲音接起電話。

「對不起，這麼晚打擾。我是外務省安西審議官辦公室的事務官三木，可不可以麻煩妳先生聽電話？」

電話中傳來一個口齒清晰的女人聲音。由里子接到意想不到的電話，立刻關上收音機，忍不住坐直了身體。

「不好意思，他還沒回家。妳要不要打去報社，也許他還在——」

丈夫可能去拜訪政治人物了，但她姑且這麼回答。

「我打電話去了政治部和永田町的記者聯誼會，他都不在。聽他的同事說，他採訪結束後會直接回家，我以為他差不多該到家了，所以才打來家裡。妳知不知道他大概幾點回來？」

電話中的女人雖然措詞委婉，但由里子覺得她好像在質問自己，顯得有點不知所措。

「他沒有特別交代……有什麼事需要我轉告嗎？還是叫他明天早上打電話去外務省？」

「因為有十分緊急的事，希望他回家之後立刻打電話給我，再晚都沒有關係。」

那個叫三木的女人用很公事化的口吻留下了住家電話。由里子記下電話後，正準備掛電話。

「請問妳先生都很晚才回家嗎？」

女人在電話中問。

「因為工作的關係，所以沒有固定的時間，請問——」

「沒事，沒事，我不該多問的。那就麻煩妳轉告他。」

對方收回了聽起來像在刺探別人隱私的問題後，掛上了電話，但由里子似乎隱約聽到對方「嘖」了一聲，不禁懷疑自己聽錯了。

對方雖然彬彬有禮，但說話的語氣很強勢，還有隱約聽到的「嘖」的聲音——聽丈夫說，安西審議官目前在外務省內屬於第二把交椅，難道對方因為是安西審議官的事務官，而在不知不覺中表現得態度傲慢？由里子第一次接觸與男人為伍、經常工作到深夜的能幹女事務官，在感到手足無措的同時，也難以消除莫名的焦慮。

她已經無心繼續刺繡，算完針數後，正打算收回針線盒時，聽到門外傳來停車和鑰匙開門的聲音。

由里子去門口迎接，發現丈夫仍然悶悶不樂，脫下上衣、解開領帶，身心俱疲地坐在為他準備了茶泡飯的餐桌旁。

「三十分鐘前，安西審議官辦公室的三木事務官說有緊急的事找你，請你打電話去她家。」

由里子把寫著電話號碼的便條紙遞給弓成，他停下了拿著筷子的手問：

「安西先生有沒有打電話來？」

「沒有。」

「真傷腦筋，要談工作上的事，我去書房打。」

他沒有吃茶泡飯，就走進了書房。

弓成盤腿坐在整理得一乾二淨的書房桌前，撥打了便條紙上的號碼。已經十一點四十分了，他有點擔心不知道會由誰接電話，聽到是三木昭子接起，暫時鬆了一口氣。

「我剛回家，不好意思，我也正打算找妳……」

然後，一時不知道該說什麼。

「我找你只有一件事，橫溝議員在國會公佈的那份極機密文件，該不會是去年那一份吧？」

「對不起，我好幾次打電話給妳，想和妳當面談這件事，但這陣子都是山本接電話，我不好意思開口，所以……」

「是嗎？可不可以請你解釋一下，為什麼會有這種事？當時，你說要在寫報導時參考，絕對不會給我添麻煩，我才會相信你，把文件給你看。為什麼事到如今會落入社進黨的手中？我不願意相信是你交出去的，但到底是不是？」

三木努力用理智克制著憤怒，弓成忍不住冒著冷汗。

「雖然不是直接，但的確是從我這裡流出去的。我完全沒有想到會被人用那種方式直接在國會亮相，很後悔自己做錯了，只能向妳說抱歉，但我會做好後續的工作，絕對不會透露出妳的名字。」

弓成發自內心地道歉。

「從來沒有挨批過的報社記者真是不諳世事啊！即使你保證不公開我的名字，但外務省已經搞得人仰馬翻，正在徹底追查到底是誰洩的密，我也接受了官房人事課長的面談調查。」

三木終於忍不住情緒激動地說。

「面談調查……結果怎麼樣？」

弓成心頭一驚，催促她繼續說下去。

「因為是影本流出去，只要看傳閱者簽名，就可以大致猜到了。能夠同時看到這三份文件的人數有限，況且，當初我沒想到會發生這種事，所以把那段時間的『文書簽收簿』燒掉了。」

「什麼！妳這麼聰明的女人——」

「事後靜下來思考，發現如果沒有燒掉，繼續保留下來，就可以找很多理由推託，但當時我實在太慌亂了，現在只能懊惱自己怎麼會做這種自掘墳墓的事……在今天面談調查時，我說找不到當時的簽收簿，但人事課長命令我徹底找一下，在明天的第二次面談調查時帶過去。」

弓成說不出話。

「明天調查時，他們就會發現我的嫌疑重大，他們早晚會查出是從我手上流出去的。」

「即使如此，他們也沒有決定性的證據。希望妳在調查時不要鬆口，我相信妳可以撐過去。」

弓成激勵著她。三木似乎沒有聽到弓成的話，喃喃地說：

「只能說，我一定是鬼迷心竅了。」

「三木，這件事關係到我們雙方的立場。《每朝》絕對沒有問題，明天我去找福出大臣談條件，用政治方式解決這件事。當時的外務大臣是愛池，只要我們交換情資，一定可以談妥條件。所以，妳要撐過眼前的難關。」

弓成再三叮嚀道。

「不管誰是外務大臣，你以為會有人為女事務官的人事和你談條件嗎？我和你之間早就喪失了信賴關係，即使談了也是多費口舌，但如果日後的發展只對我一個人不利——」

「電話裡說不清楚，我也想和妳商量一下日後的事。明天我們見面談一下吧！哪裡妳比較方便？」

「我不想再見到你，我自己的事會自己決定。」

三木冷冷地拒絕後，掛上了電話。

弓成拿著電話，感到自責不已，但為了擺脫眼前的困境，無論如何都要說服三木。於是，他再度撥打了三木家的電話。

電話鈴聲響了很久，昭子穿著蠶絲睡袍，在梳妝台前仔細梳理著一頭短髮。弓成根本不必交代她「在明天的面談調查時不要鬆口」，因為除此以外，沒有其他的方法。如果承認是自己洩漏，便不得不辭去外務省的工作，等於將她推入了深淵。

找不到文件簽收簿該怎麼辦？昭子問梳妝台鏡子裡的自己，正在思考明天的藉口時，發現面容消瘦的丈夫出現在鏡子角落。昭子大吃一驚，但假裝沒有看到，開始保養皮膚。

「電話鈴聲到底要響到什麼時候？」

丈夫琢也為連續打來的三、四次電話表示抗議。

「啊，對不起，十二點以後的電話都沒什麼重要事，所以我不想接，沒想到把你吵醒了。」

她走去客廳，拿起電話，沒有說話就直接掛掉了。他們雙方的父母都已經離開人世，也沒有孩子，平時向來沒有什麼重要的電話。

「不方便給我聽到嗎？」

昭子坐回梳妝台前，在睡衣外披了一件毛衣的琢也站在她身後，目不轉睛地用試探的眼神看著鏡中的妻子。

昭子在一雙杏眼周圍和依然保持年輕輪廓的臉頰上擦了化妝水，沒有搭理丈夫的問題。

「我剛好下來倒水準備吃藥，所以剛才的電話我都聽到了，沒想到妳竟然牽涉了那起洩密案。」

昭子撇著薄唇。他一定察覺有異，所以站在樓梯上偷聽。昭子擦完化妝品，富有光澤的臉上露出胸有成竹的表情說：

「我不想讓你擔心，但我會妥善處理這個問題。」

「聽妳說電話的樣子，似乎沒這麼簡單。」

琢也的表情很冷淡。

「我要去睡了。」

昭子冷冷地準備離開梳妝台。

「妳別自以為是了，也不想想妳是靠誰進了外務省。」

昭子在鏡中看到丈夫責備的臉，移開了目光。

「妳變了。」

琢也緊盯著身穿蠶絲睡袍的昭子。

當初昭子代替有病在身的琢也，以家屬錄用名額進入國際聯合局，一開始只負責打字，琢也建議她去考事務官的資格，並悉心輔助她通過了考試。當外務省次長以下設置了審議官的職位，昭子被拔擢為首屆審議官的事務官後，她工作越來越得心應手。她的服裝和舉手投足也越來越有品味，不時用輕蔑的態度對待在擔任日本駐馬尼拉大使館書記官後，就離開外務省的琢也。

起風了，把遮雨窗吹得嘎答作響。不知道是不是春天的暴風雨快來了。

「妳交付極機密文件的對象好像是和外務大臣也有交情的大人物，是哪一家報社的誰？」

「《每朝新聞》一個姓弓成的記者。」

「年紀呢？」

「他當時是霞之關記者聯誼會的組長，年紀大約四十左右，我不是很清楚。」

「妳是被他的功利心利用了嗎？還是有什麼不得不交給他的理由？」

昭子懶洋洋地回答。

他毫不掩飾內心的猜忌。

「他是安西審議官最信賴，幾乎每天都會見面，也無所不談的記者。站在我的立場，既然他拜託，我沒辦法拒絕。」

「審議官知道嗎？」

「這我就不曉得了。」

聽到昭子愛理不理的回答，琢也消瘦的臉上露出憤怒的表情。

「妳太小看這件事了。國家公務員向外界洩漏機密，是違反國家公務員法的犯罪行為！」

「──是嗎？又不是我直接交給社進黨的議員，報社記者說要寫報導時參考，所以我給他看了一下而已，哪一個部門沒有這種事。如果每個人都像你那麼一板一眼，根本沒辦法做事。」

「但這次的情況不一樣。這麼重要的極機密文件洩漏，在野黨在國會殿堂公佈後，妳已經無法繼續留在公家機關了。趁事情還沒有一發不可收拾之前，妳明天一大早就去向安西審議官道歉，並向他遞辭呈。」

琢也已經看到了未來的發展，要求她趁現在快刀斬亂麻。昭子咬著嘴唇，久久沒有開口。

「我苦口婆心地勸妳，妳也不聽的話，就由我向當初費了好大工夫才把妳弄進外務省的前上司坦承一切，透過他的管道讓妳離開。妳好好思考一下，要走哪一條路。」

屋外吹著狂風，遮雨窗也隨著可怕的風聲發出更大的聲響。

昭子目送丈夫上樓的背影，覺得原本緊繃的世界一下子崩潰了，心亂如麻，不知如何是好。

翌日，三木擦上明亮的粉底掩飾幾乎一晚沒睡的憔悴面容，照樣處理早上繁忙的工作，因此沒有引起山本事務官的注意。

十點多，當她的工作告一段落時，從京都出差回來的安西審議官拿著公事包走進了辦公室。

「早安。」

她和山本事務官同時起身迎接。

「早安。」

身材魁梧的安西一派悠然地向他們點頭，走進隔了一道門的審議官室。

「看到審議官回來，真讓人鬆了一口氣。」

山本事務官說完，再度埋頭工作時，看到三木從手提包裡拿出一個白色信封放在送茶的托盤下方，山本好奇地看著她。三木沒有理會他，深吸了一口氣，敲了敲門，走進房間後，把附杯蓋的茶杯放在安西的桌上。

安西道謝後，像往常一樣拿起了杯蓋。

「審議官……我有事要和您談。」

三木用沙啞的聲音說道。看到向來辦事俐落的三木昭子判若兩人的緊張態度，安西用訝異的眼神看著她。

「我……犯下了大錯。我相信您已經耳聞了，目前鬧得沸沸揚揚的極機密電文是我影印後，交給了《每朝新聞》的弓成。」

她用幾乎聽不到的聲音坦承。

「什麼？妳交給弓成──」

向來處事鎮定的安西充滿威嚴的臉上露出驚愕之色。

他在京都出差期間，已經接到通知，得知外務省正在內部調查這件事。昨晚回到東京車站後，立刻與在外務省別館飯倉公館等候的官房長、官房人事課長見了面。從傳閱者的簽名研判，認為官房長和他周圍的人，以及北美一課負責文件傳遞的特考組年輕事務官嫌疑重大。尤其是三木昭子，她負責簽收簿的管理，卻偏偏找不到那段期間的簽收簿，而且在去年八月，外務省公佈謹慎處理極機密文件的通知後，請另一位事務官代為記錄簽收簿，以狀況來分析，似乎嫌疑最重大，於是，決定第二天再度對三木進行面談調查。但安西認為只不過是辦公室事務官遺失了用於備忘的文件簽收簿而已，因此就被懷疑洩漏電文有欠公道，所以對此一笑置之。

正因為如此，他對站在面前難過得抬不起頭的三木感到怒不可遏。而且，對方居然是弓成亮太，更讓他覺得承受了雙重的屈辱。

「我深感歉意。」

三木的肩膀顫抖著。

「妳的動機是什麼？」

「並沒有特殊的動機，只是弓成先生在採訪沖繩回歸的相關問題時，發現了矛盾之處，說想要看一下相關資料證實，並發誓絕對不會給審議官和我添麻煩……如果是其他報社也就罷了，但審議官對弓成先生另眼相看，所以我就相信了他。」

「妳也太天真了，總共交給他幾份文件？」

「三份。」

「當時有關回歸談判的極機密文件超過數百份，妳以為說只有三份，我就會相信嗎？妳老實說清楚。」

「……因為已經是去年的事，所以記憶有點模糊……但因為山本事務官也在，所以我並沒有給他看太多。」

「妳不光是給他看而已，還影印給他了吧？妳是在哪裡影印的？」

「雖然只是形式上的手續，但您的文件要影印時，必須在申請書上蓋章，請文書課長核批，我擔心會因為陰錯陽差讓您的名字留下紀錄，所以向官房總務課和我關係不錯的同事打了聲招呼，可以自由影印。」

「妳是怎麼交給弓成的？」

「就在我的座位上，趁山本先生不注意的時候——」

雖然聽起來像是坦承了一切，三木的話卻完全感受不到真實感。安西很想斥責她別小看了自己，但他的自尊心不允許他破口大罵女事務官。

「弓成有沒有給妳什麼回報？」

安西知道弓成為了採訪會不惜自己掏腰包，因此直截了當地問。

「完全沒有。只是因為您是我尊敬的人，弓成先生又和您有深厚的交情，所以才一時大意，導致了今天的結果。」

三木開口閉口就提到安西，試圖把他也捲入其中的態度更惹毛了他。

「……我也不知道自己為什麼會做出這麼可怕的事，外子也嚴厲斥責我，說平時不是一再提醒我，外務省的情資有多麼重要。他叫我向您道歉，並提出辭呈。承蒙您的信賴，我卻犯下這種錯，實在很愧疚。」

她遞上在白色信封上用毛筆寫的辭呈。

「妳引發了這麼重大的事件，難道以為一張辭呈就可以解決問題嗎？」

安西終於再也克制不住隨時會爆發的怒氣，第一次拉高了嗓門。

「我只能說，很抱歉……」

三木頻頻深深鞠躬，哽咽地說不出話，然後突然放聲大哭起來。

「……如果您無法原諒我，我要怎麼彌補……如果我從這裡跳下去，能夠獲得您的原諒嗎？」

三木流著淚，顫抖地望著面向中庭的窗戶。安西看到她不尋常的慌亂，不禁嚇了一跳。萬一她真的從自己的辦公室跳樓自殺，等於給醜聞雪上加霜。

「妳別想不開。」

安西努力用平靜的語氣說。

「是妳主動坦承的，況且，我也知道妳沒有惡意，我會指示人事課長儘可能妥善處理。妳回去對照一下記事本，回想一下幾月幾日受弓成之託，影印了哪些文件給他，如實地寫一份報告給我。」

「但是，我現在沒辦法寫報告……只想一死了之。」

三木嗚咽著斷斷續續地說。

「今天妳先回家好好休息，等心情平靜之後再寫。」

安西用對講機找了山本事務官進來，指示驚訝不已的他用計程車送三木昭子回家。

當辦公室只剩下自己一人時，安西很想把三木的辭呈狠狠丟在地上。

弓成，沒想到你偏偏對我辦公室的事務官下手。七年多來，我們建立了深厚交情，經常推心置腹地討論，除了有其他政治人物在場的宴席以外，私下也曾經喝了好幾次酒，沒想到你居然在這裡竊取送來給我傳閱的文件！安西實在難以想像居然有這種事。

他打算質問弓成，情不自禁地撥通了《每朝新聞》政治部的專線電話，但弓成不在。

「該不會是安西審議官吧？我是主編檜垣。」

安西不發一語地掛上了電話。

❊

官邸的閣員會議結束，回到辦公室的佐橋首相站在面向中庭的陽台前。

枯草在春天的陽光中冒出了新芽，中庭內綠草成茵。他很想打開窗戶，用力呼吸清新的空氣，但裝了防彈玻璃的窗戶無法輕易打開。

想到自己住在官邸的日子已經不多了，佐橋難掩內心的惆悵。

一九六四年至今，坐在背後放著太陽旗的首相座位上已經七年半——就任當時便宣誓要力拚沖繩回歸，說出了「沖繩不回歸，日本的戰後就不會結束」的信念。除了外務省的官方管道以外，還私下派密使，發揮熱情和耐力持續進行日美談判。兩年半前，他在華盛頓與尼克森總統會談，終於發表了達成沖繩將在一九七二年回歸日本協議的共同聲明，一路走來的漫漫長路和困難都湧上心頭，忍不住拉著駐美大使的手，感動得幾乎流下眼淚。

今年一月，他在被稱為「西華盛頓」的聖克里門特再度與尼克森總統會談，決定沖繩的回歸日為五月十五日。對佐橋來說，這是賭上自己的政治生命才完成的畢生政績。正因為這個原因，當社進黨在國會殿堂上追究「密約疑雲」，在眾院即將通過預算案之際被迫中斷審議時，佐橋內心的憤怒和失望難以用言語形容。

「首相，福出大臣說想佔用您一點時間。」

秘書官報告後，一派悠然的福出外務大臣走了進來。

「閣員會議後，原本打算立刻向您報告，但不想被其他閣員聽到——我想為洩密案向您道歉。」

佐橋首相的一雙大眼立刻亮了起來，坐到辦公桌後。

「安西審議官從京都出差回東京翌日，一進辦公室，他的隨侍女秘書就坦承是她把文件影印後交給了《每朝新聞》一位姓弓成的記者，審議官已經請她寫了悔過書。由於我們的督導不周，導致這種情況發生，給您添了很大的麻煩，在此衷心表達歉意。」

福出大臣鞠躬後，站在首相辦公桌前。

「那名女秘書跟隨審議官多年，個性認真負責，當初是頂替病重的丈夫進入外務省工作，沒有特殊的思想背景。

「但問題在於《每朝》的記者弓成，我也知道這個人。他是跑小平線的御用記者，為了下一任黨魁選舉，也和田淵角造走得很近。這樣一個人把文件交給社進黨，在國會加以追究，顯然是想引發對佐橋內閣的倒閣運動。」

「真是個可恥之徒！我記得這個月的月初，在《每朝》的早報頭版上有一篇對我敵意畢露、簡直像瘋狗咬人的署名報導，也是這個人寫的。我當時很想找他們社長來罵一頓，所以記得很清楚。」

佐橋用充滿怨恨的聲音說。

那是比之後《讀日新聞》的〈黑金滿天飛的黨魁選舉〉更充滿惡意的報導。

對權力的偏執而麻木不仁——佐橋政權

不負責任和派系私利　阻礙了之後日本對於沖繩問題的處理

那是一篇附上漫畫肖像，揶揄首相無能的六大段政局解說報導。

如今，自由黨政府的統治機能已經完全陷入了麻痺狀態，佐橋內閣在沖繩協議獲得國會同意後，就喪失了存在理由，卻因為對維持政權的執著，仍然不肯下台，導致政局陷入停擺，也難怪會出現「身為首相，已經喪失了對國民負起政治責任的自覺，只剩下對於權力和五月十五日出席沖繩回歸儀式達成個人政績的偏執」的批判聲浪。

「我也記得那篇報導。如果在第二版也就罷了，居然刊登在頭版正中央這麼醒目的位置。我問專跑我這條線的記者到底是怎麼回事，他抓著頭回答說，《每朝》的政治版都由永田町記者聯誼會的弓成先生一手掌握。」

「報紙應該是社會公器，沒想到卻淪為政治鬥爭的工具，我也絕對不能原諒有人抹黑沖繩回歸的行為。」

佐橋加強語氣說道，福出也用力點頭。

「我已經決定將安西審議官調職，他在聯合國中國代表權的問題和日、中兩國早日實現恢復邦交的問題上，似乎都和小平先生沆瀣一氣，不能讓他繼續留在我手下。記者弓成的事就交由您處理，如果需要外務省配合，請隨時吩咐。」

福出說完，走出了首相辦公室。

佐橋抱著手臂沉思片刻後，伸手拿起桌上五具電話中的一具。

「原來洩密途徑是審議官的隨侍女秘書交給《每朝》的記者，再交給社進黨的橫溝議員——」

十時警察廳長接到佐橋首相的電話，雙眼露出銳利的眼神。

「現在的媒體記者完全不瞭解身為首相的沉重壓力，想寫什麼就寫什麼，早就讓我忍無可忍，沒想到居然還發動倒閣運動，簡直豈有此理！為了妥善約束他們的行為，必須殺一儆百！」

「我完全理解您的憤怒。對了，預算委員會什麼時候再召開？」

在內務省官員時代曾經被稱為「剃刀十時」，令人聞風喪膽的十時冷靜地問。

「我已經催促國會對策委員會加開臨時會，希望可以在眾議院順利通過，這兩件事有什麼關係嗎？」

「在此之前，請首相無論遇到任何情況都閉口不談這起事件。這段期間，我將針對剛才您說的洩密途徑展開秘密調查，思考有效的方式加以處理。」

十時掛上電話後站了起來，在寬敞的廳長室內緩緩踱步。這是他在集中心力思考時的習慣。辦公室內沒有掛任何畫作，佈置索然無味。一步一步用力踩在地毯上踱步的十時腦海中無法消除擔心。他很理解佐橋首相為了約束那些不負責任的記者，認為應該採取相應手段殺一儆百的憤怒，但這件事隱藏了危機，稍有閃失，就會引發政府和媒體界全面開戰。

他突然將視線移向窗外。警視廳和警察廳分別矗立於櫻田大道的兩側，警視廳的副總監與他交情深厚，他一定可以找出適當的人選調查相關法律和判例，導出不可動搖的結論。

十時深思熟慮後，認為有十足的把握。

第四章

到案

四月四日黎明，《每朝新聞》社會部長家裡的電話響了。

社會部荒木部長原本睡得很沉，迷迷糊糊地爬到電話旁拿起了話筒。

「荒木先生，我是闞川，不好意思，這麼早打擾。」

是警視廳刑事部的闞川部長。荒木部長前一晚喝酒喝到深夜，頭痛欲裂，但很自然地瞄了一眼時鐘，發現是清晨四點二十分。

「發生了什麼重大事件嗎？」

「你剛升上總社社會部部長，對你有點抱歉，關於那起外務省洩密案，要麻煩你把政治部記者弓成交給我們。」

「什麼？政治部的弓成？是作為關係人自願到案說明，還是犯罪嫌疑人？」

「是接近犯罪嫌疑人的自願到案說明。」

「是什麼嫌疑？」

「無可奉告。總之，希望你們盡快交人。」

「這太荒唐了，如果不知道明確的嫌疑，叫我們怎麼交人？你儘可能拖延一下。」

「最晚到中午為止。正式的到案說明通知會在上午九點左右送去報社總務局。」

氣氛緊張的對話結束後，荒木用力吸了一口氣。

荒木在擔任靜岡分社社長時，闞川是靜岡縣警的總部長，他們從那時候開始就建立了良好的交情。荒木很感謝闞川在這個緊要關頭通知自己，但他對於政治部記者弓成涉及的外務省洩密案還有很多不解之處，更無法判斷到底該不該交人。

他想了一下，從電話旁的電話簿中查到編輯局長家中的電話。編輯局長一大清早接到電話顯得十分驚訝，但聽他說完後，嘀咕了一句：

「之前完全沒有動作，現在突然要求去警視廳到案說明，讓人難以接受。」

「局長，現在不是說這種話的時候，刑事部的關川部長是基於好心通知我，我們必須立刻採取應變措施。況且，我對這件事完全在狀況外。」

聽到編輯局長慢條斯理的反應，荒木忍不住提高了嗓門。

「這件事牽涉到很多問題，我馬上和司聯絡，然後會立刻去報社，你也一起去。」

編輯局長立刻慌張起來，匆匆掛了電話。

荒木立刻開始換衣服，把妻子動作俐落地為他準備的吐司和濃咖啡塞進嘴裡。

「計程車兩、三分鐘後就到了。」嫁給跑警政線記者多年的妻子早就打點好了一切。

坐上計程車後，荒木皺起眉頭，忍著頭痛，想起自己三天前才從整理總部次長升任社會部長，對這起事件完全在狀況外感到心浮氣躁。昨天在會議室舉行社會部的內部歡迎會結束後，他第一次得知自家報社的記者涉入了外務省洩密案。在他準備回辦公桌時，一名總是跑警察局並跟著警察跑的機動記者向他咬耳朵說：「我們報社政治部的記者似乎和外務省洩密案有關，跑警視廳的記者晚上去採訪洩密案時，反被挖苦說，去問你們報社的政治部長不是知道得更清楚嗎？」調任大阪總社編輯局次長的前任社會部長完全沒有和他提過這件事，荒木大驚失色地去向編輯局長確認，編輯局長只說：「我知道，我知道。」言下之意，就是希望他別再過問。

荒木無法釋懷，原本打算直接去問政治部的司部長，但自己缺乏明確的根據，似乎不該質問關於對方部屬的嫌疑。雖然社會部和政治部就在隔壁，彼此的關係卻向來水火不容。社會記者認為政治記者口口聲聲談論國家大事，卻和特定的政治人物勾結，隻字不寫不利於特定人物的報導，根本是媒體記者中的敗類；政治記者則覺得社會記者滿嘴的社會正義，卻和警方、檢方狼狽為奸，不過是採訪殺人放火的區區事件記者。

荒木腦海中浮現弓成的樣子。他高大的身軀在編輯局內也很引人注目，荒木在整理總部當次長時，就很不喜歡弓成充滿自信到近乎傲慢的態度，但有一次在有樂町鐵軌下的小酒館巧遇，和他一起喝酒時，弓成很有禮貌地向他打招呼，為和他同時進公司的社會部機動記者英年早逝深感哀悼。看到他幾乎快放聲痛哭的樣子，荒木知道弓成是性情中人。

從政治部記者慣用的採訪手法研判，弓成絕對有可能把省廳的極機密文件交給政治人物，但警視廳這麼快就注意這件事，而且和自己有交情的刑事部長要求交人，顯然弓成涉及了嚴重的問題。

必須趕快瞭解真相，思考應對的方法，否則可能危及《每朝新聞》。他催促著司機快速行駛在太陽還未升起的路上。

清晨的編輯局內，白色日光燈下寂靜無聲，就連早上的清潔人員也還沒有來打掃，辦公室內到處都是揉成一團的稿紙、校樣和菸蒂。

荒木穿越編輯局，到走廊對面的值班室張望，發現沒有回家的記者東倒西歪地睡在六張雙層床上。他躡手躡腳地走進去，想要尋找值班的部屬。

「啊，部長——」

穿著T恤和長褲的記者主動叫他，荒木用眼神示意他去外面。

那名部屬穿好衣服，快步走進編輯局內。

「外務省的女事務官剛才五點的時候，在她丈夫和外務省職員的陪同下，為洩密案去警視廳到案說明！」

荒木驚愕得說不出話。他滿腦子都在想自家報社記者的事，完全沒有考慮到對方。

「這麼一大早——是什麼嫌疑？」

「違反國家公務員法，由搜查二課負責偵訊。」

「是嗎？刑事部長也打電話到我家，說要傳喚政治部記者弓成。等一下我要上去開緊急會議，你轉告值班的主編，隨時做好採訪的準備。」

「好，但《旭日》已經搶了獨家。」

記者指著放在整理總部桌上的《旭日新聞》頭版。

外務省女秘書洩漏「沖繩密約」電報

今晨，外務省向警視廳檢舉告發

事態的迅速發展完全出乎意料。刑事部關川部長打電話通知自己，是因為知道《旭日》已經拿到了獨家新聞嗎？荒木走進樓上的局長室，發現編輯局牧野局長、政治部的司部長都在看《旭日》的報紙。荒木坐下後不久，總務局的平岡局長也匆匆走了進來。

「編輯局長，請你告訴我，弓成到底和這件事是怎樣的關係？」

荒木迫不及待地問。

「就由我來解釋吧！」

昨晚似乎一整晚都沒有闔眼的司用沉重的語氣開了口。

「事情起源於三月二十七日下午國會報導中使用的電文照片。」

司確信那份電文影本來自弓成，找他質問後，弓成矢口否認。久留主筆認為事件背後可能隱藏著佐橋接班人競選的政治陰謀，自家報社的記者如果涉入其中很危險，立刻找來弓成。他承認是他把文件交給了社進黨的橫溝議員，也為自己的輕率行為道歉，但義正詞嚴地說，那是身為媒體記者不得不的行為。

到了四月，聽說安西審議官辦公室的女事務官突然辭職。前天，司和牧野局長又找了弓成詢問和女事務官的關係，他承認對方的確是他採訪時的情資來源之一，但斷言和她之間沒有任何見不得人的事，於是，報社相信了他的話。

以上就是「司紳士」針對事情經過的說明。

荒木沉默片刻後，忍不住用責備的語氣說：

「既然你們已經知道那麼多，為什麼不早一點——」

「雖然目前演變成這樣的結果，但主筆和編輯局長都一致同意，既然沒有牽涉到政治鬥爭，就靜觀其變——」司悵然地說。

牧野局長也在一旁小聲辯解說：

「我作夢也沒有想到會演變成這麼嚴重的問題，所以之前你來問我這件事時，我也沒有多說。這只是採訪時的疏失引起的問題，決定儘可能不對外張揚這件事。」

荒木內心很不以為然。只要想到這是對外務省和官邸投下震撼彈的重大事件，就不應只聽當事人的說明，期待風頭趕快過去。這根本是逃避責任、息事寧人的做法。

「我方和目前去警視廳到案說明的事務官完全沒有接觸嗎？」

始終不發一語的總務局平岡局長問。

「沒有……弓成請她不要輕舉妄動，但她的丈夫是前外務省公務員，執意要求她辭職，所以她在弓成不知情的情況下提出了辭呈。」司回答說。

「這麼說，你們完全沒有和那位事務官接觸，也不知道她今天早上去警視廳的事嗎？」

平岡局長難以置信地問。

「昨晚那名事務官打電話給弓成，說安西審議官告訴她，外務省不得不告發，但只要她主動到案說明，可以爭取法官從輕量刑，所以她打算這麼做。但沒想到她清晨五點……」

「真是難為她了，《每朝》不能幫她請律師嗎？」

平岡說。荒木也認為如果司和編輯局長對他們沒有隱瞞，在這件事的處理上未免太漫不經心了。假如這件事發生在社會部，絕對會最先思考如何保護對方。

「我們現在已經大致瞭解了事情的經過，事到如今，是否該儘可能爭取時間請教律師的意見。光靠《每朝》的顧問律師會不會太勢單力薄？」

荒木問平岡。不時有民眾對報紙刊登的內容有意見，甚至會控告報社損害名譽，因此，報社有精通民事案的顧問律師，但如今對手是警視廳，就必須找精通刑事案的律師。

「高槻律師怎麼樣？他曾經是東京高檢赫赫有名的檢察官，轉任律師後，我和他也有私交。」

「我也聽過他的名字，那你趕快親自上門去找他，請他務必受理。」

牧野懇切地拜託道。

由里子開車送急著出門上班的丈夫到住家附近的快車車站。

她送孩子們上學後，看到丈夫正準備走路去車站，立刻叫住了他，說：「你昨晚沒有好好睡。」開車送他去車站。

來到車站後，雖然禁止停車，但由里子還是下了車。

「老公，你要小心——」

她努力克制著內心的不安，看著丈夫的臉。

「妳不必擔心，我今天可能會晚一點回家。沒事的，妳回去也先睡一下。」

丈夫格外體貼地說完，大步走向剪票口。由里子目送丈夫穿著他喜愛的苔綠色上衣的背影消失在人潮中，內心祈禱著他可以平安回家。

弓成坐在小田急線快車的座位上，回想著昨晚以來的事。

三木昭子在半夜十二點左右打電話給他，說她打算明天主動去警視廳說明情況。由於事出突然，弓成一再勸阻她，並保證自己會負起所有責任。三木說，這是和審議官商量後作出的結論，她丈夫也會陪同她前往，然後就掛上電話。弓成立刻打電話到司部長家，討論決定明天早上由弓成去三木家，勸她打消念頭，安排好公司的車子後上了床。他一整夜沒睡，天快亮時，接到司的電話，得知警視廳傳喚自己到案說明。弓成咬著嘴唇，心想執政者終於伸出黑手了。這時，昨晚陪著弓成，得知事態越來越嚴重而不禁為丈夫擔心的由里子拿來了早報。

報上大篇幅刊登了今天早上，外務省以違反國家公務員法第一〇〇條「保守秘密義務」，向警視廳告發三木昭子。

警視廳和外務省獨家透露給《旭日新聞》這條消息嗎？《旭日》的獨家報導中，也預告了三木將到案說明。

在擠滿乘客的電車中，無盡的寂寥感向弓成襲來。

久留主筆一臉苦澀的表情仰望著飄散在都市叢林中的春霞，眼前的天空和他擔任歐洲總局局長，長期駐倫敦時的天空十分相似，就連心情也跟著沉重起來。

久留在大阪總社和歐洲總局多年，擔任主筆的重責才不久，在政商界缺乏人脈令他急得像熱鍋上的螞蟻。即使想要為解決眼前的事態奔波，也沒有值得信賴的知己。

隨著敲門聲，編輯局的牧野局長、總務局的平岡局長帶著前東京高檢檢察長高槻律師走了進來。

「我們突然委託，感謝你這麼快就答應了。」

久留主筆恭敬地上前迎接。從高槻律師和藹可親的態度中，仍然可以感受到他擔任律師多年所培養出來的敏銳。

「我就不多說廢話了，警視廳要求本報的政治部記者到案說明，我們對此感到不解，請問只是以女事務官洩密案的關係人身分要求他到案說明嗎？」久留直截了當地問。

「我剛才聽平岡先生說了大致的情況，目前還無法作出很明確的答覆，但我猜想警視廳應該想瞭解女事務官把文件交給弓成的動機。」

久留點點頭回答：

「聽弓成說，對方知道他和審議官有多年的信賴關係，所以才答應把文件給他。」

「總之，我要先見一下當事人。」高槻律師說。

不一會兒，弓成跟著司部長身後走了進來。

「關於你到案說明的事，我們請了大名鼎鼎的高槻律師，你也要把所有情況都如實告訴律師。」

久留說。弓成向律師一鞠躬。

「給你添麻煩了。因為我的疏失，造成了三木事務官被外務省告發，我為此深感羞愧。只要能夠讓她早日獲得釋放，我願意主動到案說明。但身為記者，基於保護消息來源的原則，很多事無法公開，不知道我該怎麼做。」

弓成誠懇地發問。高槻律師一臉溫和的表情傾聽著，雙眼卻審視著弓成。

「警視廳傳喚你到案說明，代表你在某些事上也有嫌疑。」

「到底是什麼嫌疑？」

「那我就直話直說了，你是否提供金錢或貴重物品回報對方？」

「絕對沒有。」

「你和她到底是什麼關係？」

「審議官對我很信賴，她是審議官辦公室的事務官，只是單純的記者和消息來源的關係。」

弓成表情嚴肅地向律師和報社高層斷言。

「嗯，果真如你所說的話，警方對於只是拿資料的記者也沒轍，那可能只是以關係人身分要求你說明，佐證那名女事務官的偵訊內容。」

高槻律師說。牧野局長探出身問：

「有沒有方法讓弓成不要去警視廳？」

他很在意外界的眼光。

「警視廳的刑事部長在凌晨四點二十分親自打電話給我，說要傳喚弓成到案說明，如果拒絕的話，搞不好會惹毛他們，對報社展開搜索。」

「那、那就傷腦筋了。」

牧野慌忙收回了自己的話。

❊

下午兩點，弓成在一臉擔心的年輕部屬，和平時沒什麼交情、一臉「偶爾也該吃點苦頭」的同事目送下，和司部長一起搭車前往相隔七、八分鐘車程的警視廳。

坐落在櫻田門十字路口的警視廳紅磚大樓建於昭和六年，周圍繞著兩層樓高的粗大圓柱，似乎在誇示它的權力。

走上二十級左右的階梯後，有一道堅固的旋轉門。走進旋轉門，櫃檯位於圓形大廳的左側，兩名女職員負責接待訪客。

司部長向女職員說要找刑事部的關川部長，女職員請他們稍候片刻。大廳有兩條走廊以放射線狀向深處延伸，有不少人來來往往。他們很擔心會巧遇跑警視廳的記者。

「讓你們久等了，我姓鄉，是搜查二課的課長，關川叫我來接你們。這邊請。」

一身深藍色西裝的二課課長乍看之下很像上班族，他向司和弓成自我介紹後，率先走向右側的走廊。

走廊兩側是負責調查殺人、強盜案件的搜查一課的偵訊室，走廊盡頭是負責調查違反選罷法和大型企業犯罪等智慧型犯罪案件的搜查二課的辦公室。

「不好意思，會客室滿了，這裡很髒亂——」

搜查二課課長帶他們走進自己的辦公室，裡面除了鐵製辦公桌以外，只有簡單的沙發和茶几而已。年輕警官神情嚴肅地送來日本茶，敬禮後立刻離開了。

「今天清晨，關川部長打電話給本報的荒木，要求弓成到案說明，可不可以請你解釋一下是因為什麼原因？」

司用嚴肅的口吻問道，弓成也直視著搜查二課課長的臉。

「警視廳也是第一次遇到這種事，所以希望謹慎處理，才麻煩你們的記者跑一趟，瞭解一下具體情況。」

二課課長用委婉的口吻回答。果然只是瞭解情況而已。弓成鬆了一口氣，喝著已經不熱的茶時，傳來敲門聲，一個看起來像柔道選手般壯碩、理著平頭的課員彬彬有禮地走了進來。

「他是搜查二課第四智慧型犯罪股的隊長井口警視。」

二課課長介紹後，井口和他龐大身軀成明顯對比的小眼睛露出淡淡的微笑，向他們點了點頭說：「弓成先生，那我們走吧！」
弓成不知道要去哪裡，但眼前的情況似乎不允許他發問。當他站起身時，司也打算同行。
「不，弓成先生去就可以了，司先生請留步。」
二課課長若無其事地制止了司。
弓成跟著井口從一樓來到通往地下室的樓梯口，停下了腳步。
「要去哪裡？」
「搜查二課的房間比較少，所以要去樓下。」
隊長柔和的小眼睛中露出歉意，但弓成發現身後不知道什麼時候緊跟著一名年輕課員，知道自己已經無路可退了。
眼前的視野突然變得狹窄、黑暗，好像從船上的甲板走進了船艙。天花板上露出排氣管和電線管，水泥走廊兩側都是只有門的小房間，隊長走進其中的一間。
隊長請弓成入座後，自己在對面坐了下來。隊長的椅子有扶手，但弓成的卻沒有扶手。隊長告訴他，年輕課員是列席的偵查官。
「我知道你坐得不舒服，但請你忍耐一下。」
隊長說著，從桌子右側抽屜裡拿出筆記本和筆芯很軟的鉛筆。原子筆可以成為兇器，也可以用於自殺，所以偵訊室內特地換成了軟筆芯的鉛筆。
「相信你已經知道，今天是為了外務省洩密案傳喚你到案說明，三木昭子事務官已經到案，正在接受偵訊，所以，也希望可以向你瞭解相關情況。」

「三木事務官也在這裡地下室的偵訊室嗎？」

弓成擔心地問。隊長點點頭，並沒有多說什麼。

「先請教一下形式化的問題，請問你的地址、家人和經歷。」

看到弓成露出不以為然的表情，隊長露出歉意的表情繼續問道。弓成在回答的同時，為必須在這種地方說出妻子和兩個孩子的名字、年級，不禁心如刀割。

「去年三月二十七日，社進黨的橫溝宏議員在眾議院預算委員會上出示的外務省極機密電文的影本，是你提供的嗎？」

隊長似乎察覺到弓成內心的那一絲脆弱，立刻問及核心問題。

「我是報社記者，基於職業道德，我無法回答這個問題。」

弓成馬上恢復嚴肅的表情斷然拒絕。

「在這裡，不管是什麼職業、頭銜和身分都無關緊要，如果你不如實回答，只會拖延彼此的時間。文件是你直接交給橫溝議員的嗎？」

「——」

「是間接交給他嗎？中間人是誰？」

「——」

「你認識橫溝議員嗎？」

「——」

「你還記得去年十一月底，你在新宿的小餐館和橫溝議員開懷暢飲嗎？」

弓成內心有點慌亂，但仍然故作鎮定，蹺起了二郎腿。

「這是假消息。那的確是我和橫溝議員唯一的一次見面，但只是坐在吧檯前喝了一杯茶就離開了。」

「所以，是在那裡把極機密電文交給他嗎？」

「怎麼可能和議員初次見面就做這種事？」

弓成四兩撥千斤地回答。

「弓成先生，聽說你沒有跑在野黨新聞的經驗，一向都負責執政黨，有哪些政治人物和你有不錯的交情？」

隊長的小眼睛中露出好奇之色，但弓成猜透了他的用意。

「只要是對國際情勢有前瞻性的政治人物，都是我的採訪對象。」

「關於這次的事，有沒有和哪一位政治人物討論過？」

「沒有。」

「聽說前外務大臣，也是弘池會會長的小平正良議員是你的親戚，是怎樣的血緣關係？」

「應該說是無巧不成書吧！我的表妹剛好嫁給小平議員的外甥，其實稱不上是什麼親戚關係。而且幾年前，當小平議員老家的後援會會長告訴我這件事，我還嚇了一跳，所以根本不足掛齒。」

弓成冷冷地說。

「這麼說，雖然你們沒有血緣關係，但還是和小平議員交情篤厚？」

「我不知道你想說什麼。我身為政治部記者，負責跑弘池會後，經常早出晚歸去弘池會採訪，自然比較熟絡。不光是我，任何跑線記者都一樣。」

由於政壇紛紛傳言這起事件背後是佐橋和小平之間的政治鬥爭，因此，警方特別想瞭解弓成的動機。隊長又問了跑線記者的工作，弓成簡短地回答後，終於忍無可忍地說：

「小平議員不是會利用報社記者做某些事的政治人物，我雖然和他有不錯的交情，但我向來看不起那些成為別人爪牙的記者，只要你去調查一下就知道了。」

弓成語氣堅定地澄清了隊長對他的懷疑。

「關於那份極機密文件，你是從哪裡拿到的？」

井口隊長改變了問題。

「即使是我拿到了那份文件，由於要保護消息來源，所以無法告訴你。對媒體記者來說，保護消息來源是絕對原則，即使面對直屬上司，也可以拒絕回答。」

「你在這裡必須說實話。你該不會是去外務省某人的辦公室偷出來的吧？果真如此的話，就犯了竊盜罪。」

隊長面帶微笑，但語中帶著挑釁。

「太侮辱人了！開玩笑也該有分寸！」

「所以你只要說出什麼時候、誰交給你的就好。」

「不管你說什麼，記者有義務保護消息來源。如果公佈向誰採訪了必須讓國民知道的重要消息，就會對消息來源造成困擾，以後也不會再答應接受採訪了。」

「你說得很有道理，但三木事務官已經說出了所有的事。在上午的偵訊中，她供稱是受你之託，把那份文件影印給你的。」

「我沒拿到。」

「那你是從哪裡拿到那份文件的？」

「……把這次的事說成是洩密案，好像是透過情資操作損害國家利益，但本質完全相反。你是在瞭解『國家利益』的基礎上問我這些問題嗎？」

從隊長的年齡判斷，他應該是非特考人員。弓成用輕蔑的態度反問道。想到自己幾天之前，還在砂防會館與通產省田淵大臣見面，中午在自由黨總部和總務會長見面，下午在外務省和福出大臣談論明年度預算、下一屆黨魁選舉前的政局營運，以及黨魁選舉的得票預測問題，隨時在討論國家的未來，揮筆寫下頭版頭條新聞，如今自己坐的椅子沒有扶手，對方卻坐在有扶手的椅子上偵訊自己，他終於再也無法克制內心的怒火。坐在沒有窗戶的水泥小房間內，隨著時間的流逝，弓成漸漸感到窒息，內心湧起一股衝動，很想趕快離開這裡。

然而，隊長始終不改冷靜的態度，冷眼觀察逐漸失去理智的弓成，隨時準備問下一個問題。

「和對機密的『機』字也不懂的人說再多也是徒勞，今天我就先告辭了。」

弓成準備起身，拒絕繼續接受偵訊，但隊長靜靜地制止了他。

「我無意和你討論機密的問題，只是在問你，為什麼蓋有『極機密』章的文件會交到你手上。」

「如果我沒記錯，你叫井口先生吧？如果你只是問印章的事，那我告訴你，在公家單位，有些人愛出風頭，為了讓上司能夠多看幾眼自己寫的文件就蓋上機密章。任何媒體記者都可以拿到三、四份極機密文件的影本，這就是採訪的力量。今天差不多就到此為止吧？」

「你還記得去年六月十日晚上十點左右在哪裡嗎？」

井口隊長無視弓成的話，改變了問題。

「我每天都很忙，完全不記得了。」

「你在英國大使官邸的正門。負責周邊巡邏的麴町警察署的日報上記錄了《每朝新聞》政治部記者弓成亮太，你有出示身分證件吧？」

弓成想起那天晚上得知《旭日新聞》拿到了《沖繩回歸協議》的全文，為了阻止《旭日新聞》發表獨家報導，他在那裡等候受邀參加英國大使主辦的私人晚宴的安西審議官。有人向當時的巡警調查，所以才會查到這些情況。

為什麼搜查二課瞭解十個月前，和本案完全無關的自己的行蹤？當時自己應該並未受到監視。

「你似乎已經回想起當時的記憶，那我就再請教一件事，兩天後的六月十二日晚上六點半到七點多，你人在哪裡？」

「——」

「是不是赤坂六丁目的春日研究所？」

聽到這句話，弓成頓時慌了。他察覺到自己臉色大變。

「我不記得了。」

他簡短地回答。

「你就是去了那裡。你和春日先生是什麼關係？」

「——他在《讀日新聞》當記者時，我們就認識了。」

「你在他的事務所偷偷見了誰？」

「——」

「是不是三木事務官？是不是你強迫三木事務官，把愛池外務大臣和羅傑德國務卿會談的極機密電文拿給你？」

應該是三木招供的，但「強迫」這兩個字有違事實。難道是警視廳設下的圈套？弓成漸漸開始疑神疑鬼。

「弓成亮太，我現在在執行逮捕令！」

井口隊長龐大的身軀突然發出洪亮的聲音，出示了逮捕令。逮捕令早就已經放在抽屜裡了。

逮捕令的罪名是違反國家公務員法第一百一十一條，下一頁詳細記述了犯罪概要，但弓成深受打擊，完全看不清上面寫的是什麼。

第五章 逮捕令

在沒有窗戶的偵訊室內，搜查二課第四智慧型犯罪股的井口警視用洪亮的聲音說：

「弓成亮太，我現在執行逮捕令！」

他突如其來地出示了逮捕令。

逮捕令

嫌疑人姓名　　弓成亮太

嫌疑人住居所、職業、年齡、核准逮捕之罪名、

嫌疑事實要旨　　如另附逮捕令聲請書所述

逮捕者官公職名官印　　警視廳刑事部搜查第二課

司法警察員

警部補　谷川正

核准逮捕右記嫌疑人

昭和四十七年四月四日

東京簡易法庭
法官　竹田嚴太郎

向東京簡易法庭提出的「逮捕令聲請書」上寫著：「以違反國家公務員法第一百一十一條嫌疑事件聲請核發逮捕令」。同時，另附了嫌疑事實要旨。

在約談弓成之前，一切都已經安排妥當了。

「你確認一下嫌疑事實有沒有問題。」

像柔道選手般壯碩的井口隊長探出上半身，把另附的嫌疑事實推到弓成面前，但弓成深受打擊，完全不知道上面寫的是什麼。

「要不要我讀給你聽？」

「我只是報社記者，說我違反國家公務員法是怎麼回事？」

弓成稍稍平靜心情後抗議。井口隊長仍然一臉嚴肅地說：「國家公務員法第一百一十一條是指教唆或幫助不得洩漏因職務知悉之秘密之國家公務員的犯罪行為。」

說著，他看了一眼手錶，告訴他目前是下午四點零五分，一旁的年輕偵查官記錄了時間。

「接下來，你不是以關係人的身分，而是嫌疑人的身分接受偵訊。你有緘默權，認為對自己不利的事可以保持緘默，但為了迅速查明真相，希望你在偵訊時實話實說。」

隊長的每一句、每一字都帶著前所未有的震撼力。

「我無法接受，我要找律師。」

「我們會為你安排，但需要時間，律師無法馬上就到。」

「報社記者有義務保護消息來源，律師來之前，無論你問什麼，我都會行使緘默權。」

弓成表達了行使緘默權的堅定意志，井口隊長把龐大的身軀靠在有扶手的椅子上，一雙小眼睛看著弓成片刻。

「弓成先生，你看過這個嗎？」

他從抽屜裡拿出一個小火柴盒放在桌子上。

無聲的驚訝貫穿了弓成的身體，他的臉頰抽搐了。井口隊長似乎就在等這一刻，立刻告訴他：「現在為你採取指紋。」

站在一旁的偵查官走了出去，當他很快走回偵訊室時，手上拿著指紋採取器。

偵查官打開長約二十五、六公分的長方形木箱蓋子，裡面有一塊玻璃板。他用吸了適量墨汁的滾筒在玻璃板上塗滿墨汁後，先拿起弓成的左手，把食指壓在玻璃板上，用十分熟練的動作在指紋卡上採取了指紋，然後，依次是中指、無名指、小拇指，最後採取了大拇指的指紋。

右手也用同樣的方式採取了指紋。在偵查官為弓成的十個手指採取指紋時，他已經無力抵抗，渾身不由自主地顫抖起來。

偵查官為他擦去手指上的墨汁。

「原本打算繼續偵訊的，但你的情緒不太穩定，今晚就先住在這裡好好思考。」

井口隊長用帶著關懷的眼神看著他，聲音卻毫不留情。

一旁的偵查官拿起弓成的雙手，咔嚓一聲，為他戴上了手銬，腰間繫上了繩索。雖說此舉是為了防止犯罪嫌疑人湮滅證據、逃亡和自殺，但居然戴上手銬、腰上繫繩索——弓成被帶出偵訊室時，彷彿整個人格都被摧毀了。

拘留所也在地下室。偵查員拉著弓成腰上的繩索，走在水泥地的地下道中。走廊盡頭是只有一個窺視口的鐵門，偵查員按了鐵門旁的門鈴後，隨著「嘰嘰」的聲音，鐵門打開了。裡面就是拘留所。

看守和偵查員完成弓成的交接後，在前面的櫃檯前方交給弓成一個木牌子。

「這裡都會叫號碼代替你的名字，記住自己的號碼。」

舊木牌上寫著「九　甲　一四四」幾個字，那是房間號碼和個人號碼組成的。

「你在這裡的名字叫一四四號，叫你的時候要大聲回答。」

失去了姓名，只剩下號碼這件事也令弓成深受打擊。

雖然手銬和腰上的繩索已經解開了，但他彷彿被推入了萬丈深淵。

「一四四，過來這裡——」

房間裡有人叫他的號碼，接著，不由分說地推著他的肩膀來到一塊白布前，鑑識課的人拍下了弓成正面、左、右兩側的臉部照片。

需要做到這種地步嗎……弓成備感恥辱，但還沒有結束。

「要搜身，把衣服脫下來。」

看守命令道。他被帶到一張大桌子前，脫下了上衣、長褲，連襯衫、襪子和鞋子都被扒光，只剩下一件內褲。另一名看守檢查著他脫下衣服的口袋、縫線處，以及皮夾、身分證、記事本、原子筆、手帕和零錢等隨身攜帶的物品，記錄在寄放物品清單上。

看守把手伸進了赤著身子的弓成內褲中。

「你在幹嘛！」弓成把他推開。

「在這裡不許你再動手！我在檢查你有沒有自殺的藥物和刀刃，避免你突然死亡。沒有叫你趴在地上檢查肛門，你就該偷笑了。」

看守咆哮道。身為一個人的尊嚴被如此踐踏，弓成氣得渾身發抖，屈辱彷彿火一樣在體內竄燒。

搜身後，雖然允許他穿上衣服，但皮帶、領帶全都遭到沒收，看守交給他用紙捻成的繩子代替皮帶使用。他走進裡面那道門後，鐵窗上裝著鐵網，上下雙層的舍房呈扇形散開。監視台位於扇軸的位置，可以二十四小時監視所有的舍房。

弓成被推進上層中間靠右的舍房，門關上後，上鎖的咔答聲彷彿貫穿了他的頭頂。

舍房內空無一人。弓成的腦袋一片空白，呆立在原地。剛才被剝光衣服的屈辱和憤怒已經消失，當他站著發愣時，發現天花板附近有一個採光的小窗戶，他呆然地往窗下一看，發現是一個抽水馬桶，周圍用很矮的遮蔽板圍了起來。地上鋪著草蓆，上面疊著已經洗得褪色的毛毯。

弓成終於認清了自己所處的現實。

三木昭子也被關在其他舍房嗎？

清晨的時候，得知警視廳要約談他時，他覺得自己沒有犯意，所以作夢也沒有想到會遭到逮捕和拘留。正因為胸有成竹，他才到案說明，希望把事實說清楚。自己太天真了，居然沒有識破警視廳一開始就打算逮捕自己。

他腦海中掠過開車送他去車站的妻子由里子不安的臉，還有兩個兒子……

在走廊上巡邏的看守隔著鐵窗命令他準備就寢，弓成捂住耳朵，完全不看那四條毛毯。

昨天還自由自在地和別人談話、採訪、寫報導，今天卻毫無預警地被剝奪了自由，接受偵訊，被當成罪犯，用號碼代替名字——

弓成幾乎被可怕的國家公權力壓垮了。

由里子擔心警視廳會來搜索住家，她拿出丈夫書房桌子的抽屜內、書架上的資料夾，拚命張大眼睛尋找。她必須盡快處理掉可能對丈夫不利的資料，以免被警方搜到。

——弓成太太，妳先生遭到逮捕了，今晚會被拘留在警視廳。報社方面認為弓成身為媒體人並無任何引人非議之處，也已經為他請了能幹的律師，全報社將齊心協力，爭取讓他早日獲得釋放。弓成太太，妳要堅強，也為警方搜索住家做好準備。

政治部司部長三十分鐘前打來電話，由里子沒有慌亂，但身體不停地發抖，走進書房後，腦袋和手也無法立刻動起來。

她在資料夾中翻找了好幾次，都沒有看到之前刊登在《旭日新聞》頭版的電文影本，雖然心想丈夫可能處理掉了，但還是急得像熱鍋上的螞蟻。

「媽媽，妳在哪裡？」

讀小二的純二在客廳叫著她。讀小四的洋一練棒球也差不多快回來了。她必須趕快把可能會引來麻煩的資料抽出來處理掉，但又不能丟下孩子不管。

她急忙走去廚房，從冰箱裡拿了果汁給純二。

「媽媽臨時有事，晚餐的時間可能會晚一點，如果你肚子餓，等一下叫哥哥切蜂蜜蛋糕給你吃。」

由里子面帶微笑地說完後，立刻走去書房。她無論如何都不想讓孩子們知道這件事。

她有八成的把握那份關鍵電文不在家裡後，把所有沖繩相關的資料都抽了出來。從四本資料夾中拿出的資料總共有六、七公分高。這些資料可能和這次的事毫無關係，也可能對丈夫來說是很重要的資料，但現在沒有時間猶豫。由里子把兩張資料疊在一起後，用剪刀剪成八塊，又剪碎成一公分見方的小紙片，放進牛皮紙信封內，走進了廁所。洋一已經回來了，和弟弟一起在廚房裡發出開心的笑聲。

由里子抓了一把碎紙丟進馬桶，按下沖水開關。紙片隨著水流的漩渦似乎沖了下去，但當水位恢復時，紙片又浮在水面上晃動著。她又抓了一把後沖水，比剛才更多的碎紙打著轉，幾乎看不到馬桶底了。碎紙會把馬桶塞住，她用杓子把紙片撈了起來，眼淚忍不住在眼眶中打轉。

既然不能用馬桶沖掉，只能用火燒掉。家裡能燒紙的地方……她拿著裝了資料的信封走出廚房，看到洋一把沾了泥巴的棒球帽丟在桌上，正在吃蜂蜜蛋糕。

「媽媽，妳在忙什麼？要不要我幫忙？」

他似乎察覺了母親的不知所措問道，由里子不禁心如刀割。

「沒事，你趕快去換衣服，可不可以幫媽媽看一下純二的功課？媽媽要在廚房裡忙一下。」

於是，洋一帶著弟弟回到他們自己的房間。

由里子把大菸灰缸放在不鏽鋼流理台內，拿出資料，用火柴點了火。流理台冒出藍色的火苗和黑煙，她又抓了一把資料，火一下子竄了起來，她忍不住往後退。

不能在這裡燒──她改變了主意，打開水龍頭滅了火。灰燼四處飄落，除了流理台內，還飄落在地上。

由里子左思右想，最後打電話給住在附近的妹妹，芙佐子很快接起電話。

「我剛才在電視的字幕上看到姊夫的消息，怎麼會突然發生這種事？」

她壓低嗓門問道，似乎有人在她旁邊。

「晚一點再聊──等一下可能會來搜索住家，我有些東西急著要處理，妳可以幫我用妳家裡的焚化爐處理掉嗎？」

妹妹芙佐子遲疑了一下。

「好啊，洋洋他們也要來我這裡吧？」

「對，我不想讓孩子們知道——」

「我馬上就過去。」

妹妹果斷地作出了決定，掛上電話。成城的妹妹婆家離這裡開車只要十分鐘。由里子把資料放進可以用繩子封口的大牛皮紙信封，放進行李袋裡，然後走進孩子們的房間。

「媽媽有急事要出門一下，剛才打電話給成城的阿姨，她叫你們去她家吃晚餐，你們要去嗎？」

由里子沒有直接告訴孩子們要住一晚，故意用這種方式吸引他們，兩個孩子歡呼起來，主動要求住一晚。由里子動作俐落地準備好他們明天上學的東西時，門鈴響了。她嚇了一跳，但聽到門鈴短促地按了三次，那是她們姊妹平時的暗號，所以立刻打開了玄關的門。穿著毛衣和裙子居家服的妹妹正從門外伸手進來打開院子門上的門閂。

「謝謝，車子呢？」

「停在前面的空地。要不要我幫忙？」芙佐子毫不含糊地問了重點。雖然她眉清目秀，身材苗條，骨子裡卻很有行動力，從小就和由里子感情很好。

「妳先把這個拿上車。」

由里子指了指行李袋裡的牛皮紙信封，芙佐子心領神會地向她使了一個眼色，把裝在保鮮盒裡的歐式濃湯放進了冰箱，說要給由里子當晚餐。

「太謝謝妳了，明天早報會登我老公的事，妳幫我注意一下，不要讓孩子們看到。」

由里子忍著宛如心被撕裂般的痛苦說道。兩個兒子揹著書包，打打鬧鬧地衝了出來，向阿姨一鞠躬。

「賢在家裡摩拳擦掌，說要把上次輸給你們的黑白棋遊戲贏回來。」

芙佐子張開雙手迎接兩個孩子，催促他們趕快出門。

由里子目送妹妹的車子從空地離開，回到家中後，緊張的心情一下子鬆懈下來，忍不住癱坐在沙發上，魂不守舍地看著窗外的花花草草。

門鈴響了，她猛然回過神，應答後，聽到門外小聲地回答：「警視廳。」保持冷靜——她告訴自己。打開門一看，看到門外有一輛乳黃色小客車，三個男人站在門口。一走進門，年紀最長的那個人確認了由里子的名字後告訴她：

「我是警視廳搜查二課四隊的警部補，這兩位是我的同事，東京簡易法院核發了『搜索令』，所以我們要進屋看一下。」然後又問：「聽說妳先生有自己的房間，請妳先帶我們去那裡。妳是見證人，所以請遵從我們的指示。」

由里子帶他們走進裡面的書房，祈禱他們不會發現有資料被抽走了。

一走進四蓆半榻榻米的書房，三名搜查員立刻分頭在書桌、書架上搜索。他們用熟練的動作翻找著顯示交友關係的名片夾、通訊錄、採訪筆記、記事本和資料夾等，把需要扣押的物品裝進背面印有警視廳的大、中、小型牛皮信封，並詳細記錄每一件物品。

「太太，怎麼沒看到日記之類的東西，報社記者不是都會隨時寫日記嗎？」

搜查員似乎暗示是由里子把日記藏了起來。

「因為他的工作時間很不規則，所以沒有寫日記的習慣。」

由於這是事實，由里子臉不紅、氣不喘地回答。

「咦？這是什麼？」

正在搜查書架上資料的搜查員從活頁夾裡拿出一份資料。難道是剛才遺漏的文件？由里子的心一沉。

「原來是佐橋首相三年前訪美的日程表——尼克森總統在白宮的橢圓形辦公室舉行了三十分鐘的秘密會談——這張日程表太詳細了，扣押。」警部補命令道。

「這裡的東西未免也太少了，太太，該不會是妳藏起來了吧？」他打量著由里子。

「絕對沒有，我對我丈夫的工作一竅不通，平時整理家裡的時候，我也都不碰他的東西。」

由里子脫口回答，連她自己都感到驚訝。

接著，他們去臥室，搜索了放在兩張單人床中間的床頭櫃、梳妝台及衣櫃，卻一無所獲，於是，三個大男人拉開床罩、被子和床墊，也很快檢查完畢。丈夫又不是強盜、殺人或賄賂的嫌犯，需要做到這種地步嗎？

結果，在臥室內沒有找到任何資料，三人又繼續分頭搜索了和室、兒童房、客廳和廚房。

警部補從客廳的櫃子裡找出了銀行和郵局的存摺，隨意翻了起來，視線突然變得十分銳利。

由里子剛才只想到文件，沒料到警方連存摺也要檢查，不禁感到有點納悶。

「太太，或許會造成妳的不便，但這幾本存摺我們要先帶走。」

「為什麼連存摺也要——？我隨時都要用錢，這樣很傷腦筋。」

「我們會儘可能早日歸還，請見諒。」

他說完，把銀行存摺放進了牛皮紙信封內。

「等一下，這次的事和存摺有什麼關係？如果你們有什麼疑問，我可以解釋。」

由里子不甘示弱地反問警部補。

「這要由我的上司看了以後才能判斷，如果沒有問題，就馬上還給妳，請妳稍安勿躁——」

警部補用可怕的眼神瞪著由里子，在其他兩名搜查員將房間恢復原狀時，他用複寫紙製作了一份「扣押品一覽表」，要求由里子簽名、捺印。

「存摺可不可以等我明天早上去領完錢後再拿走？」

由里子很想知道他們對金錢出入的哪個部分有疑問。

「太太，妳娘家這麼有錢，要家用的錢絕對不會有問題。我剛才就在納悶一件事，聽說你們有兩個小孩，怎麼沒看到他們？這是怎麼一回事？」

「——他們在補習班。」

聽到他們提到孩子的事，由里子不得不簽名、捺印。

「打擾了。對了，如果妳要幫妳先生準備換洗衣服，我們可以幫妳帶去，那裡很冷。」

臨走的時候，警部補突然充滿人情味地說，和剛才搜索時判若兩人。

「他不是明天就回來了嗎？」

「這就不清楚了，這要視調查的情況而定。」

聽到警部補意有所指的話，由里子慌了手腳，立刻準備了很多換洗衣物，包成兩個包裹。

年輕的搜查員親切地接過包裹，三人一走出玄關，門口不知道什麼時候聚集了許多攝影師，紛紛拍個不停，由里子驚愕不已。難道他們假裝要幫她帶換洗衣物給丈夫，是因為發現媒體已經守在外面，故意假裝扣押了很多證據嗎？

由里子關上門，終於發現丈夫目前身陷的狀況遠遠超過她的預料，顯然很不樂觀。

＊

得知弓成亮太遭逮捕消息的記者們，在採訪結束後紛紛回到了《每朝新聞》的編輯局。編輯局內籠罩在詭譎的氣氛中。

政治部內，只有弓成的座位空著，年輕的記者們個個情緒激動地找主編理論。

「因為佐橋首相強烈施壓，弓成哥才會遭到逮捕，這是如假包換的政治逮捕。高層明知道這一點，居然還把他交給警視廳，這不是太沒骨氣了嗎？」

「聽說警視廳一清早就通知高層要約談弓成哥，報社也緊急召開了局長會議，為什麼完全沒有通知我們？我們直到弓成哥和部長一起去警視廳到案說明的前一刻才知道這件事，其中有什麼隱情嗎？」記者們言詞犀利地問道。政治部長在出席決定隔天早報版面的「交班會議」後，就離開了編輯局。

三名主編愁眉不展地看著所有記者。

「我們雖然聽說弓成把極機密電文交給了社進黨的橫溝，但其實也是在那個女事務官到案說明後才知道的。我們去逼問了部長，難道不能不理會警方的約談，全報社團結一致保護弓成嗎？部長說，律師認為如果這麼做，二課的人可能會跑來編輯局，在這裡逮捕弓成，甚至可能搜索報社，所以這是不得已的決定。」

聽到警視廳差一點闖進報社，所有記者都閉了嘴。

「……但是，即使是透過外務省職員拿到了極機密文件，就用國家公務員法來治記者的罪，實在太卑鄙了。我們當報社記者的，只要對方手上有我們想瞭解的情資，不管對方是司機、秘書、家人或其他任何人，都會用盡各式各樣的方式接近對方，拿到他們手上的資料，有時候甚至會到官員辦公桌的抽屜裡偷看或是偷拿文件，如果沒有這種決心，根本無法報導真相。」

「對啊，這次的逮捕根本是當局想藉此引發寒蟬效應，只要有人發表不利於執政者的報導，就是這種下場！」

編輯局內充滿媒體人的憤怒。

「這次的事件和去年《紐約時報》刊登了五角大廈的《越戰秘密報告》，在報上開始連載時，司法部就向法院提出禁止刊登聲請的案子十分相似。當時，《紐約時報》針對『國民知的權利』和『國家機密』展開了熱烈的討論，到底該以哪一個為優先，獲得了第一次瞭解越戰實際情況的美國民眾壓倒性的支持。最後，聯邦最高法院判決《紐約時報》勝訴，支持了『國民知的權利』。這一次，輪到我們奮戰了。」從華盛頓分社調回政治部不久的記者情緒激昂地說。

「『知的權利』的確是關鍵，我們去向各界名嘴採訪，讓三百五十萬的本報讀者知道，逮捕弓成是為了報復他揭露密約的事，是侵犯國民知的權利。」

「對，就以『知的權利』作為焦點展開連署活動，絕對不能屈服。」

每個人內心都燃燒起身為報社記者的自豪和氣概。

政治部隔壁的社會部內，平時都耗在警視廳、警察廳和司法記者聯誼會記者用電話報稿後，通常偶爾才會在深夜進公司。今天，這些戰將記者一早就趕了回來，侃侃諤諤地討論著。

「雖說弓成透過外務省職員拿到了機密文件，但在他主動到案說明時當場逮捕的做法太卑鄙了。又沒有湮滅證據或逃亡之虞，只要當事人主動到案說明就夠了。」

「對啊！聽負責調查弓成先生的二課的人說，早一步到案說明的外務省事務官對弓成恨之入骨，說都是因為他的關係，才會把她害得這麼慘，但二課不至於套用國家公務員法的教唆罪吧！如果從公務員那裡獲得情資是『教唆』，那我們不是整天都在『教唆』警官嗎？」

在場的記者群情激憤。

對記者來說，手上的筆是所有的一切，他們對弓成遭到逮捕感到義憤填膺。開始分頭採訪、寫稿。

凌晨零點，好長一段時間不見蹤影的政治部司部長一身襯衫、吊帶西裝褲的打扮現身了。其他記者從主編的口中得知，他和牧野局長一起去樓上的主筆室寫社論，這些已經交稿的記者們跟在捧著稿子筆直走向整理總部的司部長身後。

「這篇文章加框。」他把寫著「編輯局長評論」的稿子交給負責經政和外電的硬性新聞部門主編，並指定：「標題原封不動。」

國民「知的權利」在哪裡？
公權力介入正當的採訪活動是對言論自由的挑戰

如果報社記者報導真相的行為違反了國家公務員法，那麼，除了政府發表的內容以外，國民將一無所知。

……記者弓成的事件為本報所帶來的，說是寶貴的教訓實在太沉重。但是，《每朝新聞》面對包括政治權力在內的所有外在勢力的壓迫，都將勇敢迎戰。《每朝新聞》將重溫「不畏任何權力，藉由不偏頗的社論和報導，為建立自由民主的社會做出貢獻」的編輯方針，向明天邁進。

評論中正面抨擊了當局違法逮捕，表達了媒體人高度的見識。

這番論調讓所有人看了都大聲喝采「寫得好！」然而，在凌晨一點送印之前，最有格調的末尾十三行的內容不知道為什麼完全變了樣。

言論機構為了回應民眾「知的權利」而身負重責，必須盡最大的努力完成「告知的義務」。對報社來說，保護消息來源是至高無上的原則。因此，本報對於記者弓成造成最後無法保護消息來源的事態深表歉意。

如果報社記者掌握的情資用於報導以外的情況屬實，的確違反了身為記者的道德，因此，希望能夠盡快查明相關的事實。

原本身為媒體人的見解一下子降格為表達個人對於職業道德的看法。看到校樣的記者無不感到驚訝。

「怎麼在最後關頭轉向了？高層到底在想什麼！」

「報社打算放棄弓成先生嗎？」

年輕的記者怒不可遏，資深記者用下巴指著樓上，冷冷地說：

「一定是當局傳來了什麼消息，不得不改寫吧！本報的幹部向來遇到外界壓力就退縮。」

「不，就連執政黨的議員也說，逮捕弓成這件事很異常。眼前必須徹底宣戰。」

激動的記者們紛紛衝向樓上的高層辦公室。

平時向來把燈光調暗的走廊今天也和編輯局一樣燈火通明，久留主筆剛好獨自站在電梯前。

「主筆，編輯局評論變成個人意見，這是怎麼回事？」

「這根本就是對弓成先生見死不救，社論表達了要迎戰到底的決心，態度為什麼突然軟化了？」

記者咄咄逼人地質問高高在上的主筆。一頭銀髮的高個子主筆憔悴的臉上露出苦惱的表情，環視這些年輕記者。

「你們說得很有道理，但報社最重要的原則就是保護消息來源，既然把文件交給社進黨之後，讓三木事務官曝了光，那麼在討論知的權利之前，必須先向當事人道歉，這是社長和我作出的決定。」他一字一句費力地說道。

「都到這個節骨眼了，以道歉為優先太莫名其妙了，難道高層掌握了我們不瞭解的情資嗎？那就請主筆告訴我們。」

然而，久留主筆緊抿雙唇，沒有回答。

為黑夜所籠罩的商業街上，整夜燈火通明的《每朝新聞》報社內動盪不安，高層和第一線記者之間的鴻溝始終無法消弭。

翌日的早報上，除了欲言又止的編輯局長評論以外，幾乎整份報紙都刊登了抨擊逮捕弓成不當性的報導，蔚為壯觀。

在頭版的〈本報記者遭到逮捕〉之後，二、三版和十八、九版分別用巨大的標題寫著〈保障民主主義的言論自由出現危機〉和〈站在「機密之牆」內為傳達真相而戰〉。

其他各家報紙也對報導的自由產生了危機，紛紛與《每朝新聞》同步，針對「知的權利」和

「保密」之間的衝突展開的討論，如燎原之火般迅速蔓延。

※

弓成在完全不瞭解外界消息的情況下，結束了在東京地檢的複訊後，再度被戴上手銬，腰間繫上繩索，押解回警視廳。

四、五個一課的強盜殺人與三課的竊盜嫌犯被綁在一起，押上警備車，弓成獨自坐上小客車。他坐的那輛車外觀和普通的車輛沒什麼兩樣，車內的駕駛座和後方座位用鐵網隔開，兩側的窗戶都遮著遮蔽幕。

車子出發後，可以從遮蔽幕的縫隙中看到車外的情景。有上班的行人匆匆地走在霞之關行政街的人行道上，四天之前，自己也是其中一分子。弓成情不自禁地拉著窗框。旁邊的警官用力阻止他，但他忘記手銬卡進肉裡的疼痛，緊緊抓著窗框不放。

自己身居政治部記者的最高職位，如今卻因為違反國家公務員法的嫌疑，在警視廳搜查二課接受了四十八小時的偵訊，昨天開始移送到東京地檢接受複訊，結束後，又被押解回警視廳的拘留所。想到前後的巨大落差，他內心深處忍不住顫抖。

車子轉眼間就駛入了警視廳的地下停車場，下車後，弓成沿著停車場的昏暗通道走回拘留所。打開厚實的鐵門後，混濁的空氣立刻撲鼻而來，沉悶的封閉感向他襲來。

挑高的地下室分成上、下兩層，總共二十五間舍房呈扇形散開，不知道是否因為弓成是報社記者的關係，或是涉入牽涉到政界的事件，所以他不同於其他嫌犯，是獨自被關在上層的雜居房內。監視台可以看到每個舍房的任何角落，而且，看守不停地在舍房前來回巡邏。

解開手銬及腰上繩索後，弓成盤腿坐在鋪在木板地的草蓆上，宛如虛脫般動彈不得。四條洗舊的毛毯在起床後，就整整齊齊地疊在房間的角落，在通知就寢時間之前，禁止靠在毛毯上。

左、右兩側的雜居房傳來騷動，弓成這才發現送晚餐的手推餐車來到他的舍房前。

「一四四號——」

看守叫著已經取代了弓成名字的號碼，把飯盒從門下方的送飯口塞了進來。顏色已經剝落的紅色塑膠盒內裝著白飯、兩片蓮藕天婦羅、一口羊栖菜和兩片醃蘿蔔。昨天之前，他看到這些飯菜就忍不住嘔吐，如今只是呆然地看著。

巡邏的看守走過來斥責他：「喂，你又不吃飯嗎？這樣下去身體會撐不住，怎麼接受偵訊？」

弓成只能把白飯和兩片醃蘿蔔塞進嘴裡。

飯後，他突然有了便意，走向角落的馬桶。

「喂，一四四，不是告訴你，不能隨便站起來嗎？」

監視台上傳來斥責聲，但他已經無法忍受下腹的刺痛。如廁後，他開口說：

「一四四，沖水——」

雖然看守交代他，應該說「請幫我沖水」，但他實在說不出口。

在監視台的操作下，馬桶終於沖了水。

當他再度坐在草蓆上時，回想起白天在東京地檢複訊的情景。檢察官有一張白淨的臉，嘴唇像女人般紅潤，屬於「黏著型性格」⑬，他反反覆覆地訊問弓成和外務省三木事務官之間的交友關係、有無金錢收受和政治背景，只要記憶稍有出入，就說他供述不實，嚴厲追究。

「除了《每朝新聞》的薪水以外，你的帳戶每個月都有十七萬固定金額的款項匯入，那是什麼錢？」

他似乎對搜索住家所扣押的銀行存摺內的匯入款十分感興趣，但昨天和今天都已經問了很多次。

「我在警視廳已經回答過了，就是筆錄上寫的那樣。」弓成不耐煩地回答。

「這裡是檢察廳，東京地檢必須對你進行複訊，我問什麼，你就乖乖回答。」

檢察官盛氣凌人地說。

「那是北九州的父親寄給我的錢，只要照會銀行，馬上就可以查清楚。」

「雖然你收入不少，為什麼餘額卻很少？除了生活費以外，每個月在哪方面花的錢最多？」

「大部分都是和公司的同事、晚輩吃飯、喝酒的錢，而且，還要出席因為採訪而認識的政治人物、官員的酒席、婚喪喜慶費——這些都是不得不的支出。」

「如果是為了採訪需要，不是可以向公司請款嗎？在你家裡完全沒有找到收據之類的東西。」

「我們報社向來要求記者要憑自己的實力寫報導，所以不會讓我們一一報銷。我家裡沒有收據，是因為如果整天惦記著這種事，根本沒辦法採訪。」

和弓成年紀相仿的檢察官紅潤的嘴角露出冷笑。

「這個月的三月十一日，你的戶頭裡存入了三百萬的金額，那是什麼錢？」

弓成愣了一下，不知道他在說什麼，但隨即想起了父親。

「那是我在北九州的父親從賣土地的錢裡拿出一部分，說要給孩子們當教育基金。他來東京住在我家裡時拿給我的。」

「一口氣就拿三百萬現金，真是闊綽，有什麼證據嗎？」

「他就是拿現金給我，要怎麼證明？」

「聽說你父親是香蕉王，是九州一帶有名的蔬果批發商。如果福岡國稅局去查一下，應該可以查清楚。」

「這次的事件和我父親無關，請你們不要牽連無辜。」弓成忍不住大聲說道。

「你有資格說牽連無辜這句話嗎？我們目前正在注意政界圍繞佐橋接班人競選所展開的實彈攻擊，其中也不乏有議員希望和自己交情不錯的記者寫一些對自己派系有利的報導，或是希望從

⑬德國精神醫學家克雷奇邁（Ernst Kretschmer）認為體型與性格有密切關係，其中，黏著型的人有毅力、保守，情緒較無起伏，但有時候會暴怒。

記者手上得到一些消息。如果透過這種關係，除了要求記者寫報導以外，還假借社進黨之手動搖佐橋政權，實在是大費周章的精心策劃啊！」檢察官語帶挖苦地說。

「檢察官也會受政界麻雀⓮散發的這種蜚短流長的影響嗎？」

雖然明知道不順檢察官的意會對自己不利，但弓成豁出去了。

「麻雀中也不乏精通真相的角色，比方說，聽說當小平先生在自家按摩的時候，你也可以在一旁和他聊天。」

那又怎麼樣？然而，從早到晚都反覆受到相同問題的攻擊，弓成已經無力反駁。

「準備就寢！」的聲音響徹整個拘留所，舍房內的所有嫌犯都同時鋪好毛毯。在沒有時鐘的拘留所內，看守的聲音代替了時鐘。

晚上九點，弓成躺在鋪了毛毯的草蓆上，卻難以忍受走廊上燈光明亮，即使翻身也會受到監視。遭到拘留後，律師立刻來面會，原以為拘留一天就會遭到釋放，沒想到他被認為有湮滅證據和勾結串供之虞，繼續遭到羈押。他無法向別人訴說這是不當逮捕，也沒有人能夠理解。被關在這種與世隔絕的地方快要發瘋了。在此之前，他身為報社記者，與當權者保持良好的關係，所以根本不把國家公權力的可怕放在眼裡，如今才發現自己太天真，但已為時太晚。

三木昭子也被關在這個拘留所裡。

翌日清晨五點半就要起床，弓成在這個難以入睡之夜懊惱不已。

※

佐橋首相一行人威風凜凜地走在鋪著紅地毯的參議院走廊上，準備去參加下午的預算委員會。之前在眾議院預算委員會的最後關頭被追究密約的事，審議也在紛亂中喊卡，在弓成遭到逮捕的前一天，終於在眾議院通過了昭和四十七年度的預算案，送到了參議院。

在最前面開路的是當了兩屆的議員，他一雙氣勢洶洶的眼睛巡視四周。雖然表面上叫他「門松」，但其實背地裡幫他取了一個綽號叫「賭徒議員」。他的身後是警衛長率領的三名參議院警衛、數名特勤人員、秘書，以及派系議員簇擁著佐橋首相，簡直就像遊行隊伍般浩浩蕩蕩。

「讓開，讓開。」

他們好像在趕蒼蠅般把經過走廊的年輕議員、秘書和國會職員趕到兩側，這種狐假虎威的態度讓負責首相警衛的副警衛長眉頭深鎖，彷彿自己的榮耀受到了玷污。

「首相，請你針對記者弓成遭到逮捕一事發表一下意見——」

跑官邸線的年輕記者追在他們身後問。佐橋視而不見地走了過去，但那些記者不肯罷休。

⑭在日本有所謂「政界麻雀」的說法，是指知道一些政治內情之後，馬上就會說出來的人。

「首相要去參加預算委員會，不要在走廊上發問。」

「門松」議員擋在那群記者面前瞪著眼，那些年輕記者平時遇到他的這種態度就會收斂，今天卻一反常態。

「輿論認為這是不當逮捕，指責的聲浪逐漸升高，請首相發表一下意見。」

這時，佐橋首相才瞪著眼睛看向記者團。

「輿論？那些都是你們利用報紙操作出來的。逮捕弓成這件事，是警方認定為單純的刑事案，獨自立案的案子。」

「首相，有閣員證實，在逮捕弓成當天早上的定期閣員會議上，國家公安委員長提出會視實際情況加以逮捕，極其秘密地徵求了內閣的同意。」

站在首相旁的記者質問。佐橋首相不悅的臉頰鼓了起來。

「有這麼不識大體的閣員嗎？總之，這次事件的本質，就是報社記者為什麼沒有寫在報上，而是把文件流了出去。假設此舉的目的是作為政治鬥爭的工具，事情非同小可。你們視為憲法的新聞倫理綱領第二項的第三分項上寫得清清楚楚。」

現場頓時變成了在走廊上舉行的臨時記者會，但首相居然熟知新聞倫理綱領的詳細條項——「在處理新聞時，必須嚴格警戒不可成被他人作為宣傳加以利用」，實在很不自然。

「首相，我是《每朝》的記者，只要是記者，或多或少都做過和弓成相同的事，為什麼這一次要逮捕他？」跑官邸線的記者表達抗議。

「原來你是《每朝新聞》的記者，貴報的編輯局長評論不是一開頭就說，逮捕記者弓成是政府向言論自由挑戰，既然這樣，政府就會奮戰到底。」他的一雙大眼露出威嚇的眼神說道。

「恕我反駁，弓成是為了確保國民知的權利，基於良心進行採訪，也透過報導加以揭發，所以，本報認為逮捕是過當行為。」《每朝》的記者毫不退縮，毅然地回答。

「你們媒體記者整天強調知的權利，但我也有權利知道，到底是基於什麼原因、什麼途徑流入社進黨之手。」

佐橋首相露出猙獰的表情說完，在周圍人的催促下，走向預算委員會室。

社會部的荒木部長好像被沖上岸的鮪魚般躺在編輯局角落的沙發上。

自從在報上針對「知的權利」展開討論後，連日來，他不眠不休地指揮一百二十名社會部的成員作戰，已經把他累壞了。他在醫務室打完針，想躺下來休息一下，沒想到立刻被睡魔困住般昏睡過去。

在半夢半醒中，他感到周圍模糊的騷動漸漸變成了清晰的說話聲。

「報社就是要向政權宣戰，《每朝新聞》已經好久沒有做這麼大快人心的事了。」

「原以為沖繩回歸終於為戰後畫下一個句點，沒想到居然還有檯面下的交易，這是背叛國民。我們必須要求佐橋下台，釋放弓成，在國會遊行抗爭！」

讀者接二連三打來的電話已經影響了記者的正常採訪和報稿工作。讀者寄來的明信片和信件更是堆積如山。

他在夢中想要接起響個不停的電話，一隻腳差一點從沙發上掉下來，才猛然從夢中驚醒。他緩緩坐起關節痠痛的身體，拿起桌上剩下一半的茶喝了一大口，又翻閱了一下其他報社的報紙。無論哪家報社的報紙，這幾天都在熱烈討論「知的權利」。在弓成遭到逮捕的當天，荒木邀集了各報社的社會部長在日本新聞協會緊急集合，向他們說明了情況。各報社也立刻認為這是報導的危機，決定團結一致。這是荒木在多年記者生涯中從來沒有經歷過的事。

「荒木兄，你辛苦了。」

荒木抬頭一看，原來是同期進入公司的銷售局第一部長，他負責首都圈的銷售業務。他紅潤的富態臉上始終面帶笑容，從小在大阪長大的他改不了一口大阪腔，個性十分爽朗，天生就是做業務的料。

「真難得，你怎麼會來編輯局——」

他們平時偶爾會在酒店遇到，所以荒木驚訝地問。銷售部長在他對面坐了下來。

「這種吵吵鬧鬧的版面到底要持續到什麼時候？」他指著桌上的報紙問。

「怎麼可以說是吵吵鬧鬧的版面？這三天來，編輯局的人都忙得沒時間睡覺，個個早出晚歸地寫報導。」

「這麼說，這種情況還要持續一陣子？」

「當然，你也看到了，各家報社都團結一致，表達共同的訴求，許多讀者都受到了激勵。在弓成獲得無罪釋放之前，都會持續抗爭。」荒木表達了決心。

「太荒唐了。對手是國家公權力，不妨趁現在靠先發制人贏了面子，趕快考慮退場機制，否則我們會吃不消。」

「喂，你是來幹什麼的？我雖然不知道我們怎麼會吃不消，但希望你不要干涉編輯方針。」

荒木委婉地回絕道。

「荒木兄，你也知道，最近報費準備調漲。高層已經下達了絕對命令，要趁這次調漲之際，將專賣店和報社之間的分配比例導向對公司有利的方向。」

銷售部長小聲地說，但聲音中充滿急迫。雖說身處同一家報社，但在編輯局的人眼中，銷售局很黑暗，有很多利益的糾葛，對於實際的銷售量和專賣店之間的關係簡直就像霧裡看花。

「是喔……」

荒木既不像附和，也不像是自言自語地敷衍了一句。銷售部長探出身體說：

「不瞞你說，以前賣報的錢都是報社拿四，專賣店拿六。這次高層認為五五分還不行，堅持要報社六，專賣店四。想到不知道要怎麼和專賣店的老闆談，我就一個頭兩個大。」

「我知道你也很為難，但我沒辦法顧及你們這些爾虞我詐的把戲。案發至今已經四天了，編輯局仍然不斷收到激勵的電話和無數的信件，《每朝》的發行量可望藉此大幅成長。」

「荒木兄，你別忘了弓成現在人還在警視廳的拘留所內，會打電話或寫信來說什麼知的權利的讀者，都是一些狂熱分子或知識分子，大部分讀者都認為既然已經遭到逮捕，一定是做了什麼見不得人的事，發行量怎麼可能增加？」

「你也算是報社的一分子，凡事都只用金錢來衡量嗎！」荒木忍不住大聲駁斥。

「我勸你面對現實！平時口口聲聲說什麼國家公權力、社會之惡，卻整天坐在插著報社旗子的車子裡跑來跑去，不停地打電話——是專賣店把你們做出來的報紙以每個月一千兩百圓的價格賣出去，是我們這些銷售局的人三跪九叩地向訂戶推銷。連廣告部的人都在說，你們這些人根本不瞭解賣報的辛苦，還談什麼知的權利。如果你們繼續和國家公權力作對，會把廣告商都嚇跑。」

銷售部長也忍不住拉高了嗓門，一吐平日的怨氣。

「你要說的話都說完了嗎？對不起，我們無法滿足你的期待。」

荒木也不假辭色地說，銷售部長更加脹紅臉站了起來。

「那個目中無人的弓成到底什麼時候會出來？想必他在那裡也是這副老子最大的態度，刑警也是凡人，難道不會影響他們的心證嗎？你還是請跑警政線的記者寫一份『拘留所心得』去送給他。」

他語帶挖苦地說完，走出了編輯局。

荒木心情不悅地準備走回自己的辦公桌，剛好看到跑警察廳線的組長堀田回來了。堀田通常只有深夜的時候才會回來，他一看到荒木，立刻恭敬地打招呼。

「看你的表情，是不是掌握了什麼消息？」

荒木問。堀田有著兩道濃眉的臉上露出不知所措的表情。

「我總覺得不太對勁。」
「這話怎麼說？」
荒木邀他來到自己的辦公桌前。
「本報的高層和警方、官邸方面的情資落差太大了。今天我去刑事局長辦公室時，他問，你們報社繼續這樣鬧下去好嗎？我聽不太懂他的意思。」
堀田認為所有記者都是這次事件的當事人，所以他的這句話很有分量。
「他是向本報亮黃燈嗎？難道是偵訊中出現了什麼新的供述？」
「不知道，他並沒有繼續說下去。但我剛才去警備局找了和我平時關係不錯的課長，假裝找他下圍棋，在閒聊時，故意問他對我們報社一面倒支持知的權利有什麼看法，他果然有了反應。」
堀田說著，把他們談話的內容告訴了荒木。
警備局是警察廳的中樞部門，更是公安警察的大本營。因此，對有損國家利益的洩密案的看法也格外嚴格，那位課長說，這是相當於顛覆國家罪的重案。
「這也未免太言過其實了。」
「雖然光聽罪名會覺得言過其實，但讓我擔心的是檢方和警方不尋常的從容態度，我甚至懷疑他們是不是暗中掌握了什麼有力證據。」
「是嗎？既然你有這種感覺，我們就不能繼續袖手旁觀。不妨直接去見十時警察廳長，瞭解更確實的狀況。」

準加以衡量。

「我正想這麼做。」

堀田說完站了起來。荒木目送著他的背影，好像吞下了鉛塊般心情沉重。雖然剛才在銷售部長面前毫不示弱，但其實內心深處對向來唯我獨尊、天不怕地不怕的弓成，感到很難用自己的標準加以衡量。

司法記者聯誼會的年輕記者齊田坐車前往東京地檢特搜部部長家，內心忐忑不安。

他進入報社參加進修後，立刻被派去仙台分社，經過兩年，好不容易在當地各個領域都建立了人脈，卻在今年四月的人事異動中，被調回東京總公司社會部司法記者聯誼會。

他好不容易記住了法院、檢察廳的組織架構，跟著副組長去向各部署打招呼，卻突然遇到外務省洩密案這麼大的案子，而且是自家報社的大牌記者遭到逮捕，對他來說，壓力實在太大了。

今天採訪的主要目的是瞭解記者弓成日後的情況。弓成遭到警視廳搜查二課逮捕後，前天已經被移送到東京地檢特搜部，決定羈押十天。如今，特搜部長位於杉並高井戶的家門口有一整排車子，各家報社都爭先恐後地想趁今晚知道弓成會遭到起訴，還是緩起訴，或是獲得不起訴處分。

齊田擔心影響到周圍的住戶，把車子停在不遠處的路旁等待部長回家，沒想到九點半時，部長公務車就停在有著高高圍牆的家門前，長得像鬼瓦⓯的特搜部長下了車。

齊田和其他報社的記者一起走進玄關，正準備脫鞋。

「等一下，你是《每朝》的新人吧？」

特搜部長眼尖地發現了他，齊田還來不及回答，他就不由分說地斥責：

「我和《每朝》沒什麼好談的，你給我出去。」

齊田性格很溫和，但聽到特搜部長這麼不客氣，忍不住反彈說：

「我和其他報社記者一樣，是來這裡採訪的。」

「即使你這麼想，但這裡是我家，不可能讓敵人進來。」

特搜部長冷冷地拒絕。

「但是……」

「如果你要採訪，白天去東京地檢，至於我願不願意說，又另當別論。」

他沉著像鬼瓦般的臉說道，然後一副不屑多說的表情走進玄關旁的會客室，反手關上了門，其他報社的記者都不敢出來解圍。

齊田無奈地穿上鞋子，走出玄關。

什麼「這裡是我家」，說什麼鬼話！然而在檢方的眼中，連日在報上熱烈討論「知的權利」的每朝新聞社或許真的就是戰爭的對手，記者是他們的敵人。

⓯鬼瓦為日式建築屋脊兩端裝飾用的獸頭瓦，具有避邪的效果。

特搜部長居然氣勢凌人地把自己一個人趕出來——齊田感到不甘心，但如果在門外等待懇談結束，再向其他報社的記者打聽談了一些什麼，也實在太丟臉了。

報社的司機似乎看到了齊田，老練的司機應該察覺到年輕記者承受的打擊，把車開過來，讓他上了車，沒有問他接下來要去哪裡，默默地握著方向盤駛了出去。

不能空手回報社。東京地檢副檢察長的臉浮現在齊田的腦海中。之前和副組長一起去拜訪時，大部分法官、檢察官都很敷衍了事，只有副檢察長親切地對他說：「你從地方分社突然調來司法記者聯誼會，應該很辛苦吧！」

他翻了翻記事本，發現副檢察長住在市之谷的官舍。只要走高速公路，在外苑交流道下，應該可以在十點趕到。司機為了年輕的齊田加快了速度。

齊田一口氣衝上官舍的三樓，調整呼吸後，輕輕按了門鈴。不一會兒，就聽到了正木副檢察長的聲音。齊田為自己這麼晚上門打擾道歉後，門打開了。

「對不起，我沒有事先聯絡就不請自來。」

「有什麼事嗎？」

已經換上輕鬆和服的正木副檢察長戴著眼鏡，雙眼露出溫和的眼神。

「有關洩密案的事，想請教一下您的意見——」

「我正在查資料，馬上就好了，你可以等嗎？」

「當然沒問題。」

齊田終於得救般地說道。夫人帶他進了客廳，送上日本茶。

齊田道謝後，拿起茶杯時，忍不住張大眼睛。客廳的青瓷花瓶內插了一枝茂密的牡丹櫻。

「我先生的老家每年都會送來。」

夫人微笑著說這句話時，正木走了進來。

「家裡很亂，你是不是嚇到了？」

「不，怎麼會——」

齊田將看得出神的視線從書架移到桌下和音響上面，所有的空間都堆滿了書和雜誌。

正木在對面坐了下來。齊田等他喝了夫人泡的茶後，向他坦承說：

「不瞞您說，我剛才和其他報社記者一起去高井戶的特搜部長家裡夜訪，沒想到部長說《每朝》是敵人，沒什麼好談的，把我趕了出來。」

正木呵呵地笑了起來。

「各大報連續好幾天都火力全開地攻擊政府是法西斯，像他那種漢子當然會覺得忍無可忍。」

齊田無言以對，閉口不語片刻。

「因為是我們報社的事，所以很難以啟齒……不知道特搜部會起訴還是不起訴？」

「要進一步調查之後才知道，由於沒有可以參考的前例，所以他們也很小心謹慎。」

說著，他溫和的臉轉向牡丹櫻的方向。

「齊田，你還年輕，以後可能還會遇到很多意想不到的案子，但我有些話想對你說，你在大學讀的是什麼科系？」

「政經。」

「那應該讀過一點法律，英國的判例法（Common Law）中有一項『清白原則』（clean hand），意思是指責別人的人，自己的手必須是乾淨的，也就是說，刮別人的鬍子前，要先把自己的鬍子刮乾淨。《每朝新聞》目前強烈主張知的權利，但如果《每朝》自己的手是髒的怎麼辦？髒手握著髒筆，有資格主張知的權利嗎？這就是我今晚想對你說的話。」

正木諄諄告誡後沉默不語。齊田感到心情沉重。因為他發現自己被報社內部全面主張「知的權利」的漩渦吞噬了，完全沒有接觸到像正木那樣的寧靜聲音。

特搜部長的憤怒、副檢察長所說的髒手——這個事件背後可能隱藏著自己所不知道的某些東西。齊田希望趕快回到報社，向記者前輩提出自己的疑問。

※

弓成在拘留所的盥洗室洗完臉，用水撫平翹起的天然鬈的頭髮。

晚上十點半，看守隔著舍房的鐵門告訴他：「一四四號，你獲釋了。」然後，把裝了一套衣服的包袱丟給他。

他之前就聽說報社的律師團已經對十天的羈押期間聲請了準抗告，一旦法院裁定撤銷羈押處分，一、兩天內就可以獲釋。但今天星期天，下午五點後仍然沒有接到任何通知，他以為遭到駁回或延期了，所以心情沉重地在規定的就寢時間躺在毛毯上，正鬱鬱寡歡時，終於接到「獲釋了」的通知。

自由了！只有曾經被剝奪自由、成為被囚之身的人才能體會這一刻的喜悅。這分喜悅貫穿了他的全身，足以讓他忘記對不當逮捕的憤怒。他匆忙換好衣服，完全不顧上衣和長褲因為長時間被包在包袱內，已經變得縐巴巴的。

弓成洗完臉後，拘留管理課的看守把他交給等候在沉重鐵門外的搜查二課四隊，站在那裡的正是體格像柔道選手，在最初偵訊弓成時執行逮捕令的井口隊長。他對提前六天遭到釋放的弓成說了聲：「辛苦了。」但從他臉上可以明顯感受到他的不甘心。

弓成蹣跚地沿著地下室的樓梯上了樓。

「弓成，我來接你了。」

司部長在樓梯上方對他說道。弓成走上樓梯時，司立刻抱住了他。司身旁還站著一名和弓成年紀相仿的律師。弓成被移送到地檢後，他曾經來拘留所面會激勵他：「我是你的律師團成員之一。」弓成發自內心地體會到獲釋的喜悅。

「律師，謝謝你幫了這麼多忙。」

弓成向他道了謝。這六天以來，只有在偵訊室之間往返，其他幾乎沒有走路，腰、腿都很無力。律師和司在兩側攙扶著他。

走了大約十公尺左右，司面帶笑容地問：「你可以自己走嗎？大家都在門口等你。」

「大家——？」

現在是星期天將近十一點，弓成納悶誰等在外面。

「當然是政治部的全體同仁。各報政治部、社會部和電視台的報導部，還有月刊、週刊的記者都已經陸續聚集在總公司大禮堂內，等你召開記者會。」

「啊？」弓成感到手足無措。

「記者舉行記者會的確是史無前例的事，但因為各方強烈要求，報社方面難以拒絕。我們知道你很累了，不過，如果在你提早獲釋後，立刻為曾經守護和支持你的媒體人舉行記者會，相信對你也有加分的作用。」

「……三木事務官也獲釋了嗎？還是仍然在押？」

弓成關心地問，司似乎察覺到他內心的想法。

「她還在這裡。她的律師沒有和我們一起向法院聲請撤銷羈押，我們很難過，但也很無奈。」

弓成之前就聽說三木事務官拒絕了《每朝》方面的律師團，自己請了律師，但她的律師為什麼沒有和《每朝》同步調？

弓成得知受到自己連累的三木仍然在押，只有自己獲釋，剛才的喜悅頓時消失了，甚至產生了愧疚。司推著他走到大廳，政治部的同事紛紛和他握手，頓時，他被「太好了」、「你終於熬過來了」的聲音所包圍。

弓成和在警視廳門口接他的政治部同事一踏進位於《每朝新聞》總社二樓的大禮堂時，坐滿禮堂的將近一百名媒體人和趕來的其他同事頓時用力鼓掌，禮堂內響起如雷的掌聲。

宛如迎接凱旋將軍般的熱烈氣氛令弓成感到手足無措，他和司一起坐在記者會用的桌椅後。弓成並不希望自己穿著縐巴巴的衣服、滿臉鬍碴的樣子出現在大批媒體面前，但擠滿會場的記者似乎在忍受檢警的偵訊、提前獲釋的弓成身上，看到的是不屈不撓奮鬥的記者魂，無不深受感動。

司部長首先開口說：「記者弓成走過權力的厚牆，回到了我們身邊。我們對東京地檢申請的十天羈押期間感到不滿，和律師團一起提出準抗告，法院經過十三小時的審理，終於決定撤銷羈押處分，這是前所未有的裁定。但當事人十分疲勞，今天先舉行三十分鐘的記者會，請各位配合。」

司部長平撫了禮堂內眾人的情緒後，要求弓成先發言。

桌上放了五、六支麥克風，手拿筆的記者無不聚精會神地看著弓成，等待著他發言。向來採訪別人的自己，今天成了被採訪的對象——弓成在內心感到警戒的同時站了起來。

「感謝各位的擔心和鼓勵，我走出了警視廳。」

他落落大方地向在場的所有人致詞，完全無法想像他前一刻還在充滿餿味的拘留所舍房內蜷縮著身體，承受絕望和孤獨的無情打擊。

當他坐下時，記者紛紛開始發問。

「東京地檢剛才針對沒有前例的撤銷羈押裁定召開了記者會，指出目前正在檢討是否要提出特別抗告。如果發生這種情況，請問你會如何因應？」

一名年輕的記者直截了當地問。

「基本上，我認為這種情況不可能發生，但我會和律師團討論後作出決定。」

弓成露出從容的笑容回答。

「關於那份極機密文件，是你親自交給社進黨的嗎？」

「當初是在有附帶條件的情況下，透過同事轉交的。」

「但是身為國家公務員的三木事務官，因為違反了保密的義務而遭到約談、逮捕，不知道弓成先生對此有何看法？」

「我深感遺憾，對於因此造成她的極大困擾，我只能再三道歉。」

「弓成先生，聽說你當初打算透過預算委員會揭發密約這件事，這是你個人的判斷，還是和報社高層討論後作出的決定？」

「我是《每朝新聞》負責執政黨和國會線的組長，完全是基於這個立場作出判斷。」

弓成帶著強烈的自負回答。

「請你具體說明一下。」

「為了讓國民瞭解真相、追求答案，所以我選擇了退而求其次的方法，在國會公佈真相。」

「這次的事件已經逐漸成為執政黨各派系之間，以及執政黨和在野黨之間的政治問題，請問你對此有何感想？」

「這六天來，我完全與外界隔絕，所以不瞭解執政黨和在野黨的動向，但自由黨即將舉行黨魁選舉，可能是因為目前正處於這種政治大環境，所以才會對我採取的行動產生了各種臆測。不過我可以拍胸脯保證，我所採取的行動和政局、政治鬥爭完全沒有關係。」

弓成毅然地回答，抱著雙臂。

「呃，三木事務官目前仍然在押，請問你對此——」

「既然法院認為我沒有湮滅證據之虞，我強烈要求當局應該立刻釋放三木事務官。」

弓成語氣堅定地回答，一旁的司部長站了起來。

「本報也會盡力協助三木女士早日獲釋，記者會已經大幅超過了原定的三十分鐘，我相信各位還有很多問題，但今天就先讓弓成休息吧！」

司部長委婉地宣佈記者會結束後，在場的記者們為了趕在明天早報的截稿時間之前完稿，也紛紛起身離開。

弓成緊張的心情終於放鬆下來，很想靜靜獨處，但其他同事仍然難掩激動，跟著他一起來到報社為他在附近飯店訂的房間。

「你獲釋後就立刻召開記者會，辛苦了，來，先脫下上衣——」

「你終於可以睡乾淨的床單和毛毯，好好休息了。」

大家紛紛關心道。

「你的自尊心比別人強一倍，相信你遇到了很多令人忍無可忍的事，但是，你敢和現任的首相為敵，是記者的典範。」

每個人都對弓成堅強的意志讚不絕口，想進一步瞭解拘留所內的情況，首席主編檜垣說：

「弓成先生被我們霸佔了，弓成太太已經來很久了，都沒辦法說上話，我們還是先離開吧！」

他向靜靜坐在房間角落的由里子一鞠躬，其他人才終於發現了由里子，趕快離開了。

由里子始終看著丈夫被同事包圍的樣子。

雖然丈夫表現出與生俱來的霸氣，言談舉止也很灑脫，但由里子發現他心不在焉，同事說的每一句話都造成他很大的壓力。

丈夫在押期間，報社曾經數度送菜到拘留所，但以丈夫的性格，應該幾乎沒有吃。從他褲子的皮帶鬆垮垮的樣子，就不難發現短短幾天的時間，他已經瘦了一大圈。

檜垣通知由里子弓成獲釋的消息。由里子聽到消息後十分高興，把事先準備好的一套西裝、內衣物塞進行李袋，確認兩個兒子都已經熟睡後，開著可樂娜來到這家飯店，在房間內等他。

「老公——」

在沒有其他人的房間內，由里子站在丈夫面前。千言萬語湧上心頭，但親眼看到丈夫，卻什麼話都說不出來，只能遞上帶來的睡衣。

「嗯——」

弓成沒有正視由里子，換好了睡衣。剛才被其他同事包圍時，他已經發現了由里子，但隨即露出尷尬的表情，把頭轉了過去。

「有沒有哪裡不舒服？明天要不要叫啟郎來檢查一下？」

由里子提到妹婿的名字。

「我現在不想見任何人。」弓成冷淡地拒絕道。

「聽檜垣先生說，你先在這裡住幾天，可以好好休息，不會受媒體的干擾。明天我會帶一些你喜歡吃的菜過來。」

由里子把他脫下的衣服收進衣櫥。

「我現在沒心情。」

弓成不悅地打斷了她，沉默了片刻。

「孩子們呢？」

他第一次看著由里子的眼睛，問了他始終懸在心上的事。

「我告訴他們你去旅行了，他們就相信了。你不用擔心。」

「讓妳操心了。」

問完小孩子的事，弓成用既不像是道歉、也不像是感謝的含糊口吻對妻子說道。他一躺在床上，立刻像用全身在呼吸般重重地嘆了一口氣。

「要不要我幫你按摩一下肩膀？」

由里子體貼地問很容易肌肉痠痛的丈夫。

「不用，時間不早了，妳早點回去，路上小心。」

弓成說完便閉上眼睛，立刻陷入了沉睡。他熟睡的樣子彷彿罹患了重病的病人。

由里子打開檯燈，關上房間的燈，躡手躡腳地走了出去。

凌晨三點的東京街頭，由里子望著車子的擋風玻璃，差一點就哭了出來。高速公路因為施工而封閉，她走普通道路開回世田谷區祖師谷的家，卻迷了路。天空中沒有月亮，也沒有星星，只有夜幕籠罩的街道令她感到陌生，即使偶爾看到號誌燈下的道路標示，也完全找不到方向。

她在車頭燈的燈光下看到前方有一個派出所，立刻得救似的往裡面張望，卻沒有看到員警。她停下車，想等員警回來，但又轉念一想，如果員警發現一個女人這麼晚迷路，一定會覺得可疑，萬一知道自己是弓成的妻子……由里子再度發動了車子。

不一會兒，終於看到了往環狀八號線方向的標示，她加快了速度。如果兩個孩子半夜醒來，發現母親不見了，不知道會有多不安——丈夫一定不光是為了自己的安全，更為了孩子，才催促自己早點回家。

來到高速公路的用賀交流道時，漆黑的天空開始亮起淡紫色。終於及時回家了。不知道是否因緊張的情緒鬆懈下來的關係，她的淚水奪眶而出。

第六章 起訴

下午兩點開始，每個月一次的廳長暢談會在警察廳長室舉行。

暢談會既不同於記者會，也不是留下紀錄的懇談，而是閒聊時事。總是有二十幾名記者聯誼會的記者團團圍在大會議桌旁，和「剃刀十時」暢談時事。

「你為什麼幫那個新左翼評論家抬轎？他是那種靠拚命煽動激進派，賺進大把版稅住豪宅的冒牌左翼，你們怎麼可能不知道他的底細？」

「雖然知道他的底細，但除非引發了什麼事件，否則很難在報上抨擊他。所以他還可以靠『瀟灑新左翼』的形象混一陣子。」

《讀日新聞》的記者抓著頭說。

「只要我們的報導稍微批評，就會接到恐嚇電話，說要在報社丟汽油彈，也有學生一整天都在報社外徘徊。」

其他報社的記者也附和道。

「既然提到汽油彈，我有話要說。當警官因為被激進派丟汽油彈殉職時，報上只說是死亡，為什麼不是寫殺人？雖然輿論老是說警方對激進派的恐怖分子束手無策，其實我們是在忍耐。我們也有很多話要說，有很多事想做，一旦我們真的做了，媒體就會不問是非、不分青紅皂白地批評警察是法西斯。

「在成田機場建設用地整備過程中，有三名機動隊員被殺。他們不是死亡，而是被激進派殺害的。縣警總部的總部長向我遞了辭呈，我把他罵了回去，說這張紙有什麼用？趕快把兇手緝捕歸案，帶到我面前！」

十時廳長難得情緒激動地說。

《每朝新聞》跑警察廳的組長堀田兩道濃眉抖動了一下，似乎認同廳長的意見。十時之前是內務省官員，因此向來被視為偏右的官員，但堀田跑警察廳多年，明白他其實很有人情味。

「今天就到此結束吧！」

十時環視所有的記者說，在場的記者只好站了起來。

等所有人都離開後，《每朝》的堀田走到可以俯視櫻田大道的窗邊。雖然平時沒有太多的感覺，但在此刻，這裡二十坪的偌大空間和佈置令他感到緊張。平時，課長級以上的警察廳長官都會把好幾張都、道、府、縣的大地圖和圖表，攤在剛才記者圍坐著的那張大會議桌上開會。除此之外，辦公室內只有一對沙發，完全沒有任何擺設。其他局長的辦公室都會在裝飾架上放一些花瓶或擺設，牆上也會掛一幅畫，但十時廳長的辦公室內甚至連太陽旗都沒有。這種儉樸反而令人生畏。

「廳長，可不可以稍微佔用您幾分鐘的時間——？」

十時坐在背對房間角落的辦公桌前，堀田恭敬地向他一鞠躬。

「喔，你還沒有走。」

戴著眼鏡的十時瞥了他一眼，似乎瞭解了他的用意，立刻指了指面前的椅子。單獨相處時，堀田可以感受到乾瘦的十時全身發出的威嚴。

「你們報社還是火力十足啊！」

「本報記者因為拿到了不利於政府的極機密文件就遭到逮捕，我們當然不能退縮。不過，我們社會部的第一線記者目前仍然不知道弓成是透過什麼方法採訪的，如果他身為記者，有不可原諒的污點……」

堀田說到這裡，直視著十時。

「我聽警備局長說了，你似乎對自家報社報導的內容產生了不安，所以在四處採訪。」

堀田不由得嚇了一跳。沒想到警察廳內第三把交椅、掌握公共安全的警備局長向廳長打了招呼。

「報社的高層有什麼看法？」

「弓成遭到逮捕時，編輯局長的評論讓人覺得似乎有什麼難言之隱，我就覺得有點奇怪。之後，關於知的權利的討論就像洪水般一發不可收拾，根本不允許其他人質疑。」

堀田沒有告訴十時，當他向關係不錯的同事提到自己的擔心時，被同事大罵：難道你是檢警的爪牙嗎？

「這似乎不太妙，警視廳每天送來的消息似乎很不利。」

十時露出猶如剃刀般銳利的眼神。

「是弓成和三木事務官的口供有出入嗎？」

「除了日期、時間稍有出入，其他大致都吻合。」

聽到十時帶著弦外之音的回答，堀田感到不寒而慄。

「像你這樣綜觀局勢又獨善其身的記者應該瞭解，對《每朝新聞》來說，那個叫弓成的記者真的值得你們賭上報社的命運去保護嗎？整家報社不需要陪著他一起下葬吧！」

十時以這句話結束了採訪。

❊

清晨，櫻田門面向護城河的街道上彌漫著帶著涼意的霧靄，街上幾乎沒有行人。

四月十五日上午七點，前外務省事務官三木昭子獲得釋放，在律師的陪同下，走出警視廳大門。沒有人來接她，只有預約的計程車等在階梯下方。

三木比弓成晚六天獲釋——十二天的拘留令她面容更加憔悴，一頭短髮已經長到了脖子。三木在穿著風衣、體格健壯的律師攙扶下，一步一步走下通往街道的階梯，穿著高跟鞋的雙腳努力踩穩每一步。她身上穿著到案說明時的那套灰色套裝，及膝的裙子下露出修長的雙腿，顯得格外有女人味。然而，除了手提包以外，手上拎著另一個裝了換洗衣服的包袱，散發出一抹淒涼。

還剩三、四格階梯就走到街上時，四周突然亮起閃光燈，三十幾個媒體記者跑了過來。三木心生畏懼地停了下來，向律師露出求助的眼神。

「你們節制點！三木女士在拘留期間身心受創，等一下就要去醫院做精密檢查。」

律師阻止了攝影記者，但閃光燈仍然閃個不停。當三木走到街上時，記者一擁而上，三木躲到身穿風衣的律師身後，肩膀微微發抖。

「三木女士，請妳說一下目前的心情。」

記者七嘴八舌地發問，甚至有人把麥克風遞到她面前。律師判斷可能避不了，對身後的三木說了一句話，接著轉頭對記者說：

「那就由身為代理人的我來回答。我與當事人事先曾經充分溝通，我完全瞭解她的想法，但希望你們盡快結束。」

他的話才剛說完，記者就立刻發問。

——請問獲釋後的心情？

「很複雜，最遺憾的是沒有遵守約定。三木女士，對吧？」

——妳對遭到逮捕有什麼看法？

「因為我違反了國家公務員法，所以也是不得已的事。」

——妳對記者弓成有什麼看法？

「很遺憾他沒有遵守不會造成我困擾的約定。」

——關於弓成比妳更早獲得釋放，妳有什麼看法？

「之前聽弓成先生說，他會坦承不諱，所以對於他提出準抗告而獲釋感到十分驚訝。但我和弓成先生的立場不同，我本身並不會刻意想要提早獲釋。」

——妳對文件流入社進黨一事有什麼看法？

「我相信這就是造成目前這種情況的原因，所以深感遺憾。」

——妳總共交給他幾份文件？

「我不記得了。」

——妳知道那些文件的內容嗎？

「有些是英文的文件，所以我不是很清楚。」

——在拘留期間，妳都在想什麼？

「我對造成大家的困擾深感抱歉。」

——外務省已經對妳做了懲戒免職處分，妳對以後有什麼打算？

「目前還沒有想這麼多。」

——請問妳在開庭時的訴求是什麼？

「我目前不想說，請讓我安靜。差不多就這樣了。」

律師代替三木昭子總結後，不再回答記者的問題，扶著快要昏倒的三木，坐上了等候多時的計程車。

同一天上午九點，東京地方檢察廳將公佈「外務省機密洩漏事件」的起訴書。

司法記者聯誼會的記者都聚集在副檢察長的辦公室內，在鴉雀無聲的緊張氣氛中，《每朝新聞》的年輕記者齊田也屏息以待。坐在一旁的組長指示，不必因認為是與自家報社有關的事件而綁手綁腳，就當成普通的事件加以報導。齊田每次聽到組長的這種建議，都情不自禁地想起和其他報社的記者一起去特搜部長家採訪時，遭到痛罵「《每朝》是敵人」，把他一個人趕出了門外，然後他去副檢察長官舍拜訪的情景。

「英國的判例法中有一項『清白原則』，意思是指責別人的人，自己的手必須是乾淨的，也就是說，刮別人的鬍子前，要先把自己的鬍子刮乾淨。」

當副檢察長準時走進辦公室時，記者們都紛紛擠到他的身旁，生怕漏聽了從他嘴裡說出的任何一個字。

副檢察長氣定神閒地攤開手上的文件。

「起訴書。」

他用渾厚的聲音宣佈後，宣讀了被告弓成亮太與三木昭子的戶籍地、住址和職業後，朗讀了公訴事實。

公訴事實

被告弓成亮太在《每朝新聞》東京總社編輯局政治部工作，昭和四十六年二月至昭和四十七年二月期間，為負責外務省的記者。被告三木昭子為外務省事務官，自昭和四十五年於外務省外務審議官室工作，擔任外務審議官安西傑的文件簽收、保管等職務。

第一　被告弓成利用與被告三木之間的男女私情，要求被告三木將送至前述安西審議官的外交相關機密文件或影本攜出，達到採訪目的——

時間彷彿凝結了。男女私情？難道弓成和三木之間有肉體關係，並利用這一點要求三木把文件攜出嗎？齊田忍不住看了組長一眼。怎麼可能？之前從來沒有聽說過。但是，特搜部長把《每朝》視為敵人，副檢察長也在他面前提到「清白原則」……無論如何，必須趕快向報社通報這個消息，然而，組長卻文風不動。

（一）昭和四十六年五月二十二日，邀被告三木至東京都澀谷區松濤三丁目四番九號王山飯店，發生親密關係後，再三要求「我採訪遇到了瓶頸，妳把送到安西辦公室的文件拿給我，尤其是沖繩相關的機密資料，算是幫我的忙。我絕對不會造成妳和外務省的困擾。」同月二十六日，於港區赤坂六丁目十八番三號，合同大樓內春日經濟研究所事務所內要求「五月二十八日，愛池外務大臣與美國駐日梅楊大使將就請求權問題進行會談，請將相關資料攜出」。

（二）同年六月七日前後，在上述春日事務所內提出「愛池外務大臣和羅傑德國務卿將於六月九日在巴黎會談，請將相關機密資料和條約相關機密資料攜出」。

因此，被告弓成之行為均為教唆被告三木洩漏因職務知悉之秘密。

記者紛紛發出分不清是驚愕還是嘆息的聲音，但副檢察長繼續朗讀。

第二　被告三木受被告弓成上述教唆——

（一）同年六月二日前後，當沖繩回歸談判過程之秘密事項，記載愛池外務大臣和美國駐日梅楊大使會談內容之極機密、十萬火急電文送至安西審議官處時，立刻製作影本，並於同年六月三日，於上述春日事務所交付被告弓成。

（二）同月十日前後，當記載愛池和羅傑德會談內容的緊急電文影本一份，及條約局井狩局長與美國大使館史奈德公使之會談紀錄之極機密、緊急電文一份送至同審議官處，立刻各製成影本一份，於同月十二日前後交付被告弓成。

以上皆為洩漏因職務知悉之秘密之犯行。

罰則

第一　國家公務員法第一百一十一條、第一百零九條第十二號、第一百條第一項

第二　同法第一百零九條第十二號、第一百條第一項

副檢察長朗讀完畢。

在場的記者受到一次又一次的衝擊，彷彿中了邪似的一動也不動。

當終於有人起身準備回去電話報稿時，其他記者也紛紛爭先衝回記者聯誼會。

「趕快回去報稿。」

組長向齊田發出指示後，追上了副檢察長的腳步。

「『男女私情』之類的文字不是餘事記載嗎？」

「餘事記載」就是規定起訴書不得提及犯罪構成要件以外的內容。

「關於這個問題，檢方內部也有爭議，最後達成這個結果。在本案中，這是被告弓成操控被告三木的主要要素，因此，並不是餘事記載。」

副檢察長簡潔地回答。然而，既然內部曾經有爭議，就證明也有檢察官認為「有男女私情」的描述脫離了起訴書的本質。

媒體面對言論自由的危機，熱烈討論「知的權利」，檢方顯然試圖用男女的閨房情事推翻輿論。

編輯局收到從記者聯誼會傳回來的起訴書後，引起一片譁然。

「弓成是和女事務官上床拿到那些文件嗎？那可不太妙。」

「沒想到在逮捕之後，這次又是男女私情，這關係到報社的名譽。他做出這麼卑劣的事，居然還在獲釋後馬上召開記者會，指責什麼國家公權力，太厚顏無恥了。」

他們對自家報社的記者嗤之以鼻。

「什麼男女私情，這種描寫比那些通俗言情小說還拙劣，沒想到檢方有這種擅長情色描寫的檢察官。」

「沒有用『肉體關係』，而是用『男女私情』的字眼，還說弓成利用這一點再三教唆，根本就是陰險透頂的迫害。」

「難道高層知道這件事，卻刻意隱瞞嗎？」

記者無處宣洩內心的憤怒，只能憤然地聚在一起討論。

同一時間，社長、副社長、主筆和編輯局長正在召開緊急會議。

弓成遭到逮捕的兩天後，律師在面會時得知弓成和三木之間有戀愛關係，因此，報社高層都知道這件事，卻沒有想到這件事會直接出現在起訴書上。

「沒想到起訴書上會這麼露骨地提到他們的男女關係，國家公權力實在太可怕了。」

編輯局的牧野局長垂頭喪氣。

「我早就說你們想得太簡單了，當初聽到律師這麼說時，我不是就講，很擔心檢方會在這件事上做文章嗎？」

政治部出身的副社長愁容滿面地說。

「但是，就連律師都沒想到檢方會用這種充滿惡意的方式，把事情的本質轉移到男女問題上，實在太卑劣了。」

一頭銀髮、在外電領域工作多年的久留主筆露出難以原諒的表情說。始終不發一語的社長也開了口。

「我能瞭解你的憤怒，但現在不是討論這個問題的時候。當初我們以為起訴書上不會提及他們的關係，我們不能輕易侵犯三木女士的隱私，所以除了我們幾個人知道以外，並沒有向編輯局、業務和銷售部門公佈這件事，恐怕到時候會造成很大的反彈。現在要考慮如何向三百五十萬的讀者解釋，收拾殘局。」

社長不愧是業務出身，看著在座的所有人說道。副社長首先表達了意見。

「首先，必須在晚報上明確表示報社對這件事的見解。主筆，你認為呢？」

「弓成說他絕對沒有像起訴書上所寫，利用他們的關係強迫對方拿資料給他，只承認有短暫的戀愛關係，但並不是為了採訪而利用她。沒想到檢方居然用『男女私情』這種淫穢的字眼，檢方的目的顯然在於誤導輿論，讓民眾認為弓成是一個卑鄙齷齪的記者，藉此掩蓋被揭露的密約。報社必須表達嚴正的立場，如果不分開考慮道德和密約這兩件事，讀者很可能會混淆，當局的這種手法正是在阻礙國民知的權利。」

久留主筆表現出絕不退縮的態度。

「你們編輯局或許可以在這個理念下團結一致，但必須認識到，業務、銷售、廣告部門和讀者可能不買帳，反而會認為之前冠冕堂皇地討論『知的權利』背後，原來隱藏著這種骯髒的男女關係，會因此產生厭惡和反感。雖然這是中了檢方的圈套，但我們也有讓人指指點點的弱點，有可能危及讀者的信賴，動搖報社的基礎。所以，要在晚報上寫一篇道歉的內容。」

副社長嚴厲指責了主筆的想法。

「我當然也有危機意識，但不能因此就隨著檢方轉移焦點的做法起舞。弓成揭露了沖繩密約這件事，我們必須保護他。每朝新聞社必須堅持不向任何勢力屈服的毅然態度，如果寫那種無關痛癢的道歉啟事，反而會讓讀者認為我們是在權力面前低頭的報紙，才會離我們而去。」

主筆也堅持己見。編輯局長牧野沒有發表意見，始終垂著雙眼。

副社長沒有再理會主筆，看著社長說：

「外務省昨天已經公佈，解除了安西審議官的職務，美國局長、前北美一課課長和官房長都得到申誡減薪處分。本報除了道歉以外，如果不公佈處分方式，事情恐怕無法落幕。」

副社長顯然希望這次的事件趕快落幕。

「嗯，我也正在考慮這個問題。正如久留說的，事情的本質是隱藏在沖繩回歸背後的密約，這個大方向不會改變，但因為讓消息來源曝了光，對三木女士造成了無可挽回的困擾，必須對這件事道歉，處分相關人員。最近的報紙銷量原本就不太理想，這次的事可能會造成更進一步的影響。牧野，你立刻根據我們剛才討論的方向，去擬一份刊登在頭版的社論和道歉啟示草稿。」

社長作出了身為經營者的決定。

「政治部長在幹什麼！」司部長不理會記者在編輯局內指責連連，個個群情激憤，仍然邁著沉重的腳步上樓前往董事辦公區。他無論在任何時候都很注意自己的儀容，今天的下巴上卻冒出了鬍碴。

走進沒有人的會議室後，他打開百葉窗。商業街中心發出的那種類似心跳般的聲音已經停止，只看到彷彿垂著灰色簾幕的天空。

剛才編輯局長告訴他，和社長、副社長召開緊急會議後，要在晚報頭版寫一篇關於起訴書的「本報見解暨道歉」，要求他擬草稿，但司不知道該如何下筆。

從弓成到案說明至今十二天，實在發生了太多的事，他甚至想不起自己什麼時候吃飯、什麼時候睡覺。

司取出向社會部要來的起訴書大致內容，又重新看了一遍。多麼低俗猥褻的寫法！政府的保護機密和媒體維護言論自由的對決，居然變成了這種宛如言情小說般的描寫，事件的焦點已經被轉移到男女之間的事件。

一旦惹惱特權，就要承受這種令人不寒而慄的報復嗎？但是，他搞不懂弓成為什麼完全沒有向他提及和三木事務官之間的關係。

弓成到案說明兩天前的星期天，編輯局長為了方便說話，趁家人剛好外出時，把弓成叫到家裡，司也一同前往。他們再度要求弓成坦白說明與三木事務官之間是否有金錢收受和男女關係。

弓成不以為然地說：「你們兩位找我來，我還以為是什麼事，沒想到是這種事情。我在這兩件事上都是清白的。」他的語氣彷彿在指責他們不該隨便猜疑部屬。

既然當事人已經斷然否認，也只有相信了。弓成遭到警視廳約談，在和司部長一起前往警視廳的車上，也完全沒有提及任何不安。司以為他只是以關係人的身分接受約談，所以去附近的法律人會館等他結束，沒想到弓成遭到了逮捕和羈押。

在弓成被逮捕的兩天後，新委託的律師去會見弓成回來之後，曾經向司確認：「弓成承認與三木事務官之間曾經有過短暫戀愛關係，《每朝新聞》仍然打算全力奮戰嗎？」當時司覺得有點擔心，不過更感到震驚。

他立刻和主筆、編輯局長三人討論了善後方案。主筆認為這次的事件與男女關係無關，當機立斷地決定持續奮戰的方針，但編輯局長從頭到尾都在發牢騷。司對於檢警沒有立刻公佈這件事的意圖存疑，請教了主筆的意見。滿頭銀髮的主筆臉上露出苦澀的表情，語帶遲疑地回答，可能因為不構成犯罪要件，所以檢方決定暫時不公佈，日後在法庭上如果有爭議時，再作為撒手鐧使用。編輯局長聽了，力主既然對方不提，《每朝》沒必要特地提這件事，在檢方公佈之前，就當作只有高層知道的秘密事項，靜待情況的發展。就這樣在這個問題上作出了決定，結束了討論。

司對於高層一如往常的息事寧人主義感到憤慨，但也不得不承認，眼前沒有其他選擇餘地。

第一線的記者毫不知情，在報上強烈訴求不當逮捕、知的權利；高層卻在沒有思考萬一公開時的因應對策的情況下，就決定隱瞞真相。司被夾在兩者中間，在弓成從被捕到獲釋的這段日子裡，他無法發揮身為部長的領導力。
弓成在媒體如雷掌聲的迎接下，毫不畏懼地抨擊政府。然而，這種情況也只是曇花一現。如今，面對「男女私情」的起訴書無能為力，不得不寫「本報見解暨道歉」的際遇幾乎把他壓垮了，卻又不得不拿起筆。
和四月四日晚上針對逮捕弓成一事擬「編輯局長評論」時一樣，他久久無法落筆。司看著窗外，想起七天前去弓成家拜訪他太太時的情景。雖然決定不在報社內公佈，但身為弓成的上司，必須向弓成的太太說明真相。
司選擇弓成的兩個兒子去上學的時間上門，背負著必須向弓成太太說明弓成和三木之間有「男女關係」的苦差事，字斟句酌地說明完畢。
「我作好了心理準備，很抱歉，給《每朝新聞》的各位添了麻煩。」
弓成太太不慌不忙，堅強地說完，並深深地向他鞠躬。司之前就聽說弓成的太太很賢慧，對她的應對感到鬆了一口氣。臨走時，鼓勵她說：
「律師正在積極地為讓弓成早日獲釋奔走，他這一、兩天應該就可以回來。」
只有那個時候，弓成太太沒有說話。也許是因為聽到這句話，一直壓抑在心裡的情緒終於忍不住潰堤了。
弓成有這麼賢慧的太太，卻背叛了她，也把整家報社搞得人仰馬翻。
這種目中無人的傲慢生活方式，是他在《每朝新聞》的政治部，身為經常寫頭版頭條新聞記者的自信造就的嗎？

弓成向來認為，如果不蹚政界的渾水，就無法拿到有價值的情資。一旦他鎖定前途看好的政治人物，就會發揮與生俱來的大膽深入交往，並以這個人物為出發點，進一步拓展在政界的人脈關係。他掌握的情資的質和量，都令其他記者望塵莫及，他的政治嗅覺也高人一等。

然而，司向來不喜歡和特定政治人物之間建立這種扯不清的關係。他向來信奉正統的採訪原則，認為與採訪對象保持適當的距離才能維持報導的客觀性。

司輾轉從別人口中聽到弓成對於自己的這種信念不以為然，冷笑著說：「滿嘴漂亮話也拿不到獨家消息。」雖然站在他的立場，必須規勸一年比一年驕傲的弓成，但在每天編排報紙版面過程中，發現報導內容太弱時，只要向弓成打一聲招呼，他就會馬上交出三、四十張稿子，增加了版面的可看性，所以，司總是在緊要關頭向他求助，更助長了弓成的驕傲自大，最後導致了今天這種情況發生——

司把悔恨藏進心裡，帶著悲痛的心情，再度握起了筆。

佔據編輯局中央的整理總部內，負責晚報政經和外電報導的硬性新聞部門主編正心急如焚地看著大時鐘。

他接到通知，說會有一篇針對起訴狀的〈本報見解暨道歉〉，要求他在頭版留下版面，但已經過了兩個小時，仍然沒有看到稿子的影子。整理總部長也按捺不住，前往正在寫稿的五樓董事辦公區催稿。

「見解到底什麼時候寫出來？」

硬性新聞部門主編荻野皺著眉頭，再度看了一眼時鐘。上午十一點三十分，距離晚報早印版的截稿時間只剩下五分鐘了。

眼前的電話突然鈴聲大作，荻野抓起電話。

「荻兄，〈本報見解〉還沒有出爐嗎？」

印刷局打電話來催稿。

「對，連一頁稿子都還沒有看到。」

「這麼悠哉，我們很難做事。前所未有的起訴狀、前美女事務官身穿迷你裙獲釋的照片以及採訪報導都已經排好了，只剩下本報見解的部分還一片空白。」

印刷局的資深副部長拚命催促。

「我也急得要命，啊，編輯局長拿著稿子走過來了，馬上就給你。」

荻野掛上電話。

「讓你久等了——」

牧野局長急急忙忙地把稿子交給荻野，他光禿禿的額頭上簡直快冒出蒸氣了。

「就這樣而已？」

荻野拿著寥寥幾張稿子，露出訝異的表情。

「副社長和主筆正在修改司寫的稿子，但一直沒有定論，我先把已經決定的部分先拿下來。」

稿子上用不同筆跡的字增加和修正了內容，看起來特別費神。但在這麼重大的事件中，即使編輯局之首的牧野淪為送稿員，也沒有人感到驚訝，報社的這種生態不禁令人感到難過。

「這不是第一頁吧？」

「啊，等一下——」

編輯局長重新整理後，用紅筆在開頭的部分做了記號。這時，印刷局再度打來電話。銷售局第一部長脹紅了一張富態的臉衝了進來，劈頭數落道：

「我就覺得到處不對勁，果然是這裡出了問題，送印時間已經過了二十分鐘，現在仍然沒有看到『見解』，到底是怎麼回事？」

他看到編輯局長，立刻大聲地說：

「報紙專賣店在電視上看到起訴書後，都來找我興師問罪，如果不趕快採取因應措施就完蛋了。」

「我知道，再等一下。」

看到印刷局長也因為擔心而忍不住上來催稿，編輯局長拚命安撫他。

「時間有點緊迫，我會努力看看。但一大早就知道的事，為什麼磨蹭到現在？」

正當印刷局長怒氣沖沖地質問時，政治部首席主編檜垣推開擠在整理總部的記者們，把稿子交給了編輯局長。

牧野用紅色鉛筆潤飾著經多處修改、看起來格外費神的稿子，一頁一頁遞給荻野。
「就這些了嗎？」
銷售部長在一旁確認。
「不，還有一些——」
「還有？如果再不送印就來不及了吧？」
他忍不住怒氣衝天，徵求臉色鐵青的印刷局長的意見。
「請你們無論如何想想辦法，向熟練的印刷工打一下招呼。」
「編輯局長，既然上面不送稿子下來，你乾脆自己動筆寫。如果沒有見解文，晚報要怎麼發？」
現場已經不分職位的高低，充滿了異常的氣氛。
荻野看到超過送印時間三十分鐘，腋下忍不住冒著冷汗。他在整理總部工作多年，第一次遇到這種異常情況。
「已經趕不上送報車了！」
就連配送部的人也怒氣沖沖地跑來抗議。
「那就增加班次！」
編輯局長也充滿殺氣地叫道。
「早就已經安排好了，但繼續拖下去，報紙專賣店的店員和工讀生都下班了，沒有人手送報。如果店家同時賣其他家報紙，就會用其他家的報紙送給訂戶。想把《每朝》的晚報送到訂戶手上，編輯局長，你就趕快下定決心寫完剩下的內容！」

「對，如果晚報上看不到『見解』，《每朝》會失去讀者。」

當其他記者也紛紛在指責牧野時，司部長終於拿著最後的稿子走了進來，整理總部來不及修改，就直接送印了。

〔本報見解暨道歉〕

報社記者的採訪工作建立在國民「知的權利」上，不適合以國家公務員法第一百一十一條來衡量記者的採訪。讓民眾瞭解沖繩回歸補償費的相關事實，是媒體不得不做的事。如果因為相關事實曝光，就治採訪記者的罪，是嚴重侵犯國民知的權利。

如果試圖用三木、弓成兩者的關係，對成為「知的權利」基礎的新聞採訪工作加以限制，或是束縛報導的自由，顯然是在轉移問題的焦點。本報重申，將堅持應有的主張，不會迷失問題的本質。

弓成雖然希望在保護消息來源的基礎上揭露事實真相，但因為將原始資料提供給第三者，最終導致消息來源曝光，在這一點上，違背了身為媒體記者的道德。雖然是弓成個人的行為，但《每朝新聞》對於因此為三木昭子女士帶來莫大困擾深感抱歉，並將充滿誠意地處理後續問題。

本報給予編輯主筆、編輯局長降級，弓成停職的處分，以示對此事件負責。

「晚報的見解和道歉根本不知道在說些什麼，你們的記者都是在飯店向女人採訪的嗎？」

「什麼狗屁知的權利！丟臉丟到家了，都不知道怎麼向小孩子解釋。我明天就要和《每朝》解約。」

「竟然教唆有夫之婦去偷機密文件，居然這麼看不起女人，我要發動拒買運動！」

讀者看到晚報後，報社的抗議電話接到手軟。記者對事態的嚴重性遠遠超乎原本的想像感到不知所措，也對執政當局的陰險感到憤怒。

❊

弓成在不分晝夜都緊閉著遮雨窗的黑暗房間內呻吟、痛哭、憤怒，度過了一天又一天。

原以為在警視廳拘留所飽嘗了辛酸，但他作夢也沒想到，檢方為了達到目的不擇手段，居然把他和三木昭子的關係進行加工後，在起訴書上公諸於世。

「弓成先生！在家嗎？」

「請你出來談一下，只要五、六分鐘就好！」

幾個年輕男人走進大門，用力敲打著玄關門和客廳的遮雨窗，輪流大聲叫道。

妻子和兩個孩子都不在家。起訴書公佈的當天晚上，雜誌和電視台紛紛上門展開採訪攻勢，電話和玄關的門鈴響個不停。

兩個孩子暫時寄放在小姨子的婆家，由里子從那裡接送他們上下學，以免被守在門口的記者發現。

「請你們不要破壞樹籬，不要造成我們附近鄰居的困擾！」鄰居的家庭主婦歇斯底里地斥責道。

「弓成家都沒有人嗎？」

「我可不知道，這裡是平靜的住宅區，你們這些記者輪番上陣，不要說小孩子，就連狗也變得神經質了。」

主婦的聲音比剛才更尖了。

除了家人，還造成了左鄰右舍的困擾，弓成難以忍受地捂住耳朵，頓時回想起手銬銬住他的雙手，金屬卡進皮膚的感覺。遭到逮捕，被關進拘留所的那分恐懼再度襲向弓成。

警視廳的地下偵訊室內，弓成一再主張是透過正常的採訪活動拿到了外務省的極機密文件，他問心無愧。這時，偵查官突然把一個火柴盒放在他的面前。那是他第一次和三木昭子上床，之後也曾經多次前往的那家飯店的火柴盒。

在三木打電話給他，說第二天準備到案說明時，他們決定統一口徑，一致回答是在審議官室或在走廊上交付文件。弓成拚命勸阻三木，一旦到案說明，等於中了執政當局的意。但三木堅持這是和安西審議官討論後作出的決定，由於外務省將在翌日向警視廳告發，主動到案說明將可以爭取減輕罪刑，所以她打算這麼做。

三木果然向偵查官坦承了一切？還是搜查二課為了讓自己招供使用的計謀？

弓成即使看到火柴盒，仍然保持緘默。這時，偵查官在旁邊放了一張五百圓，好像其中有特殊的含意。

「這個火柴盒是去年五月十八日晚上十點不到，你和三木昭子女士一起去的那家飯店內所附的，上面寫著王山飯店吧？」

偵查官確認道，但弓成繼續保持沉默。

「兩個小時後的凌晨零點前，你和三木女士走出飯店後，送她上了車。你還記得當時給了她多少錢嗎？」

啊！弓成差一點叫出來，雖然好不容易忍住了，但臉上已經失去了血色。

火柴盒旁摺成四摺的五百圓——當他攔下計程車送三木回家，準備幫她預付車資時，打開錢包，才發現裡面沒錢了。平時他身上總是會多帶些錢以備不時之需，偏偏那天身上沒有帶足夠的錢。他記得皮夾裡還有一萬圓，卻怎麼也找不到，慌忙翻遍口袋，只摸到一張五百圓。

「凌晨零點的時間讓一位女士單獨搭車，卻只付五百圓，難道你打算讓她趕去最近的車站搭末班車嗎？」

偵查官在嘲笑他，第一次帶女人去飯店，最後卻只給對方五百圓坐計程車，簡直吝嗇到家了。

「我當時身上剛好沒錢。」

弓成大叫之後，才發現上當了，但已經來不及了。

「那就請你從頭解釋一下和三木昭子的關係，以及文件的交付。」

偵查官用冷靜得令人發毛的聲音說道。

那是去年五月私鐵罷工那一天的事。

弓成像往常一樣，參加完外務次長的記者懇談會後，去了審議官室，發現安西審議官去了官邸，要很晚才會回外務省，兩名事務官正在準備下班。

「因為罷工的關係，營團地鐵也停駛，我送兩位去方便轉車的國鐵車站，請等我一下。」

由於平時經常找兩位事務官幫忙，所以弓成貼心地說道。山本事務官說：

「我只要轉幾班公車就可以到家了。三木女士，那就讓弓成先生送妳到東京車站吧？」

「不，弓成先生這麼忙，我不想給他添麻煩。」

三木也很有禮貌地拒絕了。

「我已經把今天的稿子交出去了，晚上也沒有採訪，不必客氣。我先去聯誼會一下，十五、六分鐘後，我會叫計程車停在東側大門口。」

弓成告訴她每朝新聞社經常叫的計程車公司名字後，回到了聯誼會。

他和年輕的同事開完會，來到東側大門時，發現身材瘦高、曲線優美的三木在許多趕著回家的職員中顯得極為突出。
「讓妳久等了，是不是反而造成了妳的困擾？」
弓成和同事開會拖延了，比原本約定的時間晚了十分鐘。
上了計程車後，弓成問：
「妳家在哪個方向？」
雖然幾乎每天見面，但他們很少聊私人的話題。
「市川，從東京車站搭車二十分鐘左右就可以到家。」
坐在一旁的三木把包包放在穿著裙子的腿上。
沿途塞車的情況比想像中更嚴重，他們沒話可聊，感到有點尷尬。聊了幾句成為他們共同話題的安西審議官的近況後，很快就不知道該聊什麼話題。坐在時走時停的計程車上，更讓人坐立難安。
「我們找個地方喝杯咖啡，等塞車時間過了之後再去車站，先下車吧！」
弓成下了車，三木也跟著他下了車。
「我走去前面的有樂町搭車。」
她看著日比谷十字路口的方向說。
由於罷工的關係，路上的人潮比平時擁擠。他們來到街口，弓成走向有許多餐廳大樓的方向。
「要不要隨便吃一點東西？不瞞妳說，我肚子餓壞了。」

如果沒有送三木，他現在應該在報社附近的「鶴八」吃晚餐。
三木想了一下，最後終於敵不過弓成的率直，和他一起走進了餐廳。
「弓成先生，歡迎光臨。」
正在櫃檯的經理帶他們來到面向中庭的座位後，為他們點餐。
「我要點奶油煎海鮮套餐，請你拿菜單給這位女士。」
三木也點了相同的套餐，當啤酒送上來時，他們乾了杯。
「你經常來這裡嗎？」
三木問。
「二樓有包廂，偶爾會來這裡採訪。但我沒有經常來，不知道他們怎麼會記住我的名字。」
弓成喝了一大口冰啤酒，偏著頭納悶。
「因為你本身就會讓人留下深刻印象的關係吧？」
三木喝酒後，似乎擺脫了剛才的不自在，第一次露出了笑容。
「我有這麼面目可憎嗎？」
「你雖然很嚴肅，但散發出某種吸引人的特質。我同事山本先生也經常這麼說。」
三木說著，拿起一瓶新的啤酒，為弓成快喝空的杯子裡倒了酒，也為自己倒了酒。她喝酒有女人難得的豪爽，在餐點送上來時，他們改喝威士忌兌水酒，兩人也越聊越投機。
弓成每次出入審議官室時，覺得三木雖然稱不上是美女，卻有一種撩撥男人心的風情，但更佩服她能幹的工作能力。

「原本以為妳是很拘謹的事務官，沒想到這麼迷人。今天喝得很開心，再去找一家店續攤吧！」

甜點送上來時，弓成邀約道。

「怎麼辦呢？不知道路上還有沒有塞車……」

三木泛著淡淡紅暈的臉上，一雙大眼睛露出迷濛的眼神，弓成心跳加速。

「你的手借我看一下——」

三木放下杯子，突如其來地說。弓成訝異地伸出右手。

「妳要幫我看手相嗎？」

三木沒有回答，伸出擦著指甲油的纖細手指，雙手握住了弓成的手。一碰到三木柔軟的手掌，弓成忍不住想把手縮回來。

「原來你每天就是用這隻手寫稿子。第一次看到你的時候，你神情嚴肅，感覺很可怕，但我發現你的手指很漂亮。」

「以前從來沒有人這麼說過。」

弓成故作鎮定地把手縮了回來。他發現店裡的客人幾乎都走光時，帶著三木走出了餐廳。

「沒想到罷工反而讓我們變成了好朋友。」

他們邁著陶然的腳步走在街上。兩小時前的擁擠已經消失，即使他們緊挨著走在一起，也不會引人側目。一直沒有攔到空車，他們在春風的吹拂下，默默地走在街上。三木突然腳下絆到了，身體搖晃了一下，弓成立刻伸手扶她，順勢把她摟了過來，不小心碰到了她的臉。三木輪廓深的臉頰上溫暖滋潤的感覺，令弓成情不自禁地感到心慌意亂。

計程車終於來了。一坐上車，弓成告訴了司機目的地，但並不是剛才說的酒吧。

他們來到王山飯店。馬路對面就是有著雄偉大門和圍牆包圍的松濤豪宅街，弓成之前早出晚歸採訪的派系領袖和高級官員中，也有一、兩個人住在那裡，弓成偶爾會來這家飯店小憩。

三木昭子靜靜地迎接了弓成的擁抱，但在接吻之後，她忘情地渴求弓成的身體。

那晚之後，弓成不可自拔地陷入了和三木之間的情慾世界，這段關係直到秋意漸深時才結束。那時候，外務大臣訪美，弓成隨團採訪，十天後回日本時，三木拒絕和他見面，卻沒有說任何理由。之後，在今年二月調任負責執政黨、國會線之前，弓成依舊每天傍晚去安西審議官辦公室，但三木埋頭工作，似乎完全忘了他們之間的那段情。

三木的態度令弓成感到匪夷所思，但他之前也覺得必須結束這段關係，所以認為這樣的結局也不壞。短暫的一段情也成了塵封的過去。

由里子開著愛車可樂娜，漫無目的地沿著多摩川河畔往上游的方向行駛。

世田谷住宅區的街道又窄又亂，很多都是單行道，只要走錯一條路，就會繞很多圈子，她已經失去了方向感。

她在原地打轉了很久，終於來到多摩川河畔。眼前是一片寬敞的河面，兩側河畔的蘆葦中，不時可以看到蔬菜田。

為了躲避雜誌和電視台記者的騷擾，她幾乎整天都躲在家裡，接觸到久違的大自然，心情終於稍稍放鬆了。

檢方起訴後，媒體展開了瘋狂攻勢——雖然事先就作好了心理準備，但現在回想起來，才發現當初只預料左鄰右舍會投來好奇眼神的想法太天真了。

在起訴書出爐之前對丈夫十分友善的媒體，突然一百八十度大轉彎，把丈夫當成兇惡罪犯圍剿的樣子令由里子愕然，幸好她及時把兩個孩子暫時寄放在妹妹家。

然後，她和丈夫躲在家裡，一整天都關著遮雨窗，不管電話鈴聲再響，門鈴再吵，都大氣不敢喘。丈夫幾乎都窩在書房裡，只對由里子說了一句：「對不起。」然後就完全不提事件的真相。

在國會發生外務省極機密文件外洩事件的第三天晚上，那個自稱是安西審議官辦公室事務官三木的女人第一次打電話到家中時，她憑著妻子的直覺，知道她和丈夫有非比尋常的關係。五天後的深夜，當女事務官再度來電，丈夫神情緊張地緊抓著電話，拚命阻止她：「如果妳到案說明，就中了他們的計，我和報社會負起所有責任。」一時，由里子不禁嚇呆了。原來丈夫書房裡的那些外務省機密資料影本，都是從那個女事務官手上拿到的，如此一來，丈夫也不可能置身事外。雖然由里子沒有想到丈夫會遭到逮捕，但拂曉的時候，接到了政治部司部長的電話，得知警視聽約談丈夫。

逮捕、搜索住家、司部長的來訪、丈夫在獲釋後態度強勢的記者會——這一連串的事都令三十六歲的由里子難以承受，但她還是拋開自我，克服了重重難關，好不容易喘了一口氣時，檢方公佈了起訴書。

這一切對身為妻子的自己太殘忍了。

丈夫也太殘忍了。在警方來搜索住家前，為了避免找到對丈夫不利的資料，自己是多麼手忙腳亂？他和另一個女人，而且是和有夫之婦的關係，對自己造成了多大的傷害？然而，丈夫認為《每朝新聞》不僅讓他停職，還對部長、編輯局長和主筆做出降級處分，甚至表現出向政府全面投降的軟弱態度，他滿腦子都是對《每朝新聞》和特權的憤怒，對自己這個做妻子的卻絲毫沒有體諒之心。

太自私了——由里子想到也許丈夫心裡根本沒有自己，覺得自己為了守護丈夫付出這麼大的努力到底所為何來，也為自己感到悲哀，眼淚忍不住撲簌簌地流了下來。前方的視野被淚水模糊了，這時，一個老人騎腳踏車、載著小孩，搖搖晃晃地騎了過來，由里子慌忙踩下煞車。

好想回逗子。她好幾次有這樣的念頭，但孩子們要上學，不能說走就走。她覺得走投無路，眼前突然浮現出今天早報廣告欄中出現的週刊標題。她之前向來不看雜誌的廣告和談話性節目的預告，今天決定要看一下那些雜誌到底寫了什麼。

駛過多摩川上的大橋後，就是神奈川縣川崎市。她只能去陌生的書店買登了丈夫緋聞的週刊。

過橋後，她在看到的第一家書店的展示平台上買了兩本雜誌，迅速開車沿著來路往回開，在世田谷住宅區角落，附近有不少農田的馬路旁停了車，這裡離住宅區有一段距離，農田裡也沒有人。由里子從袋子裡拿出一本雜誌，翻至封面上印著大大標題的那一頁。

女秘書和記者弓成之間的成人關係浮上檯面
通姦罪死灰復燃？

本案起訴書公佈後，最驚訝的莫過於《每朝新聞》的讀者。報社方面大肆叫囂「知的權利」的結果，就是遭到檢方那份和通姦罪沒什麼兩樣的起訴書的當頭棒喝。某政治評論家生氣地說：「我簡直驚訝得說不出話了。起訴書中提到的那家飯店和赤坂的某家一流飯店名字相似，所以可能會引起混淆，但其實是似是而非的汽車旅館。在那種地方以採訪之名交付機密文件，簡直是把讀者當傻瓜。」

記者立刻前往王山飯店實地採訪，發現櫃檯的確只有一個差不多可以伸手進去的小窗戶，不會看到客人。房間差不多三到四坪，鋪著緋色床罩的雙人床格外醒目。住宿費為五千三百圓。

前一天的言論自由英雄，竟然在一夜之間淪為寡廉鮮恥的記者。原來這就是令大牌政治人物和官員也敬畏三分的王牌記者的真面目？

由里子闔上雜誌，宛如碰觸到污物般的厭惡感令她作嘔。她伸手拿起另一本週刊。

《每朝新聞》為記者的個人行為道歉

《每朝新聞》揪出了說謊的佐橋首相，也使無助的外務省前秘書三木夫妻失去了行蹤。

首先，記者請教了《每朝新聞》的編輯局，編輯局副局長接受了採訪。

「弓成因違反國家公務員法遭到起訴，為了能夠在法庭上奮戰，所以目前暫時停職。」

這樣的回答並不令人感到意外，但某記者說出了報社內部的真心話。

「接下來的官司會是長期戰，弓成不可能繼續當記者。如果把他開除，不僅無法繼續打官司，而且一旦他變成自由記者，不知道什麼時候會對《每朝》的處置反撲，所以，採取介於兩者之間的停職處分其實是報社方面的苦肉計。」

也有人對於在報紙上為記者的個人行為道歉產生質疑。作家飯田正先生說：

「根本不需要道歉，不管弓成在私生活中做什麼，都和報社無關。雖然報社不必理會，但畢竟要顧及廣大讀者的想法，所以想要極力消除骯髒的印象，但真正齷齪的是以此為手段的特權。」

在起訴書公佈後，各報好像事先說好似的絕口不再討論「知的權利」的問題。

「報社方面因為這個問題受到重創，當事人又那樣，真不知道該怎麼辦。原本以為無論三木在偵訊中說什麼，只要保持緘默，就可以撐過一個星期，利用輿論的力量加以支持，但這次沒有出現這

種情況，可見弓成的氣數也盡了。」（以上為政治部主編的意見）

由里子把週刊放回原本的袋子內，淚水宛如潰堤般奪眶而出，她把頭放在方向盤上，不停地啜泣著。

車內是由里子唯一可以吐露內心痛苦的地方。

她把頭埋在方向盤上，直到淚水流乾，心情才終於稍微平靜。兩個兒子快放學了，要去學校接他們回妹妹家。而且，為了避免剛才看完的週刊的言論暴力危害到兩個兒子，她想找班導師談一談。

來到學校後，由里子把車子停在圍牆外，走進了校門。她看到低年級學生在操場上充滿活力地奔跑，張大眼睛尋找純二的身影，但沒有看到。

由於正是上課時間，她躡手躡腳地經過走廊，往職員辦公室張望，和一位劉海已經花白的女老師四目相對，她正是純二班上這個學期的新任班導師。由里子走到老師的身旁自我介紹說：

「我是您班上的弓成純二的母親。」

老師似乎察覺到由里子找她有事，帶她來到附近的音樂教室，裡面放著鋼琴、木管樂器和打擊樂器。當她在學生座椅上坐下來後，老師說：

「一班正在上美術課，有一位年輕的老師在帶班，妳可以放輕鬆點。」

老師親切地對神情緊張的由里子說。由里子為突然造訪道了歉。

「老師，不瞞您說，純二的父親是《每朝新聞》的記者，目前正因為外務省的那起事件，經常佔據媒體的版面。」

由里子直截了當地說道。班導師愣了一下，隨即恢復了平靜的表情。

「是嗎？我也有看報，但目前還沒有很瞭解學生的家庭狀況，所以不知道是純二的爸爸。」

聽到班導師的話，由里子稍微鬆了一口氣，顯然純二在學校還沒有因為這起事件受到影響。

「媒體記者從早到晚都守在我們家門口，所以兩個孩子目前都寄放在住在附近的我妹妹家，目前他們還不瞭解發生了什麼事，但我擔心日後記者會闖進學校，給校方添麻煩，也擔心孩子的心情會受到影響，是不是該讓他們請假一段時間？」

「我瞭解了。雖然我對於那起事件不是很清楚，但學校的學生家庭往往有各式各樣的情況，保護這些學生也是我們教師的義務。我猜想，目前最辛苦的就是妳這個做媽媽的。我記得他哥哥是四年級吧？為了兩個孩子，也請媽媽要堅強。」

身為教育工作者也身為母親的班導師，感同身受地激勵由里子。老師充滿溫情的態度彷彿卸下了壓在由里子肩上的重石，她鄭重道謝後，向老師道別。

廣播中剛好傳來放學的音樂旋律，由里子在班會結束後走去純二的教室找他，他的好朋友說，純二剛才走了。由里子也很擔心大兒子洋一，但洋一是班上的孩子王，很會照顧自己，看到母親的車子，應該會自己上車。

由里子換下拖鞋，穿上自己的鞋子，在走出校門的人群中找到了純二矮小的背影。她快步衝了過去，忍不住嚇了一跳。一個年輕男人彎著腰，拉著純二的手，正在和他說話。
「不好意思，請問你是哪一位？」
由里子衝過去質問。
「哎喲！原來是媽媽。我是《女性之友》的記者。聽妳兒子說妳會來接他，所以正在等妳。遇到這種事，孩子真可憐。」
他用充滿同情的語氣說道。
「你不要騷擾無辜的小孩子。」
看純二滿臉納悶地抬頭望著自己，由里子把他拉到身後，語氣嚴厲地這麼說。
「弓成太太，可不可以請教一下妳對這起事件的想法？對方三木女士的先生很生氣，說教唆有夫之婦犯罪，自己卻躲在報社背後，算什麼言論自由的英雄。」
「我沒什麼好談的，請你離開。」
由里子毅然地說，記者立刻翻了臉。
「原來妳這麼可怕。之前就聽說了妳的英勇事蹟，據說搜查二課上門搜索，要扣押存摺時，妳也張牙舞爪的，我拍張照——」
記者說完，就以迅雷不及掩耳之勢拿出一台小型照相機，咔嚓、咔嚓地拚命按快門，然後快步離去。
「媽媽，好可怕，那個人是誰？」

純二害怕地緊抓著由里子。

「以後如果有陌生人找你說話，你都不要回答，馬上跑去辦公室找老師。無論什麼時候，媽媽都會立刻來學校。」

由里子對媒體的手伸向年幼的孩子感到害怕不已。

❊

港區虎之門的中央法律事務所位於竣工才三年的新潮大樓五樓。

櫃檯後方的寬敞空間內，放著十五張辦事員的辦公桌和事務用品機器，隔著通道，八名律師的辦公室、會議室呈L形排列。

這天是星期天，事務所內安靜無聲，其他律師的辦公室都關著門，只有大野木正律師的辦公室敞開著門。

外務省洩密案的律師團除了中央法律事務所的大野木正律師以外，還有兩名年輕律師，與一開始就加入的高槻律師，並由在法界地位舉足輕重的伊能律師擔任律師團團長，至今已經開過三次會。

穿著襯衫、正在研讀資料的大野木四十四歲，屬於少壯派律師。除了曾經參與保障人權、憲法相關的大案子外，他在文學方面也有很深的造詣，在圍繞薩德的《非常繁榮的敗德》

（Histoire de Juliette ou les prospérités du vice）這本翻譯小說猥褻性的官司中，他在法庭上侃侃辯論，在媒體打響了知名度。

大野木是在早報上看到外務省向警視廳告發女事務官的消息，才得知這起事件。

當工作告一段落，他去吃午餐時，剛好與在美國法學院學成歸國不久的山谷律師，以及比他小一屆的西江律師三個人討論到這篇報導。

山谷探出身體看著報紙說：「好想打這樁官司，真希望當事人來找我。」然後又問：「不知道那個女事務官的動機是什麼？」

他在留學期間曾經研究言論自由的問題，也曾經親身經歷過五角大廈機密文件事件，因此特別關注這個案子。

「這起案子在日本很罕見，和美國那起因為工作人員無法原諒政府說謊，把機密文件交給《紐約時報》記者的事件很相似——所有記者應該站在同一陣線奮戰，主張那名記者無罪。」

大野木也重新看了報導後說道。

那天晚上，當他提著沉重的公事包回家後，就接到了《每朝新聞》總務局長的電話，委託他為洩密案辯護。他立刻打電話給山谷和西江兩位律師。

「白天我們聊的那個案子，有人上門委託了。你們趕快來我家，我想和你們討論一下。這就叫踏破鐵鞋無覓處，得來全不費工夫吧！」

他馬上將兩名單身律師找來家裡。

翌日早上，《每朝新聞》派車來接他。大野木和《每朝》並沒有特別的交情，完全猜不透是誰推薦他的。

當大野木來到報社的董事辦公區時，發現高槻律師坐在副社長、主筆等報社高層的中央。

大野木知道高槻之前當檢察官時，曾經偵訊帝銀事件中遭到逮捕的平澤，並成功地讓他招供的事。高槻虛懷若谷，無論對檢察總長還是法警，都以相同的角度鞠躬，這種充滿人情味的為人態度，終於讓始終否認犯案的平澤坦承不諱。

高槻律師對初次見面的大野木也彬彬有禮地打完招呼後，問他：

「你對這起案件有什麼看法？」

「我對於以洩漏沖繩密約機密電報的嫌疑突然逮捕記者這一點感到不解，其中是不是有什麼隱情，尤其是弓成和三木之間是不是有什麼還沒有曝光的事？果真如此的話，事情就會很棘手。」

「這倒不必擔心。在弓成去警視廳之前，我特地問過他有沒有金錢關係和男女關係的問題。我用這雙檢察官的眼睛親眼看過他，他是清白的，所以你可以用你的方式自由辯護。」

聽到高槻律師拍胸脯保證，大野木接受了委託。

翌日，他立刻去會見弓成。他先去了東京地方法院聲請撤銷禁見處分，承審法官一看到他就說：「專家終於出現了。」

在法官的嘲諷中，他強烈感受到法院對這起案子的不滿。

走進警視廳的地下會見室，弓成已經坐在隔了鐵網的另一端，面容憔悴的樣子令人難以想像是照片上那個英氣逼人的記者。大野木自我介紹後，徵詢了當事人的意見。

「每朝新聞社今天委託我來接這案子。你願意以後由我負責這個案子嗎？」

弓成點點頭。看到他垂頭喪氣的樣子，大野木把偷偷放在公事包裡的《每朝新聞》貼在鐵網窗上，上面刊登了圍繞「知的權利」的熱烈討論。

「請你看一下，全報社都在支持你。」

聽到他的鼓勵，弓成只是瞥了一眼，再度陰鬱地陷入了沉默。

「有一件重要的事。」弓成終於下定決心似的開了口。

「什麼事？」

「我和那位女士在收受文件期間，曾經有過戀愛關係。」

大野木發自內心地感到驚訝。雖然他原本就有一絲擔心，但看人很有一套的高槻律師才拍胸脯保證「他是清白的」，沒想到根本不是這麼一回事。

他立刻回到每朝新聞社，和主筆、編輯局長及政治部長見了面，再度向他們確認：

「《每朝》仍然打算全力奮戰嗎？」

所有人都閉口不語。一陣凝重的沉默後，銀髮主筆明確地說：

「沒錯，這不是為弓成個人，而是為《每朝新聞》的名譽而戰。」

於是，大野木就在弓成和三木之間有男女關係的前提下，展開了和之前完全不同的辯護方針。四月六日——天氣晴朗，對大野木來說，卻像是烏雲密佈的日子。

一陣風吹過玻璃窗前，發出咻咻的聲音。大野木想起三十八年前的昭和九年，自己還是小學一年級時的某一天，自己被同樣可怕的風吹醒。

清晨，強風吹得百葉窗咔答咔答響，當他醒來時，聽到樓下傳來慌亂的動靜。他準備下樓時，看到父親在身旁兩個男人的陪同下，走向停在門口的車子，上了一輛和平時公務車不同的車子離開了。他沒有看到書生和女傭，家裡只有母親一人。

事後他才知道，在大藏省擔任特別銀行課課長的父親受到席捲政商界的帝國人絹賄賂案牽連，以涉嫌在課長室收取五、六千圓現金而遭到逮捕。大藏省次長、銀行局長收受股票後，以高價拋出，但在案發後都矢口否認。然而，由於遭到逮捕的廠商坦承行賄，父親也在未判決的情況下，被關了整整三年半。經過漫長時間的調查，證明沒有現金和股票的資金流動，父親和另外兩名課長都獲判無罪。由於判決明確證明完全沒有收賄事實，沒有任何灰色地帶，父親得以立刻復職，被派駐北京擔任財務官。

母親在孩子面前隻字不提父親的事件，只說父親去旅行了，但大野木從報紙上瞭解大致的內容。現在他身為兩個孩子的父親，也難以想像自己當年還是小學一年級的孩子就會看報，但他不得不承認，自己在幼年時代有點早熟。

他無法否認，父親當年承受的莫須有罪名，對他日後立志投身法律界產生了相當大的影響。

他從法律系畢業後，沒有成為法官，也沒有去當檢察官，而是選擇成為律師，就是希望為蒙受不白之冤的人伸張正義。

聽到有人敲敞開的門，大野木回頭一看，發現山谷律師拎著大公事包，滿面笑容地看著他。

「你果然也在辦公室，上次的事還有些資料要查，所以我也來了。」

山谷走了過來。由於他有語言專長，正在積極蒐集他擅長的英美國家在言論自由方面的相關資料。

「給你增加了很多負擔。」

「不，我覺得很有趣。我在英國方面找到的判例和參考文獻比我原先想像的更多，最重要的是，從各種層面上來說，《紐約時報》為知的權利而戰的案例，都對本案有很大的幫助。」

「對，《紐約時報》的案子中，參與『五角大廈文件』製作工作的蘭德智庫（RAND Corporation）的艾斯伯格（Daniel Ellsberg）博士，為了提前結束越戰，故意洩漏了機密資料，也就是知法犯法。這次的案子是在有親密關係的男女之間交付文件，雖然這一點有所不同，但兩起案子都是為言論自由和知的權利而戰。

「爭議點之一，就是記者弓成在報導中提到的機密文件到底是怎樣的國家機密，是需要接受國家處罰的重大機密嗎？

「爭議點之二，就是他們兩個人的關係。如果因為他們之間曾經有過男女關係，就認定弓成的採訪是違法的『教唆』，這種想法也未免太落伍了，這正是嚴重侵害了憲法保障的報導自由和國民知的權利。」

大野木加強語氣說道，山谷也點頭。

「四十歲的男人和三十八歲的女人發生外遇，兩個人之間的關係是平等的。在當今這個年代，認為女人的身體被男人佔有、成為男人奴隸的想法本身就落伍了。」

「對。那份起訴書寫得好像弓成一開始就是為了拿到機密文件才和女事務官發生關係，最後以此作為威脅，教唆對方犯罪，顯然故意扭曲事實。雜誌和媒體更是在這一點上大作文章，甚至寫一些侵犯人權的內容，完全如了檢方的意。」

大野木不禁為弓成一家人感到擔心。

「國家機密和知的權利——因為是社會大眾陌生的議題，所以我們要作好充分的心理準備。」

山谷自我激勵道。大野木忍不住回想起父親當年的事，內心燃起熊熊的鬥志。

「這場官司考驗著我們的能力。在反詰問時，面對的是口風特別緊的外務省官員，這一仗絕不輕鬆。但這是一個報社記者向國家公權力宣戰，這場官司非贏不可！」

——上冊完

身爲記者的第一法則是追求眞相！

生而爲人的最後一道防線，是捍衛眞相！

山崎豐子

命運之人

〔中〕

最精采的法庭攻防戰！最眞實的人性羅生門！

只要真相永存，只要理想仍在，即使被命運遺棄，他也要拚上一口氣，繼續奮戰！然而，面對自己曾經背叛與背叛了自己的兩個女人，感情的真相，永遠難解……

國家圖書館出版品預行編目資料

命運之人 / 山崎豐子著；王蘊潔譯. -- 初版. -- 臺北市：皇冠, 2011.02
冊; 公分. --(皇冠叢書; 第4078-4090種) (大賞; 42-45)
譯自：運命の人
ISBN 978-957-33-2765-3 (上冊：平裝). --
ISBN 978-957-33-2766-0 (中冊：平裝). --
ISBN 978-957-33-2767-7 (下冊：平裝)

861.57 99026954

皇冠叢書第4078種

大賞｜042

命運之人【上】

運命の人

作　　者—山崎豐子
譯　　者—王蘊潔
發 行 人—平雲
出版發行—皇冠文化出版有限公司
台北市敦化北路120巷50號
電話◎02-27168888
郵撥帳號◎15261516號
皇冠出版社(香港)有限公司
香港上環文咸東街50號寶恒商業中心
23樓2301-3室
電話◎2529-1778　傳真◎2527-0904
出版統籌—盧春旭
責任編輯—丁慧瑋
外文編輯—黃釋慧
版權負責—莊靜君
美術設計—王瓊瑤
印　　務—江宥廷
校　　對—鮑秀珍・洪正鳳・丁慧瑋
著作完成日期—2009年
初版一刷日期—2011年2月
初版三刷日期—2012年1月
法律顧問—王惠光律師

如有破損或裝訂錯誤，請寄回本社更換
讀者服務傳真專線◎02-27150507
電腦編號◎506042
ISBN◎978-957-33-2765-3
Printed in Taiwan
本書定價◎新台幣300元/港幣100元